JN227410

御霊

将門ゆかりの史蹟
卍 寺社
⛩ 神社・神宮
新
在
高

①東京中心部

QED ～ventus～ 御霊将門

高田崇史

KODANSHA NOVELS

講談社ノベルス

カバーイラスト＝浅沼テイジ
カバーデザイン＝坂野公一（welle《ヴェレ》 design《デザイン》）
ブックデザイン＝熊谷博人・釜津典之
カバーオリジナルフォーマット＝辰巳四郎
ＭＡＰ制作＝白髭徹

将門ついに勝ちを得て、
童の前に突き跪きて、
袖をかき合わせて申しけるは、
「そも君はいかなる人におわすぞや」と問い奉る。
彼の童、答えて云く、
「吾はこれ、妙見大菩薩なり」

『源平闘諍録』

目次

《将門ゆかりの寺社及び史蹟》

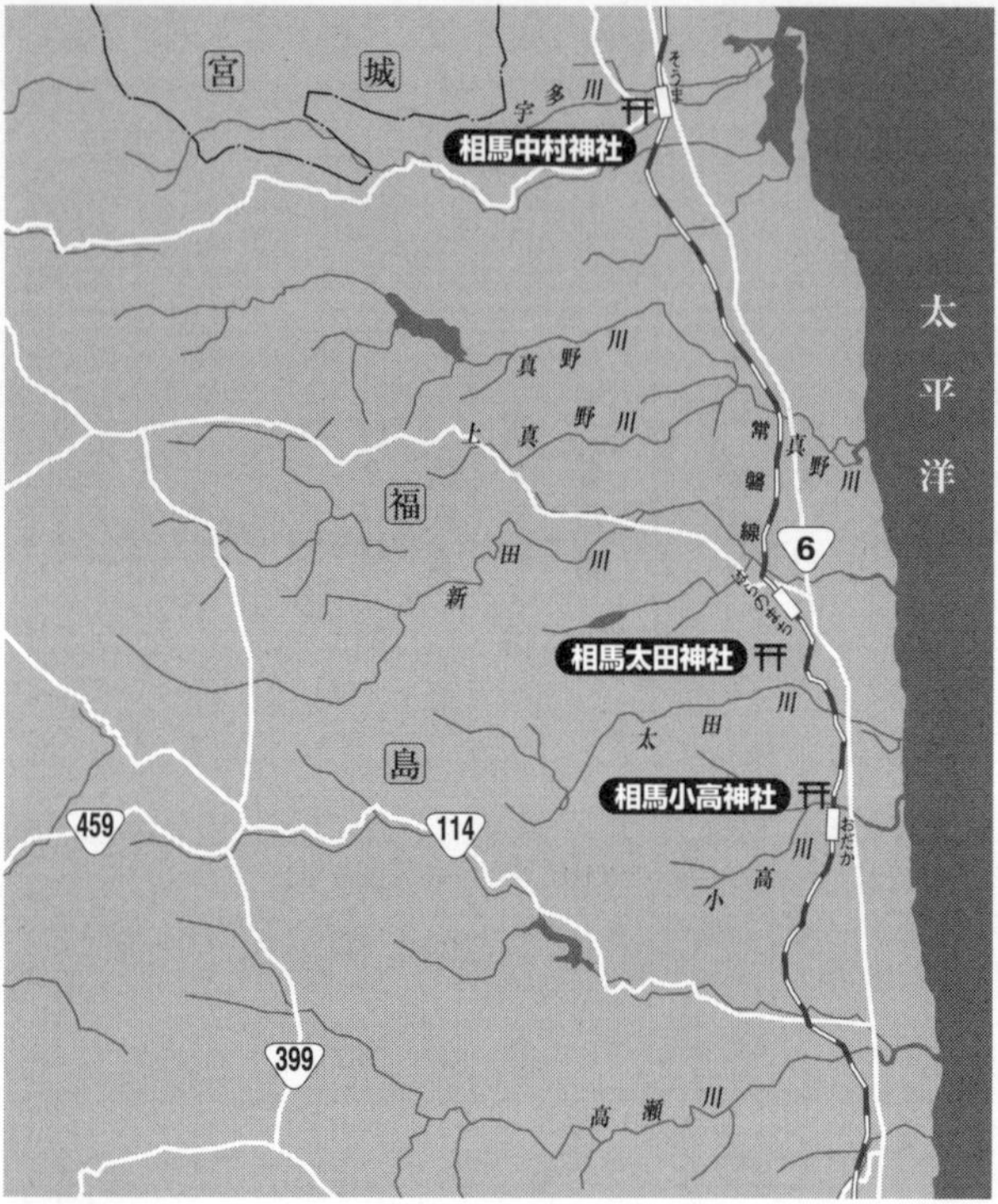

［福島県］

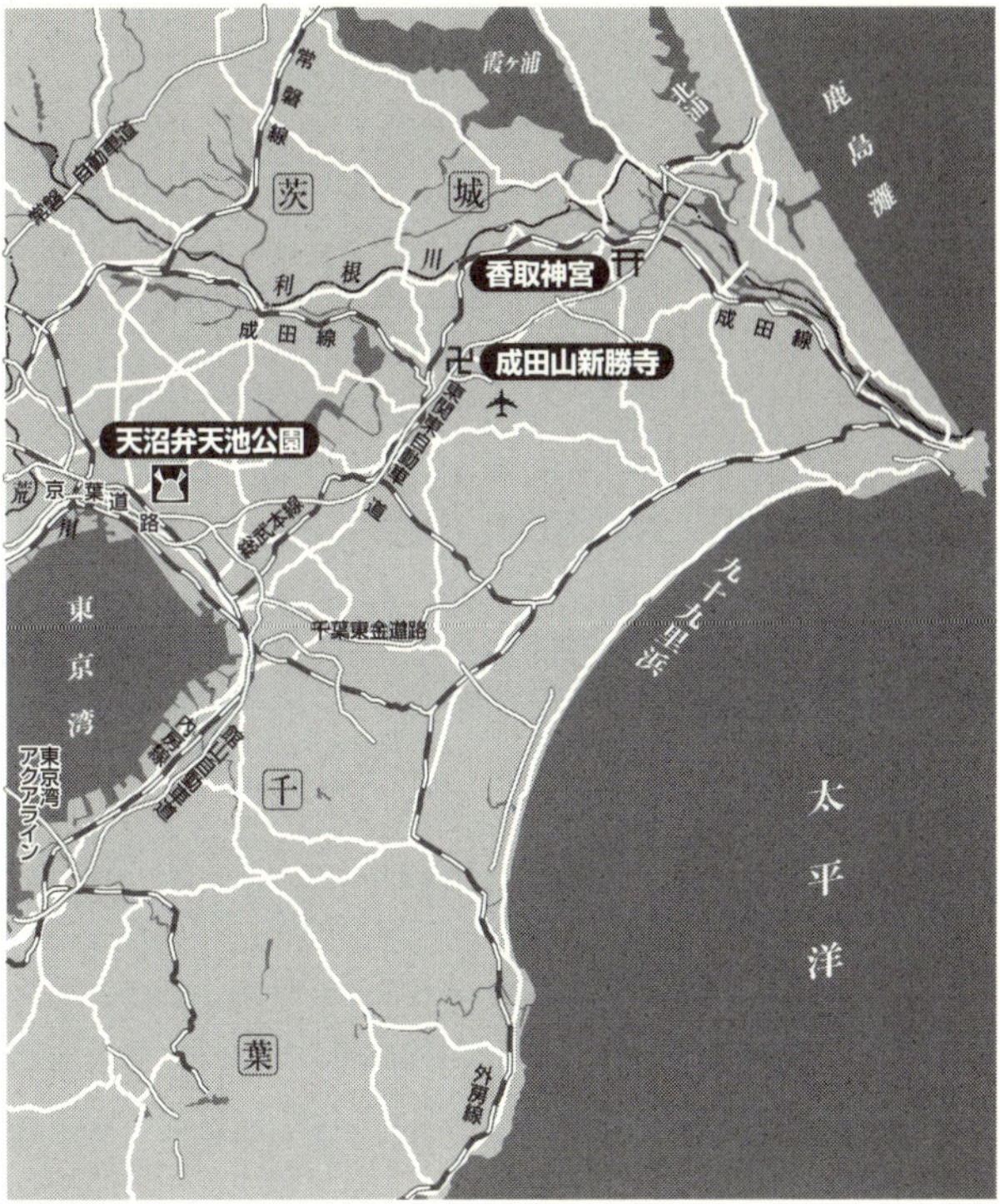
霞ヶ浦
北浦
鹿島灘
常磐線
常磐自動車道
茨
城
利根川
香取神宮
成田線
成田山新勝寺
東関東自動車道
天沼弁天池公園
荒川
京葉道路
総武本線
東京湾
千葉東金道路
九十九里浜
館山自動車道
内房線
東京湾アクアライン
千
葉
太平洋
外房線

［千葉県］

ventus

～ラテン語で『風』

#《プロローグ》

診療《しんりよう》報酬《ほうしゆう》改正《かいせい》を控えた三月末の調剤薬局は、普段に増してせわしない。

　今年はそれほど大きな改正はないようだけれど、薬価はもちろんのこと、細かい点に関しても何ヵ所か変更になることが決定していた。となれば当然それに伴って、調剤用パソコンの中の数値や計算方法なども微調整しなくてはならない。

　その改正に対応するべく、コンピュータ会社から送られてきたCDが、パソコンの横に数枚積まれていた。そろそろ花粉症も出始めていて春の薬局は忙しいのに、事務アシスタントの仕事がまた一つ増えてしまう。

　花粉症などという病気がなかった昔、この良い季候の時期は——頭を抱える経営者以外——皆でのんびりと過ごしていたらしい。しかし現在、春先は真冬の風邪の時期に次《つ》いで多忙となっていた。

　いつから花粉症が流行《はや》り始めたのか、そしてまたその正確なメカニズムは解明されていないけれど、気が付けば春と花粉症とは、切っても切れない仲になっていた。しかもこのアレルギーを持っている人にしてみれば、家から一歩も外に出たくはない（出られないに等しい）状況なのにも拘《かか》わらず、「花粉症なので仕事を休みます」とは言えない。微妙な立ち位置にある、全く以《もっ》てやっかいな病気である。世の中にたえて花粉症のなかりせば、春は本当にのどかなことだろう——。

「ふぅ……えっくしょ！」

　薬局長の外嶋一郎《そとじまいちろう》が、体を奇妙に揺らして大きなくしゃみをした。

「ホワイト薬局」の昼休みである。

外嶋の大袈裟なリアクションに、思わず吹きだしそうになってしまった棚旗奈々《たなはたなな》は、

「すみません……」

と謝った。しかし奈々の後ろで、

「プッ」と、今パソコンの前に腰を下ろそうとしていた相原美緒《あいはらみお》が完全に吹きだした。「変すぎる」

「何が変だ？」

じろりと睨《にら》む外嶋に向かって、美緒は言う。

「だって外嶋さん、くしゃみする度に、壊れちゃったマリオネットみたいに踊るんだもの」

「誰も踊ったりしていない」

「でもそんな踊りを、秘境探検のテレビ番組で見たことありますよ。アマゾンかどこかの奥地で、顔に入れ墨を入れた人たちが焚き火を囲んで踊ってた」

「失敬な」外嶋は憮然とした顔で眼鏡《めがね》を外すと、ポケットチーフで丁寧に拭《ぬぐ》った。「自分が花粉症ではないからといって、そんな悪口雑言《あっこうぞうごん》ばかり叩いていると、天罰が当たるぞ」

「あら、外嶋さん珍しい」美緒はイスごとくるりと外嶋に向いた。「天罰だなんて、随分と非科学的なことをおっしゃっちゃって」

「非科学的ではない人間には、非科学的ではない現象が降りかかるんだ」

「そちらこそ、何と失敬な！」

「何が失敬だ。そもそもぼくは、きみに対して失う敬意など初めから持っていない」

「これまた問題発言！　パワー・ハラスメントだ」

「全く日本語になっていない」

「最初から日本語じゃないですっ」

ふん、と外嶋はモアイ像のように高く筋の通った鼻を鳴らした。

「そういう低レヴェルな反論は受け付けない。大体人に言い返そうなどと、そういうことは、もっときちんと仕事ができるようになってからにしなさい」

兄妹喧嘩《けいまい》のようになってきた。

外嶋一郎は、今年の六月で四十五歳になる。ちなみに誕生日は、ノルマンディ上陸の日だと言っていた。奈々と同じ、明邦《めいほう》大学薬学部卒業の先輩で、奈々とは、ン歳、年が離れている。父親は横浜の開業医だというが、まだ一度も会ったことはなかった。そして親戚にも、開業医や、都立高校の生物の教師などがいるという、理系一家らしい。

この「ホワイト薬局」は、元々は外嶋の叔母の薬局だった。開業は昭和の五十年頃というから、もう二十年以上も昔の話だ。その長く続いてきた店を、その叔母に幼い頃から可愛がられていた外嶋一郎が、そっくりそのまま引き継いだ。

昭和の頃は、まだ調剤が主流ではなかったらしいが、時勢に合わせるように、現在は——もちろん一般薬も揃えてはあるものの——ほぼ全面的に調剤薬局になっている。

一方、美緒は、今年二十三歳になる目のくりっとした可愛らしい女性だ。血縁関係についての詳しい話は聞いていないけれど、外嶋の遠い親戚に当たるらしい。確か、祖父同士が兄弟と言っていたような気がする。彼女は全く物怖《ものお》じしない性格らしく、いつもこうして外嶋とやり合っていた。ほんの少し奈々の妹の沙織《さおり》を彷彿《ほうふつ》させるところがある、元気な事務アシスタントだ。

この二人は仲が良いのか悪いのか謎だけれど、しかし考えてみれば、美緒も今年の秋にはこの薬局に勤めてもう三年だ。すっかり仕事にも慣れてきているようだし、この頃のように忙しい時期などは、昼休みだというのにパソコンの前に座って、来年度に備えて調整をしている。奈々が言うのも口幅ったいけれど、美緒は随分成長したし、責任感も身に付いたのではないか。

しかし、いかんせん今日は忙しすぎた。

そのために美緒は午前中、ミスを連発してしまっていた。そして、毎回外嶋に厳しいチェックを入れられてしまっていたのだ。

「春だからといって」外嶋は眼鏡をかける。「気分が浮わついてばかりでは困る」

「そういうわけじゃないんですけれど」美緒は唇を尖らせた。「何となく――」

「何となく、何だ?」

「ええと……バイオリズムが落ちちゃってるから」

「バイオリズム?」

「そうなんですよ。今日なんか特に、全部が谷底になってる」

「……では仕方ないな。良く注意するように」

「お? 外嶋さん、バイオリズムを信じてるんだ」

「信じるも信じないも、事実なんだから仕方ないだろう」

「事実って」奈々も思わず口を挟んでしまった。

「やっぱり本当にあるものなんですか?」

「当然あるだろうな」外嶋は、眼鏡をくいっと上げる。「生体のリズムとしてね。地球上の全ての生物や自然現象には、必ず周期というものがある。何故ならば、そもそも乗り物である地球が自転し、なおかつ公転しているからだ。そのために地球上の全ての事象にリズムや周期が生まれ、その影響があらゆる生命体に及ぶというわけだな。というよりも、その緩やかなリズムがあるからこそ、生命が存続しているともいえる。生体周期を持っていないモノは、生存すること自体が不可能だろう」

いつものように、勝手な断定をする。しかし、

「そうそう」と美緒は、真面目な顔で頷《うなず》いた。「人生山あり谷あり」

「きみの場合は、谷あり谷ありだ」

「全部谷なら、そこは平地ですっ」

べーっ、と舌を出す美緒を見て、

「バイオリズムって」笑いながら奈々は尋ねる。「確か、体力と感情と知性でしたよね。それぞれ何日周期でしたっけ?」

「体力が、約二十三日。感情が、約二十八日。そして知性が、約三十三日周期だといわれてる」

「全てが約一ヵ月で繰り返すというわけですね。絶好調の時と、最低の時と、そしてプラスマイナスゼロの時とが。でも確率を考えても、その三つ全てが絶好調という時は、なかなかないでしょうしね」

そこでだ、と外嶋は白衣に両手をつっこんで頷いた。

「ぼくは、ふと思ったんだがね。我々が生まれた瞬間は、体力・感情・知性ともにプラスマイナスゼロだ。当然だね。そこからゆっくりと、それぞれ波長の異なった三種類のサイン・カーヴが描かれて行くわけだが、では、再び全てがプラスマイナスゼロの始発点に集中するのは、いつだと思う？」

「全部がゼロになる日ですか……」

「そうだ」

「ええとね」美緒が参加する。「きっと、二、三年後くらいじゃないかな。何となく」

「残念だな」

じゃあ、と奈々は首を捻る。

「二十年後くらいですか？」

「違うね。まあ、実際に電卓を叩いて、二十三と二十八と三十三の最小公倍数を取ってみれば分かる話だが」

「実際にやってみられたんですか？」

「やってみた」

ぷっ、と美緒が笑う。

「暇なオヤジだ」

「何が暇だ。三秒もかからない」

「発想自体が暇なんですよ」

「相変わらず無茶苦茶な日本語だな。こんな変な子は放っておこう——。さて、そこで実際に計算してみると、二万千二百五十二日後になる。この日に、全てのカーヴが再びゼロ点に集結するんだ」

「二万千二百……というと？」

「約五十八年後だ」

「五十八年？」

「そうだ、つまり——」

「還暦《かんれき》の頃じゃないですか！」

「その通り」外嶋はモアイ像のような高い鼻を鳴らした。「本卦還《ほんけがえ》り。華甲《かこう》だな。還暦は、干支《えと》が六十年で丁度一巡して、自分の生年と同じ干支になるということからきているわけだが、一説ではまた、その年に人間は新たに生まれ変わるともいわれているようだからね。偶然にしては、できすぎだろう」

これは……驚いた。

西洋で生まれた生体リズムの計算と、東洋の干支の計算が、ほぼ一致するとは。

「へーえ」美緒も感嘆の声を上げる。「こりゃびっくり。でも、まさかヨーロッパやアメリカでは『バイオリズム還り』とか言って、赤いベストなんかは着ないんでしょう？」

「そんな話は聞いたことがない」

「じゃあ、日本の赤いちゃんちゃんこっていうのは、一体何なんでしょうね？」

「良くは知らないがね。赤色は良い『気』を呼び込むとか、また精神安定作用もあるとか、色々と言われている。その人間は、生まれたばかりと同じような状態になるわけだから、かなり身体・情緒共に不安定になるはずだ。だから、赤色によってそれを防ごうという策じゃないかな」

「でも、赤って危険信号でもあるじゃないですか」

「表裏一体だろうな。我々の血液の色でもあるわけだから、体外に出てしまうと危険だし、その一方で自分の中にうまく取り込めれば、それは非常に有意義なものに変わる」

「迷信みたいなものか」

「いや。たとえそれが、迷信や思い込みだとしてもバカにはできないぞ。という以前に、限られた場に生きている以上、何が正しいのかなど誰にも判断はできないからね。外の景色を見て、初めて自分が屋内にいることが分かるようなものだ」

「なるほどねえ」美緒は、ふんふんと頷いた。「そういえば、赤色は魔除《まよ》けにもなるって、そんな話も聞いたことがある」

「でもそれって、元々は『朱色』だったみたいよ」

奈々はすかさず訂正を入れる。「お稲荷《いなり》様の鳥居も、王城守護の羅城門《らじょうもん》も、全部朱色でしょう。そしてそれらは全て『朱』——つまり、水銀から来ているんだって」

「へえ、そうなんですか。詳しいですね」

「教師が良いからな」

えっ——と、一瞬言葉に詰まる奈々の前で、美緒がニヤニヤしながら大きく頷いた。

「ああ。タタルさんですね」

「い、いえ、別に——」

「それで、どうですかその後は。ちゃんと進展してますか？」

「な、何が？」

「何が——って。やだなあ、もう子供じゃないんだから」

昼休みを返上してパソコンの仕事をするはずだった美緒は、いつの間にか体を完全にこちらに向けて、すっかり雑談に参加している。賞《ほ》めて損した。

「どうですか、二人でお花見に行く予定を組みましたか？　そろそろ良い時期だし」

「別に——」

そんな話など、微塵もなかった。

すると、

「そうだな」と外嶋まで参加してくる。「ピンク色は、人間の心を穏やかにしてくれるらしいからな。いつも心中殺伐《さつばつ》としている桑原などには、うってつけだろう」

「べ、別に殺伐としているわけではないと——」

「奈々くん。もしも暇だったら、彼をちょっと花見に引っ張り出してやってくれないかな。毎日毎日、枯れた草木や乾燥した蛇《へび》やしなびた蛙《かえる》ばかり眺めていないで、たまには日本伝統の雅《みやび》な風景に浸《ひた》った方が良いだろう」

「お花見は雅じゃないでしょうが」美緒が突っ込

む。「どちらかというと、宴会で大騒ぎ」

「何を言ってるんだ。それは、こちらの心の持ちようだろう。秀吉《ひでよし》から利休《りきゅう》まで、色々な観賞の仕方がある。相原くんも静かに愛《め》でて、少し心を落ち着けて来るといいんじゃないか」

「私はもちろん行きますよ、友だちと大宴会」

「……きみの場合はどうせ止めても無駄だろうから、百歩譲って宴会も良しとするが、但《ただ》しビニールシートを敷くことだけはダメだぞ。あれほど桜の根に悪い行為はないと聞いた」

「えー。そうなんですか。それは困った」

腕組みをして「うーん」と唸《うな》る美緒を見て笑いながら、奈々は尋ねる。

「外嶋さんは、お花見に行かれないんですか？」

「ぼくは、人混み自体が苦手だ。だから行くとすれば、見物人のいなくなった夜桜見物だな。しかしそれも、風邪をひいてしまったりしたら大事になるので、できるだけ行かない」

「体調管理が万全ですね」

「当たり前だろう！」突如、外嶋は大声を張り上げた。「今年はどんな年だと思っているんだ！」

「どんな年……というと？」

「メトロポリタン・オペラが来日するんだぞ。プラシド・ドミンゴだ。そしてルチアーノ・パヴァロッティだ。おお。もう二ヵ月後に迫っているじゃないか！　こんな時に風邪をひいて、万が一にも観劇できないようなことになったりしたら、彼らに合わせる顔がない！　一生後悔するだろう！」

別に顔を合わせる必要も、そんな機会もないだろうと奈々は思ったけれど、外嶋は白衣を揺らして、ララララー、などと歌い始めてしまった。

美緒は無言のまま、くるりと背を向けてパソコンに向かう。そこで奈々も、そそくさと午後の用意に入った。そう、今日は忙しいのだ。

＊

　結局、午後の薬局も多忙で、奈々が疲れた体を引きずりながら桜木町のマンションに辿り着いた時には、もう二十時を大きく回っていた。

　ということは、今日はトータルで十時間ほど立ちっぱなしだった計算になる。大変だ。これでは足がむくんでしまうし、当然、肩・腰・膝にも悪影響大だ。働き過ぎは美容の敵である。とはいえ、この時期ばかりは仕方ない。自分が花粉症ではないことだけを感謝しようと、頭の中をせめてもの前向き思考に切り替えた。そして、ふとマンション入り口脇の桜を見上げれば、ほぼ例年通りの五分咲きだった。

　しかし奈々は満開の桜よりも、この程度の開花でお花見をするのが好きだった。咲ききってしまうと眩《まぶ》しく豪華すぎてしまうような気がするし、その後はもう散るばかりで淋しい。それに外嶋の言葉ではないけれど、満開の桜は夜桜で眺めたい。特に昼間とは打って変わった妖艶《ようえん》さが、何とも言えずに素敵だし、何といっても花びらの一枚一枚が白く輝いて見える。

　今週末にでも、どこかお花見に出かけてみようか。淡いピンク色を眺めて、心穏やかにストレスを解消しよう——。

　そんなことを思いつつ部屋のドアを開けると、

「お帰りなさーい」

　奥から、珍しく沙織の声がした。

「あら。帰ってたの？」

　パンプスを脱ぎながら奈々が言うと、

「うん。今朝一番で校了したから」沙織の元気良い声が返ってきた。「今週は、ついに解放された」

「それはおめでとう」

　奈々はスプリングコートを脱ぎ、リビングに向かった。

　沙織は雑誌社に勤めているために、その仕事の性質上、いつも帰りが遅い。というよりも、不定《ふてい》だった。奈々が起き出す頃に帰って来たことも何度かある。なかなか大変そうだし体を壊してしまわないかと心配しているのだけれど、今のところは何事もなく、日々頑張っているようだった。

そういえば、沙織も今年で二年目ではなかったか。年齢は奈々より四歳年下だから、美緒よりも二歳年上。学生時代はジャズ・コンサートだ、パン作りだ、京都幕末遺跡巡りだ、オールの飲み会だと、手当たり次第の無差別趣味堪能生活を送っていたけれど、大学卒業後、社会に出てからはすっかり今の仕事一筋に没頭している。変われば変わるものだ。

「それだから」沙織がキッチンから顔を出した。「今日は特別に私の手料理。お姉ちゃん、夕飯まだでしょう」

「え?」奈々はバッグをドサリとソファに投げ出す。「それはどうも、ありがとう。今から夕食を作るのかなり辛いなと思ってた」

「感謝してね。あと、ワインなんかも買ってあったりして」

「凄いじゃないの」

「校了お祝い」

沙織は笑ってキッチンに戻った。そして奈々が部屋着に着替えている間に、手際よく料理をテーブルに並べた。メニューは、沙織得意のパエリアだった。

赤ワインも抜栓して、丁寧にデキャンターすると、久しぶりに姉妹揃っての夕食になった。

「乾杯!」

二人はワイングラスを軽く合わせた。そして、料理を口に運ぶ。自分で得意と公言するだけあって、確かに美味しかった。以前に沙織から聞いたところによると、本場のパエリアにはウサギの肉やカタツムリまで入っているらしい。いつか挑戦すると言っていたけれど……。奈々は魚介類大盛りの、この沙織風パエリアで充分だ。

「ああ、そういえば」沙織が言う。「いつの間にか桜がね、五分咲きだって」

「ええ。このマンションの周りも、そんな感じみたいね」

「それでさ、お姉ちゃん、今週末何も予定ないでしょう？」

「別に何もない」

「何と淋しいことでしょうか」沙織は大袈裟に仰《の》け反《ぞ》って、首を二、三回横に振る。「そこで私がお花見に誘ってあげましょう」

「まあ素敵じゃない。それで、どこに？」

「お花見といえば九段、千鳥《ちどり》ヶ淵《ふち》」

「わざわざ都心まで出るの？」奈々は料理を口に運びながら尋ねる。「またずいぶん遠くね。でも……いいわよ。二人で？」

「三人で」

「あと一人は誰？」

もちろん——と沙織は微笑《ほほえ》む。

「タタルさん」

「えっ」奈々はワインを吹き出しそうになった。「タ、タタルさんって——」

「おそらく日本で一人しかいないんじゃない、そんな変な名前の男性は」

決して名前ではない。注釈を付けるまでもなく、渾名《あだな》だ。

本名は、桑原崇《くわばらたかし》。

奈々——と外嶋——の母校である、明邦大学薬学部卒業の薬剤師である。学年は一つ上。四年次には「オカルト同好会」という怪しげな会の会長を務めていたけれど、部員をまとめようという努力をするような人間ではなく、おかげで誰もが好き勝手なことだけをしている会だった。というよりも、崇の趣味は寺社巡りと墓参りだという。ならば、どうしてそんな同好会に所属していたのだろう。こちらも謎だった。

とはいえ、何を隠そう実は奈々も——友人の義理で——入会していたのだ。しかし結局何をするわけでもなく、同好会室に置かれていた『悪魔の美術』とか『聖アントニウスの誘惑』とか『聖ペテロと魔術師シモン』などというこれもまた怪しげな本に、ごくたまに目を通す程度だった。

そして崇は、奈々が「ホワイト薬局」に就職した翌年、偶然にも同じ区内にある「萬治漢方《まんじかんぽう》」という老舗《しにせ》の漢方薬局に勤め始めた。それ以来、何かと縁があり、二人揃って種々雑多な事件に巻き込まれ続けている……。

それでね、と沙織は鍋からおこげをカリカリと剝《は》がし取りながら言う。

「さっき、タタルさんに電話で尋ねたの」

「何て？」

「姉から話はありましたかって」

「あるわけないじゃないの！」

「タタルさんも、ないって言ってた」

「当たり前でしょう！」

「まあまあ、そんなにいきり立たずに」沙織はケロッとした顔でワインを飲む。「それで、私が話を繋《つな》いでおきました。今度の土曜日、お昼からならば大丈夫だって。天気も良いみたいだから、三人で行こうね」

「あのね——」

「平気平気、気にしないで。ああ、昼食のこと？　どこで食べようか」

「そういう問題じゃなくって……もう！」

「なあに？」

それならば、カットに行きたかった。春らしく、少しだけ髪を染めておきたかったのに！　こんなに急では時間がない。どうして、いつもいつもこうなんだろう。明日でも、薬局の昼休み時間に行かれないだろうか……。

「どしたの、お姉ちゃん？　何か都合でも」

「い、いえ。大丈夫だけれどね。でも、そういう話は前もって言ってよ。それに、こんなに急じゃタタルさんだって困るでしょう」

「そんなことなかったみたいだよ。ちょうど暇してたみたい」

相変わらず、あっけらかんと言う。

美緒といい、沙織といい。奈々とは余り歳も離れていないというのに、その考えも行動も殆《ほとん》ど理解し難《がた》い。

「それに、考えてみたらさ」沙織は続けた。「千鳥ケ淵もそうだけれど、私、靖國神社ってきちんとお参りしたことなかったし。コンサートなんかで、武道館まではしょっちゅう行くのにね。それで折角だから、タタルさんに案内してもらおうと思ったのよ。そうしたら、OKだって」

そういうことか。

崇が、わざわざお花見のために休日を潰すはずもない。彼は彼で、神社参拝が目的に違いない。

奈々は充分に納得して、ワイングラスを空《あ》けた。

《神々に続く門》

結局奈々は、カットにもパーマにも行かれず、いつも通りの髪型で週末を迎えてしまった。朝から必死に何とか上手く自分でセットして、慌ただしくマンションを出る。

薬局は相変わらず忙しかった。しかし普段にも増して張り切って仕事をこなし、後は外嶋たちに頼んで少しだけ早めに帰らせてもらう。

「しっかり頑張って下さいねっ！　『サクラサク』ですよっ」

という、美緒の意味不明な言葉を背に受けながら、奈々はタイムカードを押して薬局を出た。

快晴だった。

沙織と渋谷で待ち合わせて軽いランチを摂《と》り、そのまま二人で半蔵門線に乗って、九段下の駅に到着した。陽気が良くなってきたせいだろう、花見客らしき人たちがぞろぞろと千鳥ヶ淵方面に流れて行く。武道館から北の丸公園、そして科学技術館辺りまで散策するのだろうか。カップルや、子供連れの家族も多かった。

沙織と二人、今日の予定などを話し合っていると、やがて改札口の向こうの人混みに紛《まぎ》れて、ヒョロリと背の高い、ボサボサの髪の男性が姿を現した。遠目でもすぐに判別がつく。崇だ。ホームから吹き上げてくる強風で、いつもに増して髪がぐしゃぐしゃだったけれど、そんなことには全く無頓着《むとんちゃく》にスタスタと歩いてくる。

奈々と沙織が手を挙《あ》げて知らせると、

「よう」

と、いつもと変わらぬぶっきらぼうな挨拶が返ってきた。ずいぶん久しぶりなのに、相変わらずだ。

「こんにちは」奈々はニッコリと笑いかける。「ご無沙汰しています」

「ああ。今年初めてだったな」

「お昼は食べられましたか？　この時間だと、もしかしてまだなんじゃないですか？」

崇の到着が予想よりも早かったので、心配して尋ねる奈々に向かって、

「食べた」既にもう、出口に向かって足早に歩きながら答える。「昼食は二分もあれば済むから」

毎日何を食べているんだろう。サプリメントでも飲むだけで済ませているのだろうか。しかし崇のことだから、一応体調管理はしているに違いない。こちらが余り気を遣う必要もないか。

そんなことを思っている奈々をよそにして、

「さて、まず靖國神社にお参りしよう」崇は二人を振り返りもせずに、地上への階段を上り始めた。

「きみたちは、もちろん初めてというわけじゃないんだろう」

ええ、と頷く奈々の隣で、

「はーい」沙織も答える。「小さい頃に一、二度お参りしたことがあります。その時は殆ど何も分からずじまいだったから、今日はタタルさんにレクチャーしてもらえたら良いなと思って。ね、お姉ちゃん」

「そ、そうね。それに、この頃また何かと騒がしいですしね」

「そのようだな——。じゃあまず、この神社の概要から話そうか」

崇はいきなり説明を始めた。

「靖國神社の起源は、とても新しい。戊辰《ぼしん》戦争が終わった翌年の明治二年（一八六九）六月に、官軍側の戦没者の霊を祀《まつ》るために創建されたんだ。その時は『東京招魂社《しょうこんしゃ》』と呼ばれていた。やがてそれが、明治十二年（一八七九）に、明治天皇によって『靖國神社』と改名された。これは『春秋左氏伝《しゅんじゅうさしでん》』か

ら取られた名前で、見てそのまま『国を靖んずる』という意味だ。戦前は、一般の神社は全て内務省の管理下に置かれた。しかしこの靖國神社だけは、国家への功労者を祀る『別格官幣社《かんぺいしゃ》』として、陸海軍と内務省によって共同で管理されることになったんだ。しかし、国家への功労者を祀るといっても墓ではないから、戦没者の骨や位牌《いはい》はない。和紙に、祀るべき人の名前や本籍などを墨書《ぼくしょ》して、魂を呼び寄せる招魂式を行うんだ。そしてそれを『霊璽簿《れいじぼ》』として本殿に祀るわけだ。御霊《みたま》のみを祀っているという意味では、一種の『詣墓《まいりばか》』ともいえるかも知れないな」

「まいりばか？」

「霊魂だけをお祀りしている墓だ。遺骸を祀っているのは『埋墓《うめばか》』や『捨墓《すてばか》』と呼ばれる」

「なーるほど」

「やがてこの神社に祀るべき神も、戊辰戦争から始まって、佐賀の乱、西南戦争、日清戦争、日露戦争、第一次世界大戦、満州事変、太平洋戦争等で亡くなった人々などが加わり、現在では二百四十六万六千余柱の神々となった」

「でも」いきなり始まってしまった講釈に軽くとまどいながら、奈々は尋ねる。「私が昔聞いた話だと、その中には民間人が含まれていないとか……。つまり、民間人は、いわゆる『公務死』ではないから、祭祀《さいし》基準の対象にならない――」

「そうそう」沙織も言う。「あと有名なところでは、結局『賊軍』となってしまった西郷隆盛《さいごうたかもり》とか、連合艦隊司令長官の東郷平八郎《とうごうへいはちろう》も戦死じゃなかったために祀られていないって」

「なかなかきみたちも詳しいな。勉強してきたのか？」

いえいえ、と沙織は首を振る。

「去年、橋本《はしもと》首相が参拝して、凄く物議を醸《かも》したじゃないですか。それで色々と報道されていたのを、姉と二人で日々密《ひそ》かにチェックしていたんです」

別に、日々密かに行っていたわけではない。しかし、一応最低限の事実は知っておこうと思って、二人で一所懸命にテレビ報道を見たのは本当だった。

「しかしね」崇は言う。「実際には、本殿の南側に『鎮霊社《ちんれいしや》』を創建して、その中に西郷さんを始めとする『賊軍』の人々、そして東京大空襲や原爆投下によって亡くなった人々など、多くの女性も含めた民間人を祀っている。それだけじゃなく、世界各国の戦没者までもだ」

「そうなんですか！　知らなかった」

「但し、彼らの祭神名簿はないらしい」

「どういうことですか？」

「今、奈々くんも言ったように、恩給法と戦傷病者戦没者遺族等援護法によって『公務死』と認められた者のみが合祀《ごうし》されるという規則があるからだ」

「ああ。あくまでも本殿に祀られてはいないということですね」

そうだ、と崇は頷いた。

「しかし、きちんと敷地内に祀られているということに変わりはないよ」

「合祀といえば――」奈々は尋ねる。「A級戦犯も一緒に祀られているという話で、かなり紛糾《ふんきゆう》していると聞きましたけれど……」

「そうそう」と沙織も奈々の隣で頷いた。「でも、そのA級戦犯っていうのは、あくまでも東京裁判の結果だからどうのこうのって」

「東京裁判――つまり、戦後の極東国際軍事裁判だな。いわゆる『侵略戦争を計画・実行』したとして、戦勝国から東条英機《とうじようひでき》、広田弘毅《ひろたこうき》、松井石根《まついいわね》らを始めとする二十八人が起訴され、そして有罪判決を受けた裁判だ。その結果として、判決前に死亡した二人と、精神障害になってしまった大川周明《おおかわしゆうめい》を除く七人が死刑。十六人が終身刑。他の二人が禁固刑となった。そして現在、『A級戦犯と呼ばれている人々の霊が合祀されているのはおかしいのではないか』とか『いや、東京裁判そのもののあり方が間違っている』とか『しかし我が国は、その判決を受け入れるという公式声明を出している』などと揉めている」

「それなのに、靖國神社に総理大臣が参拝することは変だというんですね。そこで、公式参拝だの私的参拝だのと、また輪を掛けて揉めている」

「総理大臣だけではなく、現役の政治家も毎年大勢参拝しているからね」

「まあでも確かに、戦争で痛めつけられたアジアの近隣諸国の人々にしてみれば、そう思うのも仕方ないかも……」

「しかし、吉田茂《よしだしげる》などは、サンフランシスコ講和条約に調印した翌月、昭和二十六年（一九五一）の十月の秋季例大祭に参拝し、その後も毎年一度必ず参拝した。しかし、中国からも韓国からも、今のように強い反対意見は沸き上がってこなかった」

「え？　そうなんですか」

「もちろん、公人・私人という問題も、全く持ち上がらなかった」

「じゃあ、どうして今みたいなことになってしまったんですか？」

「東京裁判そのものの是非や正誤も含めて、完全に国際政治レヴェルの問題になってしまったからだろうね。論が正しいか正しくないかじゃない。政治的に考えてどうなのか——つまり、自国や他国の利益不利益云々《うんぬん》、という違う次元の話にすり替わってしまったんだ。それでなくとも靖國神社は、生まれながらにしてそういった政治的性質を包含《ほうがん》している神社だ。その上、東京裁判問題まで絡んできてしまっては、純粋な宗教論争とは乖離《かいり》してしまうのも当然だろうね」

でも……、と奈々は尋ねた。

「昔は、A級戦犯は合祀されていなかったっていう話も聞きましたけれど」

「そうだな。確かに彼らの合祀は、昭和五十三年（一九七八）十月からだ。そのために、昔は問題にならなかったのはそれが理由だと言う人もいるけれど、今言ったように、決してそれがこの問題の本質じゃない。彼らが合祀されていようといまいと、当時は決して批判されなかっただろうし、現在は非難《ひなん》囂々《ごうごう》になるというわけだ。もう既に、どちらが正論かという次元の話じゃなくなっているからね」

「政治レヴェルでの話――」

「そうだ。すると次には必ず八つ当たり気味な意見として『ならば、今からA級戦犯を分祀《ぶんし》すれば良いだろう』という話になってくる。事実、もうそんな話が水面下で出ているらしい」

「――と言っても」沙織は首を傾げた。「分祀って、神道では不可能だって聞いたことがありますよ。ロウソクの火や、桶の中の水を分けるようなものので、その霊だけをピックアップして、きちんと区別するのは無理なんだって」

「そんなことはないさ」崇はあっさりと否定する。

「我が国古来の数多《あまた》の神々が、今までいかように扱われてきたか、それを思えば決して不可能じゃないはずだ。熊野だって、伊勢だって、出雲《いずも》だってね」

ああ……、と沙織は嘆息する。

「確かにそう言われれば、それらの神々も、やはりその時代の政治的な介入によって、ガラリと様変わりさせられてしまっていたんだものね」

「そういうことだ」崇は頷く。「しかし、この靖国問題は、これからもっと紛糾していくだろうな」

「話し合えば話し合うほど、もつれてしまうっていう感じですよね……。あ。でも、無宗教の追悼《ついとう》施設をどこかに造って云々、っていう話もあるとか。でもそれも政府側と靖國神社や遺族会の側とで揉《も》めちゃって、話が進まないって」

「そうらしいな」崇は笑った。「しかし本当は、そんな面倒なことを考えるまでもなく、今まで話してきた程度の問題ならば、全て簡単に解決できるんだがね」

「えっ」奈々は思わず立ち止まってしまった。「分祀問題や、政治家の参拝問題が？」

「ああ」

振り返る崇に、奈々は尋ねる。

「一体どうやって」

「みんな、先人たちが営々と築いてきた智慧《ちえ》を忘れてしまっているんじゃないか」

「先人の智慧——って？」

それは——、と崇は再び歩き出した。

「また今度、機会があったら教えてあげるよ」

「凄く複雑で面倒臭い方法じゃないんですか？」

「全く。あっけないくらいに簡単な方法だ」

崇は——それこそあっさりと——言うと、

「まあこれは、ただ単に俺一人の妄想に過ぎないかも知れないけれどね」と拝殿に向かった。「さて、お参りしよう」

この拝殿の奥に本殿が、そして「霊璽簿」の祀られている霊璽簿奉安殿が、向かって左奥に鎮霊社がある。

奈々は二拝二拍手して、じっと祈る。そして最後に、深々と一拝した。

参拝を終えて拝殿を後にした奈々たちは、春風に髪を梳《と》かせながら神門へと歩く。

左手に見える大きな建物は「遊就館《ゆうしゅうかん》」だ。その名前は『荀子《じゅんし》』勧学篇の「遊必就士——高潔な人物に交わり学ぶ」という言葉からきているらしい。そこには、特攻隊員の遺書や遺品、使用された武器など、戦争の歴史を留める収蔵品が十万点にも及んで展示されている。以前に奈々も見学したが、自分よりも年若くして亡くなってしまった隊員の遺書を読んだり、独身のまま亡くなった息子にと奉納された花嫁人形などを眺めたりしていたら、理屈を超えて思わず胸が詰まってしまった記憶があった。そんなことを思い出しながら、三人でゆっくりと参道を歩く。

奈々は思う……。

靖國神社に関しては、いつからこんなことになってしまったのだろう。

崇が言うように、この論争の裏で、一体どんな政治的な駆け引きが行われているのかは想像もできないけれど、戦争で命を落としてこの場所に祀られている人々（の霊）を、そんな低い次元のカードとして扱って良いものなのだろうか。それが政治だというのならば仕方ないけれど、でも、政治家であろうが誰であろうが、その人が自国の神社にお参りに行きづらくなるという状況はおかしくはないのか。

それともそんな考え自体が、余りにも幼稚でナイーヴすぎるのか……。そんなことも含めて、いつか機会を見て崇に訊いてみよう。そう思った。


第二鳥居をくぐって、さてこれから千鳥ヶ淵へと足を運ぼうと思った時、

「そういえば、タタルさん」沙織が思い出したように言う。「さっき九段坂を登って来る途中で、右手に建っていたビルの隙間から、神社の屋根らしき物がチラリと見えたんですけれど、あんな場所にも神社があるんですか？」

ああ、と崇は頷いた。

「有名な神社だよ」

「そうなんですか……」

「築土《つくど》神社だ」

「つくどじんじゃ？」

「元々は太田《おおた》道灌《どうかん》が、江戸城の乾——北西に造営して、人々から城の鎮守神として尊《たつと》ばれていた神社だ。それが時を経て何度も移転を繰り返し、結局現在地に落ち着いたんだ。当時の地名から、田安《たやす》明神とも称して、日枝《ひえ》神社・神田明神と共に、江戸三社の一つとされていた」

「神田明神というと、平将門《たいらのまさかど》のですか？」

「そうだ。それに、この築土神社自体が、平将門を祀っている」

「へえ……それは知らなかった」

「じゃあ、折角だから」崇は歩く方向をくるりと変える。「ちょっとお参りして行こうか」

「え？　あ、あの――」

目をパチクリさせる沙織の隣で、

「は、はい――」

急いで答える奈々を見て、崇は、

「そもそもこの築土神社は――」

と、またしてもいきなり話し始めた。

「天慶《てんぎよう》三年（九四〇）の乱に破れて京都で獄門に懸《か》けられていた将門の首を、誰か有縁の者が密かに持ち去って、ここ武蔵の国までやって来た。そして現在の大手町にあった井戸――首洗いの池ともいわれている――で洗い、下総国《しもうさ》猿島郡石井《さしまぐんいわい》の神田山《かどやま》に埋められていた将門の胴体を運び出して一緒に合わせ、ここに塚を築いて祀った。ゆえに築土明神と呼ばれたという。そして実際にこの神社には、将門の首桶《くびおけ》という物が伝わっていたらしい。しかしそれは残念なことに、関東大震災の際に焼失してしまったが、東京都神社庁発行の『東京都神社史料』には、きちんとその写真が掲載されているという」

「将門の首と胴体！」

それまで呆気にとられたままでいた沙織が、突如叫んだ。

「そりゃあ凄いじゃないですか。将門って、大怨霊《だいおんりよう》でしょうが！」

しかし崇は、そんな沙織にチラリと視線をくれただけで、近代的なビルの谷間に立つコンクリートの鳥居をくぐって行く。不思議な造りで、ビルの一階が参道になっている。そのビルの名前は「九段アイレックスビル」とあった。「アイレックス」というのは、モチの木のことで、以前にこの神社があった田安の「冬青木《もちのき》坂」にちなんで付けられた名前だという。そういわれれば、入口の鳥居の脇にはモチの木が植えられていた。

奈々たちもその後に続いて行くと、その先には小さくコンパクトだったけれど、とても綺麗な社殿が見えた。まさに社《やしろ》の原点ともいえる、高床式《たかゆかしき》倉庫のような形状をしている。

その側に立てられた説明文を読むと、この社殿は老朽《ろうきゅう》化に伴って平成六年（一九九四）に、社殿・社務所をビル化したとあった。数年前に改築されたばかりだった。道理で綺麗なはずだ。

そのまま石段を上がって本殿にお参りすると、三人は社殿の裏に回る。

「現在この神社は」崇は言う。「主祭神《しゅさいじん》が天津《あまつ》彦火《ひこほの》瓊瓊杵尊《ににぎのみこと》になっている。天孫降臨《てんそんこうりん》したその神で天《あま》照大神《てらすおおみかみ》の孫神、神武《じんむ》天皇《てんのう》の曾祖父神だ」

「あら。平将門じゃないんですか」

「将門は、相殿《あいどの》で祀られている。菅原道真《すがわらのみちざね》と一緒にね」

「それって……どういうことですか？」

「理由は明らかだね」崇は微笑む。「しかし、本来の主祭神はさっきも言ったように、明らかに平将門だ。その証拠に、文政元年（一八一八）に奉納《ほうのう》された天水桶《てんすいおけ》には『繋馬《つなぎうま》』——将門の家紋が描かれている。ほら、見てごらん」

崇の指差す方を見ると、そこには年季の入った大きな鉄製の天水桶があった。そしてかなり錆《さ》びかかったその表面には、二本の縄によって地面の杭《くい》に繋がれた馬の絵が彫られていた。

その他にも築土神社には、千代田区指定文化財の狛犬《こまいぬ》や、力石《ちからいし》などがあった。奈々たちはそれらを見学しながら、再び参道を戻る。すると、

「ああ、そういえば」と崇が言う。「靖國神社と将門は、縁がなくはないな」

「靖國神社とですか？」

「そうだよ。東京都内で明治天皇が公式参拝された神社は、たった二社しか存在しないんだ。それが、靖國神社と神田明神だ」

「たった二社……」

靖國神社は分かるけれど、

「でも何故、明治天皇が神田明神に——」

「そうだ」崇は急に立ち止まって二人を見る。「これも何かの縁だろう。今日はこのまま神田明神に行ってみようか」

「えっ。こ、これからですか」

「どうだい？」

「は、はい……」奈々は頷く。「わ、私は良いですけれど」

「あ、あの」沙織が目をパチクリとさせた。「ええとですね……。千鳥ヶ淵の桜——お花見は？」

「なんだ」崇は沙織を振り返った。「きみは見なかったのか？　俺はさっき歩きながら見たが、とても綺麗だったよ」

「い、いえ、そりゃあ、靖国通りの遥《はる》か向こうに見えましたけど——」

困ったような沙織に、奈々は目配《めくば》せした。こうなっては、もう崇を千鳥ヶ淵に誘うのは不可能な話だろう。沙織もチョコンと肩を竦《すく》ませると、諦《あきら》めたように崇の後に続いた。


「さてと」崇は辺りを見回す。「タクシーで移動するか？　時間も、もったいないしな」

「え。時間って……まだお昼過ぎですよ」

「いや、神田明神まで行ったら、やはりその後は、大手町の首塚《くびづか》もまわるべきだろうと思ってね」

「は？」

顔を見合わせる棚旗姉妹をよそに、崇はタクシーに手を挙げた。奈々はその隙《すき》を見て、沙織の耳に口を寄せた。

「お花見終了ね」

「うーん……やはり、こういう展開であったか。仕方ないといえば仕方ないか」

「私はいいけれど、あなたは？」

「姉の幸せに奉仕するのが妹の務め。諦めます」

何を言っているんだろう、全く。

奈々は、崇に続いてタクシーに乗り込む。崇は運転手に行き先を告げ、車は走り出したけれど——。

今日は、春風にゆったりと身を委《ゆだ》ねながら、ピンク色の花びらを眺めて心を穏やかにする一日だったはずなのに……。

奈々が窓の外を流れて行くのどかな春の景色を眺めていると、崇が問いかけてきた。

「きみたちは、平将門は知っているね」

はい、と奈々は頷く。

「もちろん知ってます。日本三大怨霊の一人でしょう。崇徳院《すとくいん》と、天満大自在天神《てんまんだいじざいてんじん》——菅原道真と、そして平将門です」

さすがに最近は、奈々も歴史に詳しくなっている。自分で考えていた以上に、他人の影響を受けやすい体質なのかも知れない。それに元々、歴史の勉強は嫌いじゃなかった……ような気もしている。ただ、理系に進んでしまったから、おろそかになっていただけなのだ……多分。

そんな奈々の隣で、

「取り敢《あ》えず簡単に説明しておこう」

崇は口を開いた。

「平将門は、延喜三年（九〇三）に下総の国府——現在の千葉県市川市で生まれたといわれている。しかしこの年代について海音寺潮五郎《かいおんじちょうごろう》などは、もう十年ほど後の誕生だったのではないかと言っているが、これも定かじゃない。ただ、延喜三年生まれだとすると、ちょうどその年の二月に、菅原道真が配《はい》流地《るち》の太宰府《だざいふ》で亡くなっている」

「えっ」

「果たしてこれは偶然なのか、それとも後世、年数を合わせたのかは分からない。しかし、そのために将門は、道真の生まれ変わりとも呼ばれるようになった。でも、この辺りも後で詳しく説明しよう」

「はい……」

「そして将門は、自分たちの開拓した土地をめぐって、当時の朝廷と対立することになる。この間も、彼の周りの色々な人間たちの欲望が膨《ふく》らみ渦巻くことになるんだが、これも今は割愛して、後に回そうか——。やがて将門は、朝廷と激しい戦闘を開始してしまい、ついに天慶三年（九四〇）、藤原秀郷《ふじわらのひでさと》や、自分の従兄弟である平貞盛《たいらのさだもり》らによって討ち取られてしまった。そして、その首が京都に運ばれた」

「そこから怪異が始まるんですよね」沙織が怖々《おずおず》と口を開いた。「晒《さら》されていた生首が喋ったり、その生首が空を飛んだり、首のない武将が夜中に家を訪ねて来たり……」

「一方、関東地方では――」しかし崇は、そんな沙織の言葉を無視して続けた。「彼を祀る神社が、多数創建される。昔、この辺りで『明神』といえば、ストレートに将門のことを指していたくらいにね」

「謀反人《むほんにん》なのに……ですか？」

「そうだ」

と言ったきり、崇は口を閉ざしてしまった。

どうしたのだろう？　また何か考え事でもしているのだろうか。こんな時は、そっとしておいてあげた方が良いのである。というよりも、取り敢えずそっとしておくしか方法がないのだ。

そんなことを思っていると、暫《しばら》くして隣から沙織が言った。

「そういえば将門って、日本三大悪党でもあるんですよね」

「悪党なの？」

「そうだよ、お姉ちゃん。弓削道鏡《ゆげのどうきょう》と、足利尊氏《あしかがたかうじ》と並んでね。でも、もちろんこの悪党っていう呼称には、良い意味も含まれてるけれどさ。大人物とでもいうのかな。そうですよね、タタルさん」

「まあ、そうとも言うね」曖昧《あいまい》な返事が戻ってきた。「それよりもきみたちは、神田明神の主祭神は誰だか知っているか？」

「え？」奈々は崇を見る。「何をおっしゃっているんですか、今更」

「神田明神の主祭神の話だよ」

「だから、平将門でしょう。以前に行った時も、しっかりと祀られていましたよ」

「どこに？」

「どこって――」

「今現在、神田明神の主祭神は」崇は奈々を見た。『大己貴命《おおなむちのみこと》』だ」

「……何をおっしゃっているのか」

「いや、これは誰でも知っていることだし、山門《さんもん》前に大きく書かれている。だから、別に改めて言うほどのことではないんだけれどもね」

「そう……なんですか」

「それは知ってる」沙織が口を挟んできた。「大己貴命――つまり大黒天ですよね。山門をくぐると、すぐ左手に大きな像がありました。でも、それって形だけでしょう。実質上は平将門だっていうことくらい、これも日本全国誰だって知ってますよ」

「そうだ。では、どうしてそんなことになっているんだ？　奈々くんに言わせれば、将門は日本三大怨霊だというのに」

「だから『大悪党』だったからですよ。朝敵だったから、表立っては祀れなかった」

「では、大国主命《おおくにぬしのみこと》や素戔嗚尊《すさのおのみこと》は？　彼らだって、沙織くんの定義によれば、大悪党じゃないか」

「それは……」

「ちなみに現在の神田明神は、一の宮として『大己貴命』――つまり大国主命が。二の宮として、大国主命と共に日本の国を造ったといわれている『少彦名命《すくなひこなのみこと》』が。そしてやっと三の宮に『平将門』が祀られている。言い換えれば、北野天満宮《きたのてんまんぐう》の主祭神が素戔嗚尊あたりになっていて、摂社《せっしゃ》で菅原道真が祀られているという感じだろうな。どう思う？」

「あり得ない！　本殿に雷が落ちます」

「じゃあ、神田明神は？」

「だからそれは……」沙織が眉をぎゅっと寄せた。「きっと色々と深いわけがあったんですよ。私たちには、ちょっと想像がつかないような――」

それを覗き込んで「どんな？」と尋ねる奈々を見返した。

「だから知らないよ、お姉ちゃん。たった今『私たちには、ちょっと想像がつかないような』って言ったでしょうが。タタルさんはご存知ですか？」

「知っている——というより、論理的に考えれば、当然すぎる話だな。じゃあ、まず神田明神の由緒《ゆいしょ》からいこう。この神社は、天平二年（七三〇）に、大己貴命の子孫であるという真神田臣《まかんだのおみ》によって創建されたといわれている」

「え。じゃあ、やっぱり大国主が主祭神で良いんじゃないですか」

「但し、神社の古伝の由来書は、一切残っていないんだ。全て度重なる火災で焼失してしまったからね。これは、いつの時代に残されたのか分からない口伝のようなものだ。しかし、現在はこの社伝を由来としているようだな——。そして、その後の天慶の乱で破れた平将門を合わせ祀ったという。これも、将門を葬《ほうむ》った塚の辺りで、天変地異が頻発《ひんぱつ》したために、その霊を慰撫《いぶ》しようとして真教《しんきょう》上人がこの神社に奉祀《ほうし》したという。やがて家康《いえやす》が江戸に入り、神田明神を篤《あつ》く祀るようになった。その結果、江戸時代を通じて、神田明神は江戸総鎮守《そうちんじゅ》という立場に置かれるようになったというわけだ」

「うんうん、なるほど」

　しかし、と崇は言う。

「これほどまでに由緒正しく、特に江戸時代以降は祭神もはっきりしている神社なのにも拘わらず、明治初期には、将門を三の宮に遷宮《せんぐう》どころか、祭神そのものの廃止を求められている」

「それはまた、どうしてですか？」

「明治初期というと……」奈々は首を捻る。「尊皇《そんのう》攘夷《じょうい》だったから……それはやっぱり、沙織が言ったように、将門が朝廷に対する謀反を企てたということからですか？」

「もちろん、それもある」

「それも……というと？」

「ああ」と崇は頷いた。「じゃあ、まずその頃の歴史背景を簡単に説明しておこうかな――。

明治六年（一八七三）一月には、全国に徴兵令が公布された。続いて、同年十月には征韓論《せいかんろん》が破れ、西郷隆盛、板垣退助《いたがきたいすけ》、後藤象二郎《ごとうしょうじろう》、副島種臣《そえじまたねおみ》、江藤《えとう》新平《しんぺい》らが一斉に下野《げや》するという大事件が起こった。そんな不穏《ふおん》な空気の中、七年（一八七四）二月には佐賀の乱。十年（一八七七）二月には、西南戦争が始まり、同月十五日に、西郷隆盛は、鹿児島を出陣する。そんな緊迫した国内情勢だったということを、まず頭の中に入れておいてもらって――。

少し時が戻って、明治五年（一八七二）のことだ。当時の政府の宗教行政担当機関であった『教部《きょうぶ》省《しょう》』から、神田神社に対してクレームが付けられた。その具体的な内容は残されていないようだが、かなり強硬に将門祭神廃止を求めてきたと推測されている。そこで当時の神田神社祠官《しかん》は、急いで東京府知事だった大久保一翁《おおくぼいちおう》に反対の嘆願書を提出した。すると教部省より再び反論が上がり、『神器《じんぎ》を覬覦《きゆ》する者は、天地を窮《きわ》め古今に亘《わた》り、賊臣平将門一人のみ』『決して諸神に列すべからず』とまで激しい意見が返ってきてしまった」

「ええと……その意味は？」

「『神器を覬覦する』というのは神器、つまり天皇の地位を『覬覦する』――分不相応にも窺《うかが》い狙おうなどとする――者は、長い日本の歴史の中にも、将門くらいしかいなかった、というわけだ」

「本当にそうだったんですか？」

「これも後で説明するけれど、一概にそうとばかりは言えない。但し当時は、今言ったように不穏な世情だったからね。おそらく、天皇を求心軸にして世の中の人々を纏《まと》めようという政策だったんじゃないかな。そこに、将門が利用されてしまった」

「一罰百戒《いちばつひゃっかい》――スケープゴートみたいなものですね」

「そういうことだろうな――。しかしその時の政府は、神田明神祠官の嘆願書を受け入れ、将門祭神廃止は免《まぬが》れた」

「まあ、良く受け入れましたね」

「とはいっても教部省、神田神社内に新たに将門神社を建立《こんりゅう》し、そこに将門の霊を遷座させるという条件を出してきた。そして神社側がその条件を無理矢理に呑《の》まされてしまったために、当時の『東京日日新聞』などには、

『神田っ児が平の将門を左遷《させん》』

などと書かれて、揶揄《やゆ》された。当然、氏子《うじこ》たちも猛抗議を行って、わざと将門の新社別構のための大金を集めたりして、当時の政府と揉めた。しかし、結局は将門を摂社に下《おろ》すということによって、この時は一応の決着を見た。だが再び教部省から横槍《よこやり》が入り、今度は社殿に掲げてある霊元天皇の勅額《ちょくがく》『神田大明神』の額を取り外すようにという命令が下った」

「全くもう、次から次へと」

「さっきも言ったけれど、当時の教部省がこれほどまでに将門を憎んだのは、皇国史観《こうこくしかん》に凝り固まった国学者たちが、内部に多く在籍していたということに原因があったんだ。つまり、江戸城開城の際に、徳川慶喜《よしのぶ》の首を刎《は》ねろと主張した人々だな」

「頭の固い学者は、いつの時代も困りもんですね。全然過去の歴史に学ばないし」沙織は偉そうに言って、頰を膨らませた。「『愚者は経験に学び、賢者は歴史に学ぶ』――ですよね、タタルさん」

「まさにその通り」

沙織の言葉に崇は苦笑いすると、再び続ける。

「しかし神社側に付いていた東京府が、霊元天皇の勅命を覆《くつがえ》すことはできないと激しく反発して、教部省を非難した」

「それは当然でしょう」

「既にその時将門は、後《ご》水尾《みずのお》天皇によって勅免《ちょくめん》されて――つまり罪人ではなくなっていたんだからね。そこで結局政府は、時の太政大臣である三条実美《さんじょうさねとみ》が染筆《せんぴつ》した『神田明神』の額を下付して、この件を落

着させたというわけだ——。将門は、遥か平安の昔から、ほんのつい最近まで、延々と政治という波に翻弄《ほんろう》され続けて来ているんだよ」

崇は軽く嘆息した。

タクシーは、JR御茶ノ水駅を過ぎて聖橋《ひじりばし》を渡った。あとほんの数分で神田明神に到着するだろう。

すると奈々の脇から、

「でも……」と沙織が再び尋ねた。「いくらその時までに勅免されていたとしても、やっぱり基本的には『日本三大悪党』だったということに変わりはないわけですよね」

「昔の教科書にもそう載っていたしね」

「じゃあ、やっぱり——」

「その前にきみは、他の二人——弓削道鏡と足利尊氏が歴史上で一体どんなことをしたのか、それを説明できるかな?」

「もちろんできますよ」沙織は自信たっぷりに胸を張った。「弓削道鏡は奈良時代の僧で、称徳《しょうとく》天皇の寵愛《ちょうあい》を受けたのを良いことに、宇佐八幡宮《うさはちまんぐう》の神託《しんたく》を利用して皇位を狙おうとした。でも、藤原一族の意を受けた……ええと……和気清麻呂《わけのきよまろ》らによって、阻止されてしまった。清麻呂が、実際に宇佐八幡宮に出かけて、道鏡を皇位に就《つ》けてはいけないという神託を受けて来たんです」

「『我国は開闢《かいびゃく》このかた君臣のこと定まれり。臣をもて君とするいまだこれにあらず。天つ日嗣《ひつぎ》は必ず皇儲を立てよ。無道の人は早く掃除《そうじょ》すべし』というやつだな」

「そ、そうです、確か」

「しかし、その神託を持ち帰った和気清麻呂は、称徳天皇の激しい怒りを買ってしまい、別部穢麻呂《わけべのきたなまろ》と改名された上に足の筋を切られて、流罪《るざい》になってしまった」

「でも清麻呂は、称徳天皇崩御《ほうぎょ》後に許されて、その代わりに道鏡が左遷されてしまったんですよね」

「そうだ」と崇は頷いた。「では、尊氏は?」

「言わずと知れた、室町幕府の初代将軍。後醍醐《ごだいご》天皇に従って六波羅探題《ろくはらたんだい》を滅ぼした」

「その功によって元々は『高氏』という名前だった彼は、後醍醐天皇の諱《いみな》である『尊治《たかはる》』から一字もらって『尊氏』と名乗るようになった。但し、いわゆる尊氏の肖像画とされている抜き身の刀を肩に載せた肖像画は、実は高師直《こうのもろなお》なのではないかといわれているね」

「そんな噂も聞きました」沙織はコクリと頷いた。「でも、やがて後醍醐天皇の始めた建武《けんむ》の新政が一般武士の支持を得られなかったために、尊氏は政権を離反して、楠木正成《くすのきまさしげ》や新田義貞《にったよしさだ》らを討ち滅ぼした。そして後に光明《こうみょう》天皇を擁《よう》して征夷《せいい》大将軍になり、室町幕府を開いた」

「とすれば、弓削道鏡と足利尊氏、そして将門に共通する点が何だか分かるだろう」

「つまり……」奈々が答える。「天下を狙ったということですか」

「天下、という言い方は正確ではないな。天下は誰もが狙っていた。それこそ戦国時代などは、狙っていない人間はいない程だっただろう」

「天皇に逆らった？」

「そうとも言えないんだよ、沙織くん。道鏡の場合などは天皇に逆らうどころか、称徳天皇の命令に従おうとしていたわけだからね」

「でもそれは、道鏡が天皇を丸め込んでしまっていたからでしょう」

いいや、と崇は首を横に振った。

「その話もどうやら後世の脚色がかなり入っているらしい。伝承では一方的に道鏡が悪になっているんだが、現実はそうでもなかったようなんだ」

「そうなんですか」

「ああ。彼は沙織くんの言うように、宝亀《ほうき》元年（七七〇）に、下野国の薬師寺別当に配流された。しかしこれは、天皇の地位を奪おうとした『悪人』としては、異常に罪が軽すぎる。明らかに、彼が主犯ではない証拠だ」

「じゃあ何でしょう……。でも、将門も『新皇』と称して皇位を狙ったって――」

「では、道鏡と将門が二人ともに天皇の地位を狙ったと仮定しよう。しかし、少なくとも尊氏は全くそんなことはしなかった。これはどう考える？」

だって――、と沙織は答える。

「尊氏は後醍醐天皇を裏切っちゃったじゃないですか。その結果、天皇は失意のうちに病に倒れ、吉野で崩御してしまった」

「しかし尊氏は、天皇を弔《とむら》うために天竜寺《てんりゅう》を建立している」

「後からそんなことをしてもね……」

「だがそれを言ったら、後鳥羽《ごとば》上皇などはどうするんだ？　上皇は、承久《じょうきゅう》の変において、十九万もの大軍を率いた北条泰時《ほうじょうやすとき》に破れて、隠岐島《おきのしま》に配流されてしまったじゃないか。しかも、大きな恨みを残して崩御されたために、一時期都では、怨霊になられたと噂されたほどだ。その他にも天皇の地位を脅《おびや》かした人物としては、足利義満《よしみつ》、織田信長《おだのぶなが》、徳川家康など、数え上げればきりがないだろう」

「うーん……。じゃあ、将門たち三人には、一体どういう共通点があるというんですか？」

沙織が尋ねた時、タクシーは左車線に移行してスピードを落とした。本郷通りの向こう側に見える大きな建物は東京医科歯科大学附属病院。そして木々の緑は湯島聖堂《ゆしませいどう》の杜《もり》だ。

「どうやら到着したらしい」崇は体を起こす。「その話の続きは、参拝しながらにしよう」

「はーい……」

と沙織は頷くと、近付いてくる大きな鳥居を眺めながら独り言のように呟《つぶや》いた。

「でも、神田っ子――江戸っ子といえば、将門調伏《ちょうぶく》のために建立された成田山《なりたさん》へは、未《いま》だにお参りしないんでしょう。頑固っていうか何と言うか……」

＊

やがて本郷通り沿いにタクシーは停まり、

「若いのに詳しいねー」

などと運転手さんに驚かれ（呆《あき》れられ）ながら、奈々たちはタクシーを降りた。

参道の前には、ちょっと珍しい青銅葺《せいどうぶ》きの大きな明神鳥居《みょうじんづか》がそびえ立っていた。見上げれば、その額《がく》束には「神田神社」とある。脇の石碑にも「神田神社」と彫られていた。それを眺めていた奈々に、

「この『神田神社』が正式名称なんだよ」と崇は言った。「それがいつからか『神田明神』と呼ばれるようになった」

「その、神社と明神はどう違うんですか？」

「『明神』というのは、『由緒正しく霊験《れいげん》に優《すぐ》れた祭神』という意味の『名神』からきているんだ。それが、神への尊称だった『明神』と混同されるようになり、やがて全てこちらの呼び名で定着してしまったといわれている。そしてこの『明神』は、天皇神格化の神に対しては『アキツカミ』と読む」

「じゃあどちらにしても、崇敬の篤い神社、という意味なんですね」

「そうだな。大明神という呼称もあるけれど、どれもみんな同じ意味だ。大きく優劣の差はない」

鳥居をくぐり、緩やかな坂を登りながら崇は奈々たちに言う。

「神田明神編纂《へんさん》の書物を読むとね、徳川家康が足を踏み入れた頃の江戸の西北方は、ただ荒漠《こうばく》たる武蔵野の原野で『月が草から出て草に入る』というような風景だったという。その茫々たる草むらの中を、武蔵の国府――現在の府中――を経《へ》て、甲州へ向かう街道が西へ通じているだけだったらしい。南は現在の日比谷通り辺りまで延々と潮入りの葦原《あしはら》で、海岸は松林だった。そして、その近辺にわずか百戸ばかりの民家があり『芝崎《しばざき》』と呼ばれていた。そこに

は芝崎道場や神田明神の社、その他二、三の寺があり、住民は主として漁業と海運で生計を立てていたという」

「想像を絶するよね」沙織が、ふんふんと頷いた。

「日比谷の辺りが海岸線だったなんて。でも、もっともそんな立地だったから、江戸前の生きの良い寿司なんかが生まれたんでしょうけど」

　確かにそうだ。納得しながら奈々は歩く。

　百メートルほどの短い参道だった。その両側には、土産物屋や休憩所が数軒、軒《のき》を連ねている。そして正面には朱色で総檜《そうひのき》、二層建て入母屋《いりもや》造《づく》りの随《ずい》身門《じんもん》が姿を見せていた。奈々たちはその前で立ち止まると、じっくりと門を観察した。

　この門の再建は、昭和五十年というから、さすがにまだ新しくて綺麗だった。門のあちらこちらに極《ごく》彩色《さいしき》の彫刻が施《ほどこ》され、しかも二層目には金箔を施した「繋《つなぎ》馬」の彫刻も飾られていた。

　そして門の左脇には、由緒書きの書かれた立て看板があった。そこには、

御社名　神田神社　神田明神
御神号　神田大神　神田大明神
御祭神　大己貴命
　　　　少彦名命
　　　　平将門命
御神徳
大己貴命は別の御名を大国主命ともうしあげ……
云々。

　とあった。確かに主祭神は、大己貴命になっている。ずっと将門が主祭神だとばかり思っていた奈々には、ちょっと驚きだった。

　三人は随身門をくぐると、手水舎《てみずや》で手を洗い、左手に受けた水で口を漱《すす》ぐ。最後に祟は、柄杓《ひしやく》をスッと立てると、コトンと静かに戻した。奈々もそれを横目で見ながら真似をする。すると沙織も、神妙な

顔でやはり同じように柄杓を戻していた。

手水舎の先には、さっき沙織が言っていた大黒天の石像があった。袋を肩に担いで二つ並んだ俵《たわら》の上に乗り、小槌《こづち》を振り上げてふくよかに笑っている白い石像だ。説明書きを読むと、高さ約七メートル、重さ約三十トンの、日本一大きな大黒天像だという。しかし、これもまた昭和五十一年建立というから、かなり新しい物だ。

奈々たちは境内《けいだい》を真っ直ぐに拝殿に向かった。

いよいよ平将門と対面だ。

この拝殿は、鉄骨鉄筋コンクリート造りの権現造《ごんげんづく》り。関東大震災によって灰燼《かいじん》に帰《き》してしまったために、新たに造り直されたらしい。

石段を五段上り、拝殿の前に三人で一列に並んでお参りする。しかし、奈々が最後の一拝をしても、沙織はまだぶつぶつとお祈りをしていた。変な子、と思って、拝殿の石段を下りながら、

「何をそんなに一所懸命に祈ってたの?」

と笑いながら尋ねると、沙織は真顔のまま小声で答えた。

「だってね、お姉ちゃん。大怨霊将門でしょ。しかも、これから将門の首塚もまわるんだよ。決して私たちは悪い者ではないから、どうぞ祟らないで下さいねって心を込めてお願いしたの」

「また大袈裟な」

「全然大袈裟じゃないよ!」沙織は眉根を寄せて、ますます真剣な表情になる。「首塚を壊そうとした人たちは何人も死んでるっていうし、あの塚を写真に撮ったら、その部分だけ黒くなっちゃったとか、髪を振り乱した武将の姿が写ってたとか……色々な話を聞くよ。都内有数の心霊スポット」

「……それはないでしょう」

「そうやって笑っていられるのも今のうちだけだよ、お姉ちゃん。そんなにのんきに構えていると、後で泣いても知らないよ」

「そう……かしら」

やけに強い確信を持っているらしい沙織の言葉に、ちょっと不安になった奈々が崇を眺めると、しかしこの男は全く何一つ気にする様子もなく、

「ちょっと一回りしよう」

などとスタスタ歩いて行くので、奈々たちも急いでその後を追う。正面左手から奥に入って行くと、小振りな祠《ほこら》の摂社や末社《まつしや》が拝殿を取り巻くように、いくつも並んでいた。江戸神社、八雲神社、水神社、稲荷社、籠祖神社など、十社近くもある。そしてそこには例によって、素戔嗚尊や猿田《さるた》彦《ひこ》や宇賀之《うかの》御《み》魂神《たまのかみ》などが祀られていた。こちらこそ、大怨霊たちのパレードだ。

「そうそう、タタルさん」沙織が急に声を上げた。「さっきの話の続き。どうして将門たちが『三大悪党』なのかっていう」

「ああ、そうだな」崇は歩きながら答える。「弓削道鏡は、沙織くんがさっき自分でも言ったように『藤原一族の意を受けた、和気清麻呂らによって』失脚させられた。そして将門は——これは後でまた詳しく説明するけれど——荘園《しょうえん》制度に対する反乱を起こした」

「だから、二人とも朝廷に逆らったっていうことでしょう」

「朝廷では的確じゃないな。より正確に言えば、彼らは『藤原氏』に対して刃向《はむ》かったということなんだ」

「なるほど、そういうことか！」沙織は一瞬頷いたけれど、すぐに顔を曇らせた。「でも……尊氏は別に藤原氏に刃向かったわけじゃないですよ。まあ、その頃はまだ多少、藤原氏の勢力が残っていたかも知れないですけれど」

「残っていたどころじゃないよ」崇は笑う。「後醍醐天皇の皇后、そして女御《にょうご》共に藤原氏の女だ。そして天皇との間には、何人もの親王がおられた」

「あっ」

「さっき、和気清麻呂が、別部穢麻呂と改名させら

れたと言っただろう。『和気』が『別部』、『清麻呂』が『穢麻呂』になったわけだが、特にこの『穢』という文字は『朝廷の意に背《そむ》いた悪人』という意味も併《あわ》せ持っている。つまり、自分たちに逆らう奴らなどは、身も心も『穢れ』ているというわけだ。以前にも一度話したと思うけれど、もともとこの『穢れ』という思想は『記紀』に見られるように、伊弉諾《いざなぎ》・伊弉冉《いざなみ》の時代には『死』に触れることだった」

「死の国から戻ってきた伊弉諾尊が、筑紫の日向《ひむか》の橘の小戸《おど》の阿波岐原《あわきはら》で禊《みそぎ》ぎ祓いをしたって」

「そうだ。ところがまさにこの称徳天皇・弓削道鏡の頃から『穢』という観念が、大きく変化し始めたんだ。ただ単に死穢《しえ》というだけではなく、社会的に邪悪であるという意味まで付与され始めた。当時の仏教の影響も大きかったのだろうけれど、やはり一番大きかったのは朝廷の力だ。自分たちは『正』なのだから、その対極にある者たちは全て『悪』、つまり『穢れ』ているということだ。単純な理論だな」

そういうことか……。

つまり日本の歴史に於《お》いては、当時朝廷に君臨していた藤原氏に対して刃を向けた者が『悪』だったのだ。

確かにそう言われてみれば、過去の日本の歴史は、ずっとその繰り返しだった。在原業平《ありわらのなりひら》も小野小町《おののこまち》も菅原道真も、みんな戦いに破れ、そして——怨霊となっている。

「『記紀神話』では」と崇は続ける。「『穢《けが》れ』は、ただ単に死に対する感覚的なものだった。しかし、やがて社会的・宗教的にどんどんと拡大解釈されていったんだ。そして、嵯峨《さが》・淳和《じゅんな》朝において、正式に規定されてしまったというわけだ。この間の詳しい話も、またいずれ説明しよう。今は取り敢えず『穢れ』という言葉には、こういった背景があるということだけで良いだろう」

そのままぐるりと一周してくると、拝殿右側には国学発祥の碑と並んで、銭形平次《ぜにがたへいじ》の碑があった。言わずと知れた、野村胡堂《のむらこどう》の名作『銭形平次捕物控』——平次親分の碑だ。

そのまま境内を進んで拝殿の右手まで出ると、そこには「獅子山《ししやま》」と名付けられた石の彫刻がある。これは説明書きによると、武州下野《しもつけ》の石切籐兵衛という名人が、生涯にたった三組しか造らなかった作品の一つといわれているらしい。親獅子が子獅子を谷底に突き落として試練を与えている姿を彫ってあるという。なかなかリアルで立派な彫刻だった。

そして、拝殿に背を向けて随身門に戻ろうとした時、春の突風に散る桜の花びらが、奈々たちの周囲を取り囲むように降ってきた。一瞬、四方をピンク色の粉雪に取り囲まれる。ここ神田明神にも、桜の木がたくさん植えられているのだ。思わぬ場所で、素敵な花見ができたではないか。

奈々が夢見心地に歩いていると、

「さて、次は将門首塚だ。場所は大手町だから、新御茶ノ水駅から、千代田線で一駅だな」

そんな幻想を打ち砕くように、崇が言う。

さっきの沙織の話は本当なのだろうか。

まあおそらくは、少しオーヴァーな話なんだろうけれども……でも……やっぱり。

どうか、よろしくお願い致しますと、奈々は拝殿を振り返って、こっそりとお願いした。

「神田明神の『神田』というのはね」

今度は湯島聖堂を左に見ながら歩く新御茶ノ水駅までの道程《どうてい》で、崇が二人に向かって説明する。

「将門の終焉《しゅうえん》の地、下総国猿島郡——現在の茨城県岩井市にある『神田山《かどやま》』から来ているという。そしてこの『神田山』も、そもそも将門の胴体——つまり体を埋めた地で、『からだ山』のことだといわれている」

「でも、茨城県のその辺りに、山なんてありましたっけ？」

「いや、奈々くん。あの地方では『山』という名称は『林』のことを指しているんだ。『内野山』や『島広山《しまひろやま》』などのようにね――」崇は再び前を向いたまま説明を始める。「また他の説としては、胴塚のある延命院《えんめいいん》の地名、つまり『将門山』が変遷したのではないかという説もある」

「ということは、どちらにしても『胴塚』というわけですか……」沙織が顔をしかめた。「やっぱりちょっと、不穏な空気」

「その他にも、その近くに神への供物《くもつ》を調達するための田があったから『神田』となった――などという説もある」

「なーるほど」

しかしね、と崇は振り返った。

「これらの説も、決して間違いではないと思うけれど、俺は『かんだ』という呼び名からきているんじゃないかと思ってる」

「かんだ――って、そのままでしょうが」

「そうだよ」

「それじゃあ意味不明」

つまりね、と崇は沙織を見た。

「『かんだ』というのは『片目』のことなんだ」

「片目って……」

「江戸川柳にも、
片目《かんだ》でも神の部に入る権五郎《ごんごろう》
という句が載っている。ここでいう権五郎というのは、もちろん鎌倉《かまくら》権五郎景政《かげまさ》のことだ。奥州後三年の役で右目を射られたが、そのまま矢を放ち返して相手を倒したとして英雄になって、鎌倉、坂ノ下の『御霊神社《ごりようじんじや》』に祀られている。一年前に行っただろう」

確かに行ったし、その話も聞いた。

一般には「五郎神社」が「御霊神社」に変化したというのが定説になっているけれど、また別の意味を含んでいるのだと、その時崇が話してくれた。そして奈々も実際にその地に行ってみて、崇の説の方が、より信憑性が高いと思ったものだ。

「昔は片目のことを『かんだ』と呼んだんだ。『がんち』とも言うね」

「でもでも」沙織が反論する。「将門って片目じゃないでしょう」

「『寛明事跡録《かんめいじせきろく》』という書物によれば、この神田明神は、将門の霊を『瞎《かため》明神』として祀ったと書かれているし、『将門純友東西軍記』にも、将門は『目奇《かため》明神』として祀られた——とある。ちなみに将門は、権五郎景政のように、片目を矢で射抜かれたりなどはしていないために、梶原正昭《かじはらまさあき》さんも『いうまでもなく、将門が射られたのは米嚙《こめか》みであって眼ではなかったはず』だと疑問を呈して、これは怨霊伝説の一つの形態だと指摘している」

「つまり……どういうことですか？　それは単なる伝説だったということ？」

「本当のところは分からないにしても、ただ一つ言えるのは、この『かんだ』つまり『がんち』は、『かぬち』から来ている言葉だということだ」

「かぬち？」

「鍛冶《かじ》だ」

「ああ……」

「つまり、将門たちは製鉄民族だったということを言い表しているんじゃないか。今まで何度も言っているように、片眼というのは鍛冶——製鉄業に携《たずさ》わっていた人々のシンボルになっていたからな」

それも聞いた——。

古代製鉄のタタラの作業では、竈《かまど》——炉の両側に置かれた足踏み式の送風装置から風を送る仕事と、炉の火の色を見続ける仕事は欠かせない。しかし、これらの仕事は同時に、足萎《な》えと片目の人々を生んでしまった。ゆえに、送風係の内番子《うちばんこ》の足萎えと、炉の火を見つめる頭領——村下《むらげ》の片目は、タタラ従事者の職業病となったのだ。

そして、古代日本の歴史を繙《ひもと》いていくと必ずどこかで、ほぼ百パーセントといっても良いくらい、この「タタラ」と「鉄」が関与してくる。おそらくこれは、現在でいう「鉱脈」や「金」や「ダイヤモンド」のような位置にあったのだろう。いつの世も、人間の欲望は同じなのか……。

「この場合、将門が実際に『片目』だったのかどうかということは、余り関係ないと思って良いね。つまりここでは、『将門は製鉄民族だった』という話を残したかっただけなんだからね」

「そうなんだ……。でも、その証拠は残っているんですか?」

「いくらでもある。これも後でまとめて説明しよう。さあ着いた」

崇は地下鉄の入口を指し示す。

次は、将門首塚である。

《放れ馬》

和歌山県生まれの私にとって、成田というと国際空港くらいしか思いつかなかったし、その空港の場所を地図で確認しても、やけに田舎《いなか》の方だという印象しかなかった。

実際に成田市は、地理的に茨城県と千葉県の境目くらいに位置しているから、交通手段も――地方の空港がどれもそうであるように――高速バスとローカルなJRくらいのものだろうと思っていた。

だから、都会の喧噪《けんそう》からしばらく離れていたかった私は、成田で薬剤師を募集しているという話に、迷わず乗った。静かな田舎生活を想像したのだ。


しかし実際に来てみると、エアポートライナーを除いても、新宿や東京からの特急は三十分に一本通っているし、上野から約一時間で到着する京成《けいせい》線も、やはり三十分に一本程度の割合で走っていた。

考えてみれば、それはそうだ。空港は空港でも、私の田舎のそれとは違って、国際空港なのだ。毎日そこに大勢の人を運ぶのだから、交通の便が良くなくては話にならない。

しかも、この地には成田山がある。広大な敷地を持つ、成田山新勝寺《しんしょうじ》だ。境内にある公園だけで十六万五千平方メートルというのだから、全体ではどれほどの広さになるのか、私には全く想像もつかなかった。

この寺は、弘法大師《こうぼうだいし》が彫刻したといわれている不動明王像を本尊《ほんぞん》として、天慶三年（九四〇）に、寛朝《かんちょう》という僧侶が平将門調伏のために開基《かいき》したと伝えられているらしい。

その後、佐倉《さくら》藩主などの庇護《ひご》を受けて栄え、特に江戸時代の歌舞伎役者、市川団十郎《いちかわだんじゅうろう》が屋号を『成田屋』として『成田山分身不動《ぶんじんふどう》』を上演したことで、一気に成田不動信仰が広まったといわれている。そのためだろう、地元の人々だけでなく遠方からの参拝客も後を絶たない。日曜祝日ともなれば、京成成田駅やJR成田駅から成田山まで延々と続いている商店街が、観光客で溢《あふ》れかえる。

しかし、開山の理由が将門調伏だったために、神田明神の氏子である生粋《きっすい》の江戸っ子たちは、決して成田山にお参りしなかったという――いや、現在でもそうなのかも知れない。

また、平将門といえば、大怨霊だ。そんな人物の調伏というのだから、祈禱《きとう》にもかなり心血を注いだことだろう。その名残《なご》りなのか、それとも元々密教系の寺院はそうなのだろうか、ここでは太鼓が有名だった。途切れることなく唱《とな》えられる真言と共に、文字通り辺りの空気を振るわせる和太鼓が。

この寺には奉納太鼓という祭りがあるらしい。私はこちらに来たばかりだから、まだ直接目にしたことはないのだけれど、その日は参道が観光客で完全に埋まってしまい、身動きも取れないような状態になるという。成田山の広い境内も、立錐《りっすい》の余地がないほどに人で埋まってしまうというのだから凄い。しかもそれが新勝寺内だけでなく、参道のそこかしこで――それこそ日本全国から集まってくる和太鼓の団体によるパフォーマンスが繰り広げられるらしい。そんな、町を挙げての祭りが、来週か再来週の週末にあると聞かされた。この町に住んでいるのならば、絶対に見物に行かないと損だよ、と。

でも――。

本心を言えば、私はその手のお祭りは、ちょっと苦手だ。

それは祭り云々という次元の話ではなくて、私の生まれつきの性格にあると思う。

熊野――那智《なち》で生まれ育った私は、元々人付き合いが苦手だった。それは生まれた土地に備わっている宗教観——密教と神道《しんとう》の違い云々というものも、多少は関係しているかも知れないけれど、しかしほぼ全面的に私個人の問題だと分かっている。

私は、他人と接触しないですむのならば、何日でもそうしていることができる。

しかし、現実問題として、生活していくためにはそうも言っていられない。だから星北《せいほく》薬科大学を卒業してから、企業の研究部に就職した。でも、そこも想像以上に人間関係が煩《わずら》わしくて辞めた。そして次に、都内の調剤薬局に勤めた。そこで学校薬剤師という仕事に就《つ》いて小中学校をまわり、プールの水質検査や、教室の照度や騒音、そして給食室の衛生検査などを淡々と行ってきた。この仕事は大学の実習の延長のようで、とても楽しかった。何よりも、測定機器さえあれば単独で行動できるという利点が素晴らしかった。誰とも無駄口をきかなくて済むのだ。

しかしその時に、ちょっとした事件が起こり、一度故郷の和歌山に戻って就職しようかとも思ったのだけれど、地元の兄とも相談した結果、あちらでの受け入れ態勢が整うまでもう暫くの間、東京で過ごすことに決めた。

但し、その原因となった奇妙な事件では、余りにも色々なことが一度に起こりすぎて、未だに私の心の中で整理がついていない。いずれ自分の感情と折り合いが付けられたら、どこかで誰かに話すことがあるかも知れないけれど、少なくとも今は、まだそんな時期ではないと感じている——。

すると去年の終わりに、成田にある富岡《とみおか》大学附属病院の薬局で急な欠員ができてしまったのだけれど誰か勤めてくれる薬剤師はいないか、という話が薬局の社長のもとに回ってきた。そこは、社長が若い頃にずっとＭＲ——Medical Representative——としてまわっていた病院らしかった。だから、当時からドクターの覚えもめでたかった社長に、直接話が来たのだろう。

その話を耳にした私は、迷わずに手を挙げた。

最初から私は病院薬局志望だったたし、その気持ちを知っていた社長からも、すぐに許可を出してもらった。自分でも分かっていたけれど、私は余り愛想良く振る舞えないし、お世辞や、ご機嫌伺いの会話が苦手だった。給料をもらっている以上、そういったことは仕事の一環であり義務でもあるのは承知していたけれど、いつまで経っても私はダメだった。

しかし、そういった相手への感情は、要は自分の心の中の問題ではないのか。本当に誠意を持って接していれば良い話であって、それをいちいち表に出して言葉にする必要があるのか。未だによく分からないままでいる……。

富岡大学附属病院は、成田駅から車で二十分ほどの場所にあった。科目も入院施設も整っていて、全棟で四百床、外来も一日千人近いという、なかなかの規模の病院だった。特に外科担当の坂元善明《さかもとよしあき》教授が有名で、他県からも大勢の患者が、坂元教授の診察を受けにやって来ているほどだった。もちろんその他にも、腕の良いドクターが何人も揃っていて、地元での評判もとても良い。

私は、ふと兄の経営する個人病院を思い出して、少しセンティメンタルな気分になったけれど、まだ当分の間はこちらで頑張ってみようと決心した。

私は成田駅近くに、一DKのマンションを借りて、そこから車で通うことにした。病院でもマンションを斡旋《あっせん》してくれるという話も聞いたけれど、そうであれば当然、そのマンションの住人は、病院関係者が多いだろう。人付き合いの苦手な私には、きっと苦痛になる。そう判断して、自分で勝手に部屋を借りた。家賃は、東京とは比べものにならないほど安かったたし、周りの環境も静かだったから、なかなか快適に過ごせそうな予感がしていた。

薬局には、全員で七人の薬剤師がいた。女性が五人、男性が二人だ。薬局長は、今年二十年目になる大ベテランの、石原和子《いしはらかずこ》さんという女性だった。余り人付き合いの得意ではない私を、彼女はいつもフォローしてくれた。そして彼女は、どういう理由があってそんなに威張っていられるのかと思ってしまうような婦長や正看たちにも、きちんと言うべき所は言っていた。そのために、薬局の全員から厚い信頼を受けているようだった。

私は例によって、少し性格の暗い、すぐに自分の殻《から》に閉じ籠《こ》もってしまう女の子——という、プロトタイプな印象の中に置かれたようだった。けれども、別にそれはいつものことなので全く気にならなかった。

新しい職場での慣れない最初の一ヵ月ほどが過ぎると、ようやく私も周りを見回せる余裕ができ始めた。毎日みえる、とても元気そうなお年寄りの患者さん。お祖父さんの薬をいつも取りに来るセーラー服のお孫さん。必ず後から電話をかけてきて服用方法を確認するおじいさん。毎回ペットの犬の写真を見せて話し込んで行くおばさん。殆ど毎週、勝浦《かつうら》の朝市に買い物に行くので、いつも何かしらおみやげを持って来てくれるおじさん……などなど。やはり東京とは違って、のんびりとした微笑ましい患者さんが多かった。

そのうち、しばしば薬局に顔を出していくMRがいることに気付いた。三十代前半だろう。態度もきびきびとして、短い髪に陽焼けの顔が健康そうな明るい男性だった。

今日も昼休みに彼はやって来た。すると石原さんは彼を見て、

「あら、安岡《やすおか》くん。最近、薬局に顔を出す回数が格段に増えていない?」と言って、わざと私の方を見ながら笑った。「今までは、月に一回くらいじゃなかったっけ。何か邪《よこしま》な考えでも?」

「そ、そんなことはないですって」安岡さんは顔を赤くして必死に反論する。「今までも週一回は顔を出していたじゃないですか。知っているくせに、

石原さんはもう変なことを――」

「そうだったかしら」石原さんは惚ける。「私はまた、神山《みわやま》さんが来てから、急に回数が増えたのかと思った。安岡くん、若い女性に目がないから。そういえば前に言ってたじゃない、ぼくは長い黒髪の女性が大好きなんですって」

「い、いや、それはそうですけれどね。でもまたまた、誤解を招くようなことを」

「誤解かしらねえ……。でも、実際に訪問頻度《ほうもんひんど》高いでしょう、このところ」

「止めて下さいよ、そういう言い方は。いえ、実は今、うちの会社から出てる新薬の臨床《りんしょう》データを、坂元先生にお願いしているんです。それで上司の亘理《わたり》が日参《にっさん》しているもので、当然ぼくも必然的に日参というわけです」

ああ、と石原さんは頷いた。

「そういえば、珍しく亘理くんを見かけたなと思った」

「ほらあ。知ってたくせに」

「いやいや」奥の方から違う薬剤師のオバサン――青木さんの声がした。「安岡さんは、その前から頻度が高かった」

「勘弁してくださいよ」安岡さんは泣きそうな顔で私をチラチラと見た。「済みません、変な誤解をされてしまったみたいで」

私は何も答えずに、ただほんの少しだけ微笑むと調剤台に向かって、今日の予製を作り始めた。石原さんも笑いながら彼に尋ねる。

「それで、どうなの？　新薬の評判は」

「上々の上です」安岡さんは胸を張った。「今年はこれで行けますね。うちの中村《なかむら》部長もかなり気合いが入っているようですし。今、全社を挙げて一押しです。そのうち販促品もたくさん持ってきますから」

「またどうせボールペンでしょう。しかも、センスの悪い変てこりんな絵柄の入ってる」

「相変わらずきついなあ石原さんは。いや、まあそんなもんですけれどね」

安岡さんは頭を掻《か》きながら笑って、新薬のパンフレットや、副作用情報などを石原さんに手渡した。

そしてまだしつこく、

「うちの新人にちょっかい出しちゃダメよ」

などと他の人たちにもからかわれながら、

「じゃあそれではまた。何かありましたら、宜しくお願いします」

元気良く挨拶すると帰って行った。

石原さんが言ったように、安岡さんが私目当てで薬局に顔を出しているということは、全くあり得ない。完全にジョークだ。私は、彼とは最初に石原さんに付き添われて挨拶を交わしただけで、まだそれ以外では一言も口をきいたことはなかった。

それに私は、ああいったタイプの男性は苦手だ。愛想良く接しなくては営業にも何もなりはしないし、もしかしたら本心からそう思って態度に出しているのかも知れないけれど、ちょっと引いてしまう。

別に、自分にできないことを自然にできてしまう人種の存在を信じられないというわけではないけれど、やはり少し距離を置いておきたい。安岡さんのように私とは全く正反対の性格の男性とお付き合いしてみるのも、たまには良いことなのかも知れないけれど……でも、きっとそれも半日か、せいぜい一日というところだろう。

そもそも私は、男女の別に拘わらず、心から好きだと感じられるような人が誰もいないのだ。そしてこれは自分に問題があることも充分に分かっている。でも……こればかりは、仕方ないではないか。

私がその人のことを「自分の友人だと思っている」と勘違いしている人たちはたくさんいるし、私も、敢えてそれを否定したりはしない。勝手にそう思ってもらっていれば良い。基本的に私は、他人の考えなどには興味がない。

でも、そういえば——。

以前に学薬旅行で一緒に熊野に行った薬剤師で、変わった人たちが二人いた。一人は偏屈さが凝り固まっているように無愛想なくせに時として急に饒舌《じょうぜつ》になる変人男性で、もう一人は無防備なほど素直そうに見えるけれど実は頑固とも思えるほど芯の強そうな女性だった。その二人だけは、私にしては珍しく未だに心に引っかかっている。

しかしもちろん、わざわざこちらから彼らと連絡を取って会いたいなどとは全く思わなかったし、特に友人になりたいなどとも考えなかった。だから、職場が変わったことも、成田に引っ越したことも、彼らには何も連絡しなかった……。

そんなことを思っていると、石原さんが私を見て笑った。

「安岡さんも、結構頑張ってるでしょう」

「小高《おだか》製薬の方ですよね」

「そう。あの製薬会社は、今年で創業三十周年を迎えるのよ。前社長の小高寛治《かんじ》さんっていう人が創業者だったんだけれど、もう七十歳だからって完全に引退しちゃってる」

「今は息子さんが社長だって聞きました」

「二年前からね。でもね、それ以来業績が今一つ伸び悩んでいるみたい」

「でも、新薬を出したんでしょう」

「キノロックス。第三世代のセフェム系抗生物質よね。今、坂元先生に臨床データを集めてもらっているって安岡さんが言ってたあれね。今かなりブームと言ってはなんだけど……第三世代の抗生剤が、どこでも良く使われ出しているわね。ある病院では、もう濫用《らんよう》に近いっていう噂」

「副作用とかは、大丈夫なんでしょうか……」

「副作用に関しては、それほど心配しなくても良いと思うけれど、でも、もっと深刻な問題を抱えてるでしょ」

「抗生物質耐性菌ですか……」

「そうよ」

石原さんは、真剣な顔つきで頷いた。

抗生物質耐性菌というのは、その名前の通り、現在流通している抗生剤が全く奏効《そうこう》しなくなってしまった細菌のことだ。

一個の細菌は、たった一日で約一億個に増殖することができる。ということは、昨日までとは違った遺伝情報を持った細菌——変性菌の誕生する確率も、それと比例して間違いなく高まるということだ。一日で一億回も遺伝情報の伝達が行われるわけだから、中には当然、生まれながらにして抗生物質に耐性を持った変性菌も誕生するだろう。その正確な確率は分からないにしても、必ず進化は起こるのだから。

すると、そんな菌に備わっている抗生物質耐性遺伝子を持ったプラスミド——つまり細菌の核外遺伝子は、そのまま他の細菌に乗り移ることができてしまう。それだけでも厄介なことなのに、更に輪を掛けて悩ましいのは、そのプラスミドには、一種類だけではなく、何種類もの耐性遺伝子が乗ってしまっている場合が多いことだ。これがいわゆる、多剤《たざい》耐性菌である。

しかしこの耐性菌に関する問題点は、これだけではない。それは、こういった状況下で抗生剤を使い続けることによって、耐性を持たない菌が次々に死滅し、結局、耐性を持っている菌だけが更にその耐性度を強めながら生き残ってしまうということになる。そうなると、もう我々には手も足も出なくなる。さらに新しく、そして強力な抗生物質を作り出すしか方法がなくなってしまうのだ。するとまた耐性菌も進化して——。

堂々巡り。完全なイタチごっこだ。

だがそれも、少しずつゆっくりと進化して行ってくれている分には、まだ救われる。対策を立てる時間もある。しかし一気に増殖されてしまうと、もうどうしようもなくなってしまう。それを助長しているのが、抗生剤の濫用というわけだ。

実に酷《ひど》い話だ。

「でも、あの製薬会社は、比較的良い会社ね」石原さんが言う。「前にまわっていた、中村さんていう人がね、とっても誠実なMRで。今はもう、部長さんになっちゃってるけれど。中村さん、私より歳は若いんだけど、やっぱり凄くヴァイタリティのある人で、今の岩沼《いわぬま》常務なんか、彼の成績のおかげで上に行かれたようなもんよ」

「そうなんですか」

「そうよ。でも中村さん、部長になった今でも相変わらずバリバリ働いてるみたい。やっぱり人間は、一所懸命に働かないとダメね。神山さんも、早くそんな男性を見つけないと」

「………」

突然、私の最も嫌いな話題になってきた。

確かにもう良い歳だから、周りがなんのかんのと言ってくるのは分かるけれど、正直言って、かなりうんざりだ。

「どう？」石原さんは、興味津々の様子で私の顔を覗き込んできた。「神山さんは、もう誰か意中の人はいるの？」

「え、ええ……」

と苦笑いを返したけれど、特に誰もいない。

恋人どころか、友人すら殆どいないのだ。

この数ヵ月、仕事以外で口をきいた男性といえばそう……兄と、そして例の偏屈薬剤師の男性と。

それともう一人、その男に輪を掛けて奇人変人の男くらいなものだ。しかもその男の職業が……。

毒草師《どくそうし》――？

余りのバカバカしさに、思わず少し頬が緩んでしまった。するとそれをどう勘違いしたのか、

「あら！　誰かいそうじゃないの」石原さんが楽し石原さんが楽しそうに笑った。「大学の同級生とか？」

「えっ」

「そういえば神山さん、一人暮らしなんでしょう」

また別のオバサン薬剤師が、調剤室の奥の方から私を見てニヤニヤと笑った。

「病院のマンションじゃなくって、駅の方に部屋を借りてるって言ってたじゃないの」

「え、ええ……」

「神山さん美人だもの。私達が余計な心配しなくたって、カレシくらいいますよ、石原さん」

「そうよね」

みんなで笑う。私は意味もなく耳たぶが赤くなってしまった。するとその意味をまたしても勘違いして、石原さんたちが言う。

「いいわね、若い人たちは」

「でも、一人暮らしは気をつけてね本当に」

「ああ、そうそう。最近は変な人も多くなっちゃったって」

「ストーカーでしょう」

「物騒で嫌ね」

「カレシがいるからって、安心してちゃダメよ。自分でも気をつけていないと」

「いいえ、だから違います!」

私はあわてて否定した。しかし、余りにも強く否定したために、それを隠そうとしていると思われてしまったようだ。私が動揺した——と。

でも、それも別にどうでも良かった。

そう思うのならば、思われたままでも。

私はただ本当のことを言った——強く否定しただけのことだ。なのでそれ以降は、こういった状況下における私のいつもの行動——捨て置くことにした。


その後、私がトイレに行った帰りに、何気なく廊下の窓から駐車場を見ると「小高製薬」と車体に書かれた小型車がまだ停まっていた。

窓ガラス越しに覗いてみると、車の中に安岡さんがいた。もうさっきから随分経っているのに、ずっと携帯で誰かと話していたらしい。いや、話すというよりも、誰かを叱りつけているようだった。普段の彼とは、全く違う雰囲気だ。

その時、ふっ、と視線が合った。

安岡さんは横目で私を見つめたまま、あわてて二言三言喋ると携帯を閉じた。そして明らかに動揺した作り笑顔を見せたあと、わざとらしく二、三度頭を掻いて、私に向かって軽くお辞儀をすると、急いで車を発進させた。

何かあったのだろうか。

しかし、おそらく私には全く何の関係もないことだろう。

私は軽く深呼吸して、調剤室に戻った。

《明星の如き将》

　奈々たちは、千代田線を大手町で降りる。

　いよいよ来たと、ほんの少しだけ緊張する奈々に向かって、

「首塚に関しては、こんな歴史がある」と崇は説明する。「天正十八年（一五九〇）に徳川家康が江戸に入って後、神田明神は現在地に移転したんだが、将門塚は、そのまま大名屋敷内に残された。そして屋敷の所有者は、年を経るうちに次々に変遷したけれど、塚は邸内に保存されていたんだ。ところが、時代がずっと下って大正十二年（一九二三）九月一日に、関東大震災によって塚が崩れて、大蔵省の庁舎も全焼した。その復興にあたって、この機会に塚の調査を行うことになったんだが、その結果、地中に石棺が発見された」

　えっ。

　ドキドキしながら聞く奈々に向かって、崇は表情一つ変えずに続ける。

「しかし、発見されたのはそれだけで、その他は既に盗掘されていて見るべきものがなかった。そこで塚は取り壊され、池を埋め立てて平地にして、塚の跡に大蔵省の仮庁舎を建てた。するとその後、大蔵省官僚に、次々に災難が降りかかることになってしまったというわけだ」

「どんな……ですか？」

　ああ、と崇は言う。

「まず、時の大蔵大臣早速整爾《はやみせいじ》が病を得て死亡し、現職の矢橋賢吉《やはしけんきち》管財局課長その他十数人も死亡。また政務次官竹内作平《たけうちさくへい》ほか多数が仮庁舎で転倒して怪我をする事故が続出した」

「やっぱり恐ろしい……」

顔を引きつらせる沙織を無視して、崇は続ける。

「そのために、これは将門塚を破壊した祟りであるとの噂が広まったんだ。そしてついに昭和三年（一九二八）、塚域の仮庁舎を撤去して、塚跡に礎石を復元し、神田神社社司平田盛胤《ひらたもりたね》が祭主となって慰霊祭が行われ、大蔵大臣三土忠造《みつちちゅうぞう》以下幹部関係者多数が謹《つつし》んで拝礼したというわけだ」

「南無阿弥陀仏……」

「ところが、話はそれだけでは終わらない。昭和十五年（一九四〇）の六月。天候が突然暴風雨となり、大手町の逓信省《ていしんしょう》航空局に落雷する。その火はたちまち広がって、大蔵省をはじめ九官庁が全焼してしまった。これに驚いた大蔵大臣河田烈《かわだいさお》は、その年がまさに将門没後一千年に当たっていたので、神田神社の平田盛胤社司を招き、慰霊祭を執行した。

また、大戦後。大手町一帯は東京大空襲によって焼土と化し、将門塚は焼け跡の中に取り残されていた。進駐してきた米軍は、ここに広大なモータープールを造るために、直《ただ》ちに工事に着手した。ところが工事用ブルドーザーを運転していた日本人が、墓のようなものの前で突然転落して死亡する事故が起きた。その結果、町会長らの『ここは古代の大酋長の墓である』という訴えにより、墓は守られたという伝説もある」

ちょっとこれでは沙織のことを笑っていられない。本当に祟りがあるんじゃないか。

偶然にしては余りにも……。

地上に出て皇居東御苑に向かって歩いて行くと、やがて三井物産の近代的で立派なビルの蔭に、神田明神の氏子中《うじこじゅう》奉納と書かれた五色の幟《のぼり》が、春風にはためいていた。

駅地上出口と内堀通りのちょうど中間辺り、どちらからも五十メートルほどの位置に、首塚は鎮座していた。その番地は、千代田区大手町一丁目一番一号である。

今日は土曜日のため、車も人も少なく閑散としているが、右も左も天を衝くビルの建ち並ぶオフィス街だ。一区画向こうには、パレスホテルも見える。

そんな立地の中、三方をビルに囲まれて、首塚はひっそりと佇《たたず》んでいた。

何となくその周りがひんやりと感じるのは、立地がビルの底だからだ。そして日陰になってしまっているからだ。それ以外の理由はない——と、奈々は心に強く思いながら、崇の後に付いて歩く。

敷地内の「将門首塚の碑」という立て看板には、

昔この辺りを芝崎村といって、神田山日輪寺や神田明神の社があり、傍に将門の首塚と称するものがあった。現在塚の跡にある石塔婆《いしとうば》は徳治《とくじ》二年（一三〇七）に真教上人が将門の霊を供養したもので、焼損したたびに復刻して現在に至っている。
云々——。

とあった。また「将門塚保存会」による、由来書きも立てられていた。そこにはやはり、将門の首が白光を放ちながら京都から飛んで来て、この地に落ちた……などとあった。

奈々たちは奥に進む。するとすぐ右手に、その噂に名高い塚があった。それはかなり年季の入った石塔のようだったけれど、良く見かける五輪塔《ごりんとう》とはまた違っていた。もっと単純で素朴な物だ。

その前には、由緒書きにもあったように、立派な石塔婆が立っていて、その表には踊るようにうねった文字で「南無阿弥陀仏」と刻まれていた。そしてその両脇には、沢山の花が供《そな》えられていた。種類がバラバラなところを見ると、何人もの人たちが少しずつ持ち寄った物だろう。

そして石塔婆の両脇には、蛙の焼き物が多数置かれていた。おそらくみな寄進された物に違いない。

これは何なのだろう……と奈々が思っていると、崇は石塔婆の前にスッと進み出て——どこから取り出したのか——線香に火をつけて供えた。沈香《じんこう》の白い煙と香りが、風と共に首塚をくるりと巻いた。

奈々たちもそっと手を合わせる。いや、沙織はやけに力強く手を合わせている。

一礼して見上げると、オフィスビルの中に並んだ机が見える。そういえば、ここらへんのビルでは、将門塚にお尻を向けないように机が配置されていると聞いたことがあったけれど、それは本当なのだろうか？ 真偽の程は定かではなかったけれど、どちらにしてもそういった行為は悪いことではないと、奈々は勝手に思った。

戻ろうとしてふと見ると、また今度は違う立て札があった。そこには、
江戸時代の寛文年間（一六七一）、この地は酒井雅楽頭《うたのかみ》の上屋敷の中庭であり、歌舞伎の『先代萩』で知られる伊達《だて》騒動の終末、伊達安芸《あき》・原田甲斐《はらだかい》等の殺害されたところである。

とあった。またしても何かちょっと……。いや、何となくだけれど、首筋が寒い。そんなことを思って隣を見れば、沙織も珍しく真面目な表情を崩さずに歩いていた。

三人は、首塚を後にする。

「昔、この地は神田神社の御手洗池《みたらしいけ》があった場所らしい。そしてその池の南西に、樅《もみ》や桜や椎の大樹に護《まも》られてこの塚があったという」

「あ、そうだ」沙織がおずおずと尋ねた。「神田神社っていえば、さっきタタルさんが言ってたように、この首塚だけ残されて神社が移転してしまったわけですよね。その理由って何でしょうか。何か……訊くのも恐いような気がするけど」

ああ、と崇は笑った。

「塚の近辺に古墳があったから手を付けられず、移動できないまま残されたといわれている。辺りを掘

削する許可が下りなかったらしい」

「そうか」拍子抜けしたように沙織は肩を竦めた。

「何か、おどろおどろしい理由があったのかと思った。幽霊の正体見たり――ってやつ」

「但し、本当のところは違うと思う」

「はあ？」

「それについても、後で話そうか。それよりも、こんなのはどうだ？」崇は言って、「さっき神田明神でもらってきた」

一枚のパンフレットを開いた。そして歩きながら読み上げる。

「将門、遂《つい》に俵藤太秀郷《たわらとうたひでさと》に首を捕《と》られてけり。その首獄門に懸けて曝《さら》すに、三月《みつき》まで色変ぜず、眼《まなこ》をも塞《ふさ》がず、常に牙を嚙《か》みて『斬られし我が五体、何《いず》れの処《ところ》にか有るらん。此に来《きた》れ、首ついで今一軍《ひといくさ》せん』と、夜な夜な呼ばわりける間、聞く人これを恐れずと云う事なし。時に道過ぐる人これを聞きて、

将門は米かみよりぞ斬られける
俵藤太が謀《はかりごと》にて

と読みたりければ、この首からからと笑いけるが、眼《まなこ》忽《たちま》ちにふさがってその尸《かばね》遂に枯れにけり。

『太平記　巻第十六』」

「三ヵ月も首だけで生きていた！」沙織が叫んだ。

「やっぱり恐いよ……」

しかも、と崇が真面目な顔で付け足す。

「もう一軍するぞ、と怒鳴って白光《びゃつこう》と共に京都を飛び立ったが、ここ武蔵の国で力尽きて落ちたという伝説もある」

「それ、ちょっとまずいよ。お姉ちゃん……」

「あなた、そんな恐がりだったっけ？」

「普段はそんなことないけれど、将門公は別格だってば。今も息づく大怨霊」

いつの間にか「将門公」になっていた。

でもそういえば――、

「あの、タタルさん」

「なに？」

「首塚の周囲に、蛙の焼き物がたくさん置かれていましたよね。あれは一体、どんな意味があるんでしょうか？」

「ああ。一般的には、将門の首が帰ってきたから『カエル』なんだといわれているね。そしてまた、大手町のあの周辺には官公庁も多いから、海外出張する人々も大勢いる。故《ゆえ》に、その人たちからも『無事に帰る』として信奉されているらしい」

「そうなんですか」

「今言ったように、一般的にはね。しかし、本来の意味は違うだろう」

「というと……？」

「まず――」と崇は説明を始めた。「首が空を飛んだという話だが、これは明らかに将門有縁《うえん》の者が、梟首《きょうしゅ》されていた彼の首を盗み出したということだ」

「え？　そういうこと……ですよね、やっぱり」

「それ以外に解釈のしようがないけれど、何か？」

「い、いえいえ、別に何も……」

「では――。どうして『空を飛んだ』などという伝説が語られるようになったのかといえば、『盗まれた』となると、犯人が必要になってしまうし、同時に盗まれた方も咎《とが》められてしまう。そこで、首が勝手に『空を飛んで行ってしまった』としたんだろう。あるいはその時、首を盗んで行く人間を見逃してあげたのかも知れない。その辺りの機微《きび》は分からないけれどもね」

「あ、なるほどね」

「また、将門の首を京都から盗んできた人間は、本当は常陸国《ひたちのくに》――茨城県まで持ち帰りたかったんだろうと考えられるし、そう思うのが自然だ。しかし、残党狩りなどの目が厳しかったために、当時まだ草原だった、ここ大手町の辺りで諦めた。もしくは、何らかの理由でそれ以上は進めなくなってしまったのかも知れない。そのために、この場所に塚を拵《こしら》えて埋めたと考えるのが一番自然じゃないかな。それが、空を飛んだ将門の首級《しゆきゆう》が力尽きて落ちた——という話の本当の意味だろう。しかし、そうなると『首が帰る』といっても、ここは将門の生地でもないし、さっきも言ったように、胴体は茨城県の神田《かど》山《やま》に埋められていたわけだ」

「そうだよね。それをわざわざ運んで来て、築土神社に一緒に埋葬したんだもの」

「だから、決してこの場所が、将門の首が帰り着くべき土地ではなかったはずだ。だからこの場合の『カエル』は『帰る』ではない」

「じゃあ、結局カエルは何?」

「以前にも言ったように、カエルはカワズ。『河衆』のことだ。つまり『河童《かつぱ》』だね」

「ああ……」

「将門の三女の五月姫——滝夜叉《たきやしや》も、蝦蟇《がま》になったという伝説もあるしね。そういった『河《かわ》の人々』が、将門の塚——霊魂をいつまでもお守りしていますよ、ということだろうな。何故ならば、将門もまた彼らと同様に、河衆だったんだから」

「将門公も?」

「もちろんそうだ」祟は強く頷いた。「彼も、河童であり山童《やまわろ》でもあった。後で詳しく話そう」

でも、と沙織が首を傾げた。

「河童と山童って、同じモノなんですか?」

「見た通り、同じだよ。どちらも『童』だからな。さて——」大手町の駅に到着すると、祟は二人を振り返った。「きみたちは、これからどうする?」

「タタルさんは?」

「俺は、折角だから、もう少し神社でもまわろうかなと思う」

「え?」

「将門関係のね」

「…………」

奈々と沙織は一瞬顔を見合わせる。そして次の瞬間、

「はいっ」沙織は大きく返事した。「私たちも時間はたっぷりあるので、タタルさんがよろしければ、ぜひ一緒に」

「そうか」崇は券売機に近付く。「じゃあ、次は東西線に乗って日本橋だ。兜《かぶと》神社に行ってみよう」

「は……」

「東京証券取引所のすぐ脇にある、兜町《かぶとちょう》という地名の基になった神社だ。こちらの神社の祭神は倉稲《うかの》魂命《みたまのみこと》と、そしてやはり大国主命と事代主《ことしろぬし》命になっている。ちなみに倉稲魂命と宇賀神《うがじん》は、現在では同じ神とされているが、元々は素戔嗚尊の御子神《みこがみ》だった。そしてこの神が稲作信仰の神になっているということは、前にも言ったように、やはり倉稲魂命は製鉄の神でもあったということになる」

いつの間にか崇の話にドライヴがかかっていたけれど、さすがに最近の奈々は、話にきちんと付いていける。

以前に崇から「稲《いな》」は「鋳《いな》」——つまり製鉄に通じていると説明された。「稲作」は「鋳作」。「稲《いな》荷《り》」も、つまりは「鋳成」だったのだと。

そしてそう考えれば、元々、製鉄の神であった素戔嗚尊と、稲作の神である倉稲魂命は、しっかりとした関連性がある。そうでなくとも、稲作——農耕に、鉄製の器具はかかせない。そして稲荷神を強く信仰していた人々こそ、古代の製鉄王の秦《はた》氏だったのだから、どこから見てもこの二つは切り離せないだろう。

但し、全ての稲荷が製鉄と関係しているのかといわれれば、これがまた面倒なのだけれど、そうとも限らないらしい。何故ならば、元々その土地に古くから存在していた神社が、いつの間にか「○○稲荷」と改名していたという例が多くあるらしいからだ。その理由は良く分からないけれど、おそらく、それこそ時の為政《いせい》者たちとの戦いや葛藤《かっとう》があったに違いない。その結果、江戸の町に稲荷が溢れて、

「伊勢屋、稲荷に、犬の糞」

という江戸三大名物が出来上がったらしい。

そんなことを思い出していると、沙織が尋ねた。

「でも……兜神社に、将門公は？」

「こちらも表立っては登場しない。ただ一説には、俵藤太秀郷が、ここに将門の兜を埋めたともいわれている」

切符を購入して改札を通り抜けながら、崇は続けた。奈々たちも急いでその後を追う。

「しかしそれよりも重要なのは、主祭神が倉稲魂命になっているということなんだ」

「……意味不明」

「この倉稲魂命というのは、別名『オカノカミ』とか『オカノカミノトシトリ』などと呼ばれて、例えば青森県三戸郡《さんのへ》などでは、十二月の初巳《はつみ》の日に餅を作って倉などに供え『俵藤太秀郷』と三度唱えていたという」

「俵藤太秀郷！　それって――」

「そうだ。将門の首を取った男だ。彼もやはり、倉稲魂命と繋がっているとすれば、この神社は明らかに将門調伏のために存在していたと考えられる」

「調伏……」

「そうだ。将門に限らず、こういった神社には二種類あるからね。その霊を神として祀っている神社と、調伏して抑え込もうとしている神社と――」

やっぱり、何かおどろおどろしい話になってきた。でも、もう引き返せないのだろう。そんな奈々の心を後押しするように、崇が言った。

「さあ、行こうか」


兜神社は、左右を日本橋川と日証館ビルに、そして頭の上を首都高速都心環状線に挟まれた空間にあった。しかも、鳥居をくぐって拝殿まで、ほんの数歩しかない。そんな数坪の境内左手に、烏帽子《えぼし》のような形をした岩があった。兜岩というらしい。

その脇に、ようやく解読できる擦《かす》れそうな文字で、その由来が書かれていた。

現在社前左にある兜岩の由来には、左記の諸説があるが、その裏付となるものは何も残っていない。

（一）源《みなもとのよしいえ》義家奥州より凱旋《がいせん》の際、東夷鎮定《とういちんてい》のため、兜を楓川のほとりに埋め一塊の塚となし、これを兜塚といった。

（二）前九年の役の頃、源義家が東征のみぎり岩に兜を懸けて戦勝を祈願したことからこの岩を兜岩と呼ぶようになった。

（三）俵藤太秀郷（＝藤原秀郷）、平親王（平将門の尊称、天慶三年〔九四〇年〕二月十四日戦死）の首を打って兜に添へて是まで持来れるが、兜をば茲《ここ》に埋めて塚となし兜山と云う。

とあった。ということは、ひょっとしてこの岩の下に、その兜が埋まっている……？　まさか。きっとそれは、ただの言い伝えに過ぎないのだろう。

などと心を強く持ちながら、奈々はお参りする。

賽銭《さいせん》箱の正面の社紋は、円の中に「兜」と書かれているだけの、そのままの紋だった。それにじっと見入っていると、後ろから崇が言う。

「元々『白』は頭蓋骨を、そして『皃』は人の頭を表していたんだ。だからこの『兜』というのは『人の頭を包み隠すもの』という文字になるわけだ」

白は——頭蓋骨。

ふと見れば、崇の後ろで沙織が嫌な顔をしていた。

しかしとにかくお参りを済ませて、東京証券取引所の前を歩きながら、崇は二人に言う。

「さてと——。折角ここまで来たから、銀座線で新橋に出て、烏森《からすもり》神社をお参りするとしようか」

「は、はあ……」

「それともどこか希望がある？」

「い、いえいえ、特に希望はありません——」

「じゃあ、烏森神社に行こう。その後にＪＲで新宿に出れば、稲荷鬼王《いなりきおう》神社と鎧《よろい》神社をまわれるな。うん、なかなか良い調子だ」

「そ、そうですね……」

ただ頷くしかない二人を先導するように、崇は足早に駅に向かった。

しかしそれにしても、

兜神社。

烏森神社。

稲荷鬼王神社。

そして、鎧神社——？


全部順番にまわるのは良いけれど、名前を聞くだけでも、何やら恐ろしすぎるラインナップではないか……。

さすがに奈々も、何か薄ら寒いものを感じてきた。空を見上げると、今朝はあんなに良い天気だったのに、少しずつ雲が出始めてきていた。まだ雨にはならないだろうけれど、ちょっとこれは不穏な雰囲気……。


地下鉄で移動しながら、崇は二人に言った。

「じゃあ少しきちんと、将門の生涯について話しておこうか。さっき神田明神で資料も手に入れたし」

「え？　いつの間に？」

「きみたちが、恋おみくじに気を取られていた時だ。さて——。まずさっきも言ったように、将門は生年月日が不明だ。亡くなった歳も分かっていないから、逆算もできないというわけだ。一応、道真の亡くなった延喜三年（九〇三）に誕生したといわれている。彼は武門の家柄でもあるけれど、元々は桓《かん》武《む》天皇の血を引く高貴な家系だった」

「桓武天皇！　最初から武士だとばかり思っていました」

「いや違う。ここに家系図があるから見てごらん」

崇は一枚の紙を、二人に見せた。

「この、桓武から五代目に将門がいる。祖父の高望

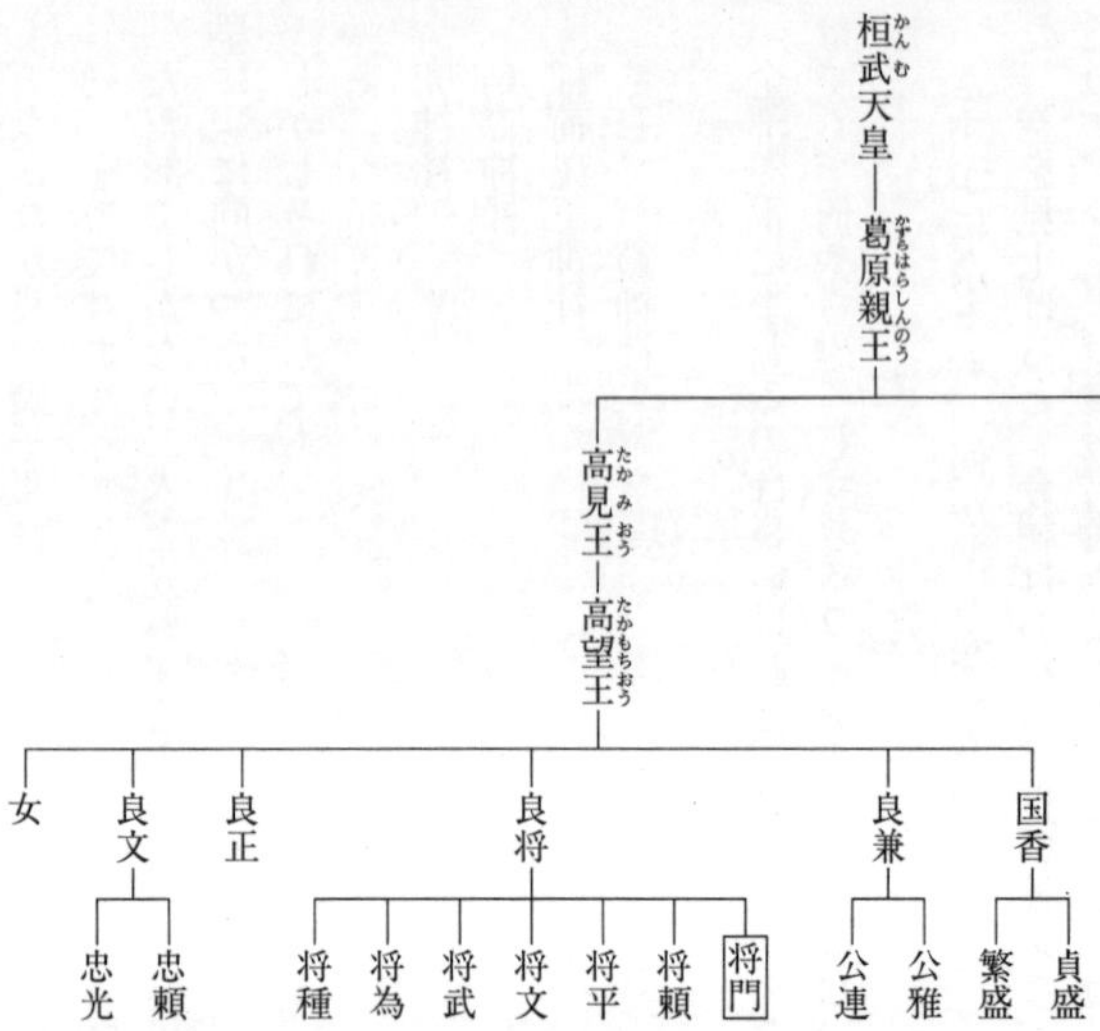

王の時代に平氏の姓を下賜《かし》されて、上総《かずさ》の介《すけ》となって坂東《ばんどう》にやって来たというわけだ。何故かというと、官職の数にも限度があるから、いくら天皇の家系といっても、総ての人々を中央の官職に就かせるのは不可能だったんだ。そこで彼らを、地方の国司に任命したんだ。しかし、距離の遠近、上下国の別によって不公平も生じて、不平を訴える者も多かったらしいな」

「贅沢といえば贅沢」

「一般庶民から見れば確かにね――。

この国には大国・上国・中国・下国の区別があって、坂東では武蔵、上総、下総、常陸、上野が大国だった。この中で上総、常陸、上野は親王任国《しんのうにんごく》といって、この三ヵ国の長官には親王が任命されることになっていた。国府には国庁――国衙《こくが》――という役所があり、ここに国司と史生《ししょう》などの事務次官がいて、郡司を指揮して国の政務を執《と》った。国司は原則として中央から任命されて赴任《ふにん》する地方官で、長官を守《かみ》、次官を介《すけ》、三等官を掾《じょう》、四等官を目《さかん》と呼んでいた。将門の祖父は、この介になったというわけだ。ちなみに、親王は実際に都を離れて赴任することはなかったから、さっきの三国では介が現地の最高官になる」

「文屋康秀が三河掾《みかわのじょう》になった時に、小野小町を誘ったという話もありましたよね。その『掾』のことですか」

「そうだ。あれも体の良い左遷だったがね。そして坂東に土着した平氏だったが、将門の父・良将《よしまさ》は、彼がまだ十四、五歳の時に亡くなってしまう」

「将門公のお父さんは、良将というんですか。父親から一文字もらっているわけだ」

いや実は、と崇は首を振った。

「『将門記《しょうもんき》』などでは『良持《よしもち》』と記されているし、後の『扶桑略記《ふそうりゃっき》』『帝王編年記』『今昔《こんじゃく》物語集』なども『良持』としている。しかし一方、南北朝時代の系図『尊卑分脈《そんぴぶんみゃく》』では『良将』としていて、さらに『桓武平氏系図』『相馬《そうま》系図』なども、そうなっている。だから、どちらが正式の名称かは分かっていない。しかし俺は、おそらく『良将』なんじゃないかと思うね。さっき言った足利尊氏じゃないが、沙織くんの言うように、父親から一文字もらったという方が自然だろうしね」

「確かにそうですね」

「室町時代に整えられた『尊卑分脈』は、系図のなかではかなり信憑性が高いといわれているが、高望王の子として、国香《くにか》――本名良望、良兼《よしかね》、良将、良孫、良広、良文、良持、良茂の八人をあげて、良茂の子に良正を載せている。『よしもち』と呼ばれる人物が良望（国香）・良持・良茂の三人。『よしまさ』が良将・良正の二人あって、これらも重複が考えられるし、『将門記』の記述とも矛盾するものがあるから、この辺りになると何とも言えなくなる」

「……良く分からなくなりました」

「しかしここは、今言ったような理由から『良将』

として話を進めよう」

銀座線が音を立て新橋駅のホームに滑り込むと、崇はそう言って家系図を折り畳んだ。


烏森神社は、ＪＲ新橋駅日比谷口からＳＬ広場を横切って、ほんの数十メートルの所にあった。おそらく昔の参道だったのだろう道は、今は数軒の小料理屋や飲み屋が軒を連ね、通行人が二人、ちょうどすれ違うことができる程度の狭い路地になっていた。

変則的な形の鳥居をくぐって、奈々たちは参拝する。良く見れば、拝殿の屋根と鳥居の笠木《かさぎ》が同じ形をしていた。普通ならば、笠木の左右が空に向かって反り上がっているのだけれど、この鳥居は全く逆で、まさしく屋根の庇《ひさし》のように両脇に垂れ下がっている。そして二本の柱の上には、鬼の角のようなものがそれぞれ一本ずつ、チョコンと突きだしていた。近代的な——と表現すれば良いのだろうか。

「台」という文字にも似ているような気がする。とにかく、何となく変な気分ではある。

神社の縁起には、

御祭神　倉稲魂命　天鈿女命《あまのうずめのみこと》　瓊々杵尊《ににぎのみこと》
平安時代天慶三年（約一千年前）に平将門が東國で叛乱《はんらん》を起こしたとき征討将軍　藤原秀郷が当社に戦勝を祈願したとも　この時勧請《かんじょう》したとも伝えられている。云々——。

とあった。

「この神社は」と、参拝を終えて崇は言う。「将門の乱の際に、秀郷が武州の稲荷に戦勝祈願をした。その時、白狐《びゃっこ》が現れて白羽《しらは》の矢を彼に与えたという。そのおかげで戦に勝ったとして、秀郷がこの地に勧請して造営したともいわれている」

「やっぱり、また稲荷——鋳成ですか」

「そういうことだ」

「でも良く考えれば、烏森なんてちょっと不気味な名称ですよね。カラスの棲《す》み処《か》があったのかなあ」

「この名前はね、元々は『空衆』から来ているとも言われてる」

「空衆？」

「河衆などと同様の人々と考えて良いだろうね。瓜や瓢箪《ひょうたん》や竹筒のように、中身が虚《うつ》ろ——と卑下《ひげ》された人々のことだ。そういう人たちが、大勢住んでいた森というわけだな。さて——。次はＪＲで新宿まで行って、またもや『稲荷』鬼王神社にお参りするとしようか」

のどかな花見の一日のはずが、いつの間にかおどろおどろしい「都内将門史跡探検ツアー」へと変貌してしまっていた。

しかし、崇と一緒にのんびり花見——というのは、最初から無理があったような気もする。最初からそういった場所に出かけて、桜の木の皮——桜皮《おうひ》などの効用の説明を受けようというのならば、話は別だけれど……。

「今までいくつか神社をまわったけれど」山手線の吊革につかまりながら、崇は二人に言う。「最近出版された本で、加門七海《かもんななみ》さんが、都内の将門に関連する神社を線で繋ぐという試みを行っていた」

へえ、と沙織は目を丸くした。

「楽しそうじゃないですか。それで、どうだったんですか、その結果は？」

「それは自分で確認してもらいたいんだが、数ヵ所疑問点があるから丸呑みはできないけれど、なかなか面白い結論だと思った。何しろ、前にも言ったように江戸の町の青写真を引いたのは、かの天台僧・南光坊天海《なんこうぼうてんかい》だ。禅、倶舎《くしゃ》、法相《ほっそう》、易経《えききょう》、神道、国学。全てを修し、そして東照宮造営を裏から指示した黒衣《こくい》の宰相《さいしょう》だ。この加門さんの説の真偽のほどは別としても、彼ならば何かを仕掛けているだろう。決してありえない話じゃないな」

「なるほど。つまり天海が、江戸の町に何らかの呪《しゅ》をかけておいた……ということですね。東照宮もそうだったように」

「その可能性は大いにあるね」

崇が頷いた時、新宿駅に到着した。


三人は東口を出て歌舞伎町《かぶきちょう》を抜け、コマ劇場の裏手へと進む。ずっと以前には、たまに友人たちと飲みに来たこともあったけれど、最近、この辺りはかなり物騒になってしまっているらしいので、奈々はすっかり足が遠のいていた。今こうして歩いていても、以前にやって来た頃とは、かなり様変わりしてしまっている。そして夜になれば、この辺り一面、ネオンの明かりで満たされるのだろう。良い意味でも悪い意味でも、欲望の街となる。

「さて、将門の歴史に戻って」崇は歩を緩めずに言う。「まず天慶の乱に至るまでの、バックグラウンドを話しておこう。これには大きく分けて、坂東という土地柄と、将門の身内の人間関係、という二つのポイントがあるんだけれど、まず人間関係から入っていこうか」

「はーい」

沙織が能天気に返事をすると、崇はゆっくりと説明を始めた。

「延喜十一年（九一一）に高望王が、そして十七年（九一七）に良将が死亡してしまうと、上総・下総の勢力バランスが大きく崩れてしまう。その時将門は京にいて、藤原忠平《ただひら》の家人《けにん》となって仕えていた。藤原忠平は、やがて右大臣から左大臣へと進んで、後に摂政・太政大臣となる、当時の朝廷の最高権力者だ。ちなみに彼は、道真を流罪に処した時平の弟でもある——。将門には、滝口小次郎という通称もあるから、この忠平の推挙で、滝口の武者を務めていたのかも知れないといわれている」

「滝口の武者？」

「内裏清涼殿の東庭北方に、水が流れ落ちる『滝口』と呼ばれる場所があった。そこに詰めていた武者のことだ。なかなかの名誉職だな。しかし将門は、結局京風の生活になじめずに、長い間不遇を託《かこ》っていた。しかも、失意の内に戻ってきた彼を、さらに悲惨な事態が待ち受けていた。それは、当然将門に与えられるべき良将の遺産——遺領が、留守の間に、伯父の良兼らの手で、全て奪い取られてしまっていたという事実だった。幸田露伴《こうだろはん》の『平将門』にもあるように——」と言って、崇はパンフレットをめくった。「『将門の父の良将の遺産を将門が成長しても国香等が返さなかつた……此の事実は有勝の事で、大日本史も将門始末も皆採つてゐる』と書かれている」

「伯父さんたちに財産を？　酷すぎる！」

「しかし、既にどこの誰に訴えようにも、どうにもならない状況に陥《おちい》ってしまっていたために、将門は仕方なく自力で荒れ地の開拓を始めた。自分の土地を手に入れるためには、公《おおやけ》の国司や、荘園の管理者たちも手を出さないような『番外地』を開拓するしかなかったんだ。その地は、下総国豊田郡鎌輪《かまのわ》と、猿島郡石井《いわい》。現在の茨城県結城郡千代川町鎌庭《かまにわ》と、岩井市の辺りだった。当時は鬼怒川と小貝川《こかいがわ》に挟まれた、葦の生い茂る沼沢地《しょうたくち》だったらしい」

「おお、まさに河の民ってことじゃないですか」

「そういうことだね。しかも、この『鎌輪』という名前だ。つまりこの辺りでは、鉄——砂鉄などが採れたんじゃないかと推測できる」

「砂鉄ですか……。ああ、そうか」沙織は、ポンと手を打った。「だから将門公は短期間の内に、一から開拓を始めて、あそこまで領地を広げられたんですね。それは、製鉄技術を持っていたからなんだ。鉄で斧や、鋤《すき》や、鍬《くわ》を作り上げた。そしてそれらは、同時に武器にもなる」

「最近は話が早いな」崇は沙織を見て笑った。「しかし、その通りだろう。そして、おそらくそんな将門の許《もと》に、大勢の人々が集まったんだろうな。それはどんな人間だったかというと、当然、公の支配体制から逃げ出してきた人々――つまり、鬼や河童や天狗たちだ」

「番外地ですからね」

「そういうことだ――。さて、そろそろ到着だ。あとはまた、お参りしてからにしようか」

稲荷鬼王神社は、職安通《しよくあんどお》りとの交差点から一軒奥に入った場所にあった。やはり小さな神社だ。いままでの社と同じように近代的なビルを背にして、ひっそりと佇んでいる。将門関係の神社は、どれもがこのパターンだ。そして由緒書きに目をやると、

「鬼」というと私達はとかく悪いイメージをもちがちですが、古来、「鬼は悪魔を祓《はら》う」といわれ、すべての災禍を祓う力があります。その為、鬼を祀ったり、鬼の名のつく社寺は全国に幾つもあります。しかし、その「鬼」の王様という意になる「鬼王」という名のある社寺は全国で当社のみです。云々――。

とある。

そういえば以前に崇から、節分の祭りの際に「鬼は内、福は内」とかけ声を掛ける神社がある、それはこの稲荷鬼王神社だと聞いたことがあった。

三人が揃ってお参りすると、

「由緒書きの追記にもあるように」崇が言う。「将門は幼名を『鬼王丸《きおうまる》』といっていた。あるいは『外《がい》都《と》鬼王』で、都の外の鬼王、つまり蛮族の王という意味の名前だった」

「外都鬼王……」

「元々この神社は、紀州熊野の鬼王権現を勧請したといわれている。しかし現在、熊野には鬼王権現なる神社は存在しないために、その真偽も定かではなく、この鬼王神社という名前を持つ社は日本全国でここ一ヵ所だけだという。しかし、これもきっと後

付の由緒で、おそらくこの地の人々は、最初から平将門を祀ろうとしていたんだろうと思うね。この近辺の土地が将門と所縁《ゆかり》があったために、ここに勧請されたんだ。この近くの『大久保』という土地の名前を見てもイメージできるように」

「大久保が？」

「ああ」と崇は頷く。「大久保や荻窪のように『くぼ』という文字が入っている土地は、その名のように、元々窪地だった場所だ。窪地であるから、そこには地下水が溜まりやすく、水田が拓《ひら》けた。実際に大久保や荻窪は、遥か昔に海岸線から奥地へと移り住んだ人々が、いち早く水田を開拓した場所だといわれている。この場合は、素直に『稲荷』だな。ゆえに茨城の荒れ地を開拓し、製鉄業にも関わりの深かった将門を、神として崇《あが》めていた可能性も高いだろう」

なるほど……。

ちなみに、この神社の祭神は、

宇賀能御魂命《うかのみたまのみこと》
月夜見命《つくよみのみこと》
大物主命
天手力男命《あまのたぢからおのみこと》

となっている。そして「稲荷神」として宇賀能御魂命、また「鬼王神」として月夜見命以下三柱の神、と分けられていた。それを奈々がじっと見つめていると、

「これはとても分かりやすいな」崇が後ろから声をかけてきた。「まさに将門だ」

「何がですか？」

「いいか。まず月夜見命は、天照大神つまり天皇の血を引く家系だが、傍流《ぼうりゅう》だ。そしてすぐにお隠れになった。続いて大物主は大国主で、広大な土地と鉄を持っていたが、やはり朝廷との争いに敗れて命を落とした。最後の、天手力男命は、非常な怪力の持

ち主とされている。そして、これはあくまでも例えだと思うが、一説では将門は身長二メートルを超える大男だったともいわれている。それくらいに、力強い男だったというわけだ。そしてこの天手力男命の神徳として『武運長久』というものがある。まさに将門を表している神々だな」

「ああ……」

奈々は納得した。

特に、最後の「武運長久」。

神社に祀られている神々は基本的に、自分たちが叶えられなかったことを叶えてくれようとし、自分たちが苦痛に感じていたことを、人々から取り去ってくれようとする。

子供を早くに亡くしてしまった者や、産後の肥立《ひだ》ちが悪くて亡くなってしまった者は「安産・子育て」の神に。夫婦や恋人との仲を裂かれてしまった者は「縁結び」の神に。戦いの結果、自分たちの領土を奪われてしまった者は「国土安穏」の神に。

ということは、武運つたなく敗れてしまった者は当然——「武運長久」の神になる。

その他にもこの神社には、珍しい物が色々とあった。まず一つめは、境内隅——というより、殆ど外——に置かれた、安山岩《あんざんがん》で拵えられた水鉢である。これは、踞《うずくま》った鬼の頭上に水鉢が載っているという非常に珍しい鉢だ。小さな鬼が、自分の体の三倍以上はありそうな石の水鉢を支えていた。

伝説に言う。

この水鉢は元は文政三年（一八二〇）の頃から加賀美某の邸内にあったが、毎夜井戸で水を浴びるような音がするので、ある夜、加賀美某が家宝の名刀を抜いて斬りつけた。その後、怪異は止《や》んだが、家人に病災が頻繁に降りかかるようになってしまった。恐怖した彼は、天保四年（一八三三）に、その宝刀「鬼切丸《おにきりまる》」と共に、この水鉢を鬼王神社に寄進した。そのため、現在も鬼の肩の辺りに刀傷がある。また「鬼切丸」は、翌年に盗み去られてしまい、今に至るまで行方が分からない——。

奈々は思わず覗き込んでみたけれど、もう小鬼全体が傷だらけで、どれがその刀傷なのか判然としなかった。

また、境内には事代主命を祀った「開運恵比寿神社」もあった。そのほんの短い参道に足を踏み入れた奈々は、ハッと立ち止まる。手水の向かい側に、またしても「かえる石」なる物が置かれていたからだ。説明書きを読むと、この石に水を掛け、恵比寿様をお参りし、再び戻って来て「かえる石」をさすると、良い運や縁が帰る——と書かれていた。

やはり、ここにも「河衆」が登場した。

境内に戻ると、先ほどの「節分祭」に関しての説明書きもあった。ここではやはり「福は内、鬼は内」と唱えるらしい。そして、この場合の「鬼」というのは「春の神」のことで、つまり節分の掛け声は「春よ来い」という意味だ、とあった。「春の神」が鬼ということ？

それを崇に尋ねると彼は、

「なるほどね。実に理に適《かな》っている話だ」

と謎のような笑みを浮かべた。それについて説明をしてもらおうと思ったら、

「さあ、次に移動しよう」崇は再び、スタスタと歩き始めてしまった。「中央線の線路をくぐって、鎧神社だ」


中央線、大久保の駅前を過ぎて、静かな住宅地に入った。小学校の前を通り、左に大きくカーヴしているＪＲの線路の内側近くに、鎧神社の鳥居が見えた。今までの神社と比較すれば、かなり明るく小綺麗だったけれど、ここもやはり小さな神社だった。

奈々は鳥居前で、神社縁起を読む。そこには、

当社は江戸時代迄、鎧大明神と称し此の辺りの古社として人々の尊崇を受けて来たが、鎧の社名は日本武尊《やまとたけるのみこと》御東征のおり、甲冑六具《かっちゅうろくぐ》の内を此の地に蔵《おさ》め

た事より社名起こると伝えている。天慶三年（九四〇）関東に威を称えていた平将門公、下総猿島《さしま》に亡《ほろ》びし時、土俗の公を追慕して天暦（九四七）の始め、将門公の鎧も亦《また》此所に埋めたという。別説によれば将門軍残党を追って此地に来た藤原秀郷、重病を得て悩み苦しんだ時、是れ皆将門公の神霊《しんれい》の怒り也と怖れ、薬師如来を本尊とする円照寺々内に公の鎧を埋め、一祠を建てて厚くその霊を弔った所、病い悉《ことごと》く癒えたという。これを聞いた里人達その神威のあらたかなるを畏《かしこ》み、柏木淀橋にかけての産土神、鎮守の社として深く信仰してきたのである。

云々——。

と書かれていた。

三人は揃って拝殿へと歩いた。境内には保育園もあるようだから、平日の昼間は子供たちの声で、きっと賑《にぎ》やかなことだろう。それはそれで、また何となく素敵な気がする。

お参りを済ませて拝殿の後方にまわると、そこにはやはり稲荷社があった。赤い鳥居の側の立て札には「祭神、宇賀御神」と書かれている。

確かにここは「鎧」だから、当然、製鉄とも関わりが深いのだろう。とても納得の行く組み合わせだ。というよりも、やはり将門と製鉄＝稲荷は、切っても切れない関係にあるようだ。

「でも、将門に関して、どうしてこんなにたくさんの史跡が残っているんでしょう。しかも、みんな首や兜や鎧を埋めたって」

「そう言った行為は、一種の呪術なのだという説もある。それによって、相手の怨念《おんねん》を封じるというようなね。そのせいもあってか、実はこういった史跡は東京・千葉・茨城だけに留まらず、愛知——熱田《あつた》神宮の近くにもあるんだ」

「愛知県にもですか。それは何という場所？」

「社宮司社《しやぐじしや》という神社だ。熱田神宮の南西、国道一号線を渡った住宅街の中にある、なかなか見つけ難《にく》い小さな神社だ。祭神は高皇産霊尊《たかみむすびのみこと》。しかし『熱田旧蹟記』や『熱田之記』には、平将門を祀る社として『三狐』と書いて『しゃぐじ』と読む」

「はあ？」沙織が変な顔をした。「しゃぐじ？　それってちょっと無理がありますよね。大体何ですかその神社」

「古くからその土地にいる土着神ともいわれているが、正体不明の神だ。元々は、奇丸や石棒や石剣などを神体として祀っていた。イソガミとも呼ばれていた。つまり、石にされてしまった神という意味にも取れる」

「いわゆる『多賀——タガ』と一緒ですね。箍《たが》を嵌《は》めるという」

「そうだ、奈々くん。また、この近くを流れていたという扇川に架かる橋には『米嚙橋《こめかみばし》』という名前が付いていた。それは、将門の首を流れで洗って祀ったことからきていると石碑に書かれている。細かく探せば、そんな神社は、日本各地至る所にあるだろうな——。さてと」崇は二人を振り向いた。「もう日が暮れてきたな。どうしようか」

「そうですね」なぜか沙織が嬉しそうに答える。「どこかで夕食でもご一緒に。新宿まで戻りますか？」

いや、と崇は首を振った。

「それならば、浅草まで出よう」

「浅草……って、どこか美味しいお店でも？　それとも、バー？」

「浅草に、神田山日輪寺という寺がある。さっき言った、将門塚を修復した真教上人が念仏道場として修復した寺だ」

「は……」

「最後にそこをまわってから、浅草で食事しよう」

「ああ。はい！　そうしましょ」

沙織がニッコリ笑って相槌を打った。

＊

奈々たちは、銀座線を浅草で降りて国際通りに出る。時間があれば、浅草寺《せんそうじ》や三社《さんじゃ》様――浅草神社にも寄ってみたいところだけれど、今日はもうそんな余裕はなかった。ただでさえ夕方の寺社は、ちょっと危険な雰囲気を漂《ただよ》わせているのに、今回は特に将門だ。できるだけ、暗くならないうちにお参りしたい。

まだまだ賑わっている仲見世を横目に、奈々たちは国際通りを北に向かい、浅草ビューホテルの手前を左に曲がる。するとそこにも稲荷があった。感応《かんのう》稲荷という名前らしい。

どこまでいっても、将門と稲荷は縁が深い。

一本裏の路地に入ると、すぐに小さなお寺が見えた。ここが目的地だ。

「時宗《じしゅう》檀林　神田山日輪寺」

という石碑が山門に立っていた。

「一遍上人の二世だった真教上人は」と崇は言う。「将門が亡くなって三百六十五年後の嘉元三年（一三〇五）に、将門塚を訪れたんだ。しかし、その時はもう既に塚はすっかり荒廃してしまっていて、同時にその村には疫病が蔓延《まんえん》していた。これは将門の祟りに違いないと確信した上人は、将門の塚を修復して彼の霊魂を供養した。すると、瞬《またた》く間に疫病が治まったため、上人は村人たちに請われて、すぐ近くに建っていた日輪寺に滞在することになった。やがてこの寺は将門の霊を祀り、名前も『神田山日輪寺』と変わった。そして、明暦三年（一六五七）に、現在地に移転したというわけだ。ちなみに、さつきの首塚にあった石塔婆の文字は、この真教上人が日輪寺の石板に書かれた文字を写し取ったものといわれている」

「でも、あそこに観音様もいたよ」沙織が、小さなお堂を指差した。「一遍上人の二世ということは、時宗のお寺でしょう」

「今言ったように、後から時宗に改宗されたんだ。元々は天台宗の寺だったらしい」

「観音信仰だったんだ」

「最初からだったのか、それともこの地に移ってきた後に、新たに加わったのか、それは分からない。いくら時宗の寺といっても、元々この辺りは観音信仰が強かったからな」

「浅草寺も、観音様だもんね」

「というよりも、観音は『鉄穴《かんな》』から来ているともいわれているからな。そうなると、こちらもまた『稲荷』と同様、製鉄に関連してくる」

「ああ……そうか。でも、またしても稲荷＝製鉄なんですね」

一人で何度も納得する沙織の横で、

「さてと――」崇は奈々たちを見た。「駅まで戻って、どこか近くの居酒屋にでも入ろう。この時間ならば、どこでも開いているだろう」


奈々が腕時計に目を落とせば、もう六時近い。さすがに足も疲れているし、お腹も空《す》いてきたから早く休憩したかった。何しろ、午前中一杯仕事をしていたのだ。いや、崇もそうなのだけれど……。

しかし、今日一日で、よくこれだけたくさんの寺社をまわれたものだ。かなり運が良かったのだろう。

駅までゆっくりと歩き、三人は隅田川近くの小料理屋に入った。狭いけれど、小綺麗な造りの店だった。土曜日のせいか、まだそれほど混んではいなかった。

「おお。泥鰌《どじょう》の丸鍋発見！」掘り炬燵《ごたつ》のような足落としの席に座るなり、メニューを見て沙織が叫んだ。「注文しましょ。ネギを溢れんばかりに目一杯載せてね。ああもう、お腹空いた。ええと、お酒はどうしますか、タタルさん」

「純米酒で」

「お姉ちゃんは？」

「黒糖《こくとう》焼酎のロックで」

「じゃあ、私もそうしよう。すみませーん」

こういう時の沙織は、実にてきぱきとしている。あっという間にお酒の注文と、料理を数品頼んでいた。お酒が運ばれて来ると、三人は乾杯する。

「あー疲れましたね、今日はさすがに」沙織が美味しそうにグラスを傾けた。「だってさ、靖國神社を皮切りに、築土神社にお参りして、神田明神でしょ、首塚でしょ。それから兜神社、鳥森神社、稲荷鬼王神社、鎧神社、そして神田山日輪寺。まさか、浅草まで来るとは思わなかった」

「でも」美味しい焼酎に目を細めながら、奈々も笑う。「さすが将門公ですね。東京中、至る所に史跡がありました」

「徳川家によって、江戸の守護神とされていたからな。もちろん、その理由はきちんとあるけれど」

「え？　それはどうして――」

「それなのにさ」尋ねた奈々の言葉を遮《さえぎ》るように沙織が質問してきた。「どうしてまた、大怨霊なんかになっちゃったんでしょうかね。まあ、大怨霊だからこそ、手厚く祀っているって考えられなくもないけれど」

「じゃあ、そんなことも含めて」崇は純米酒のグラスを傾けると、今日入手したばかりの資料を、バッグから数枚取り出した。「将門の歴史について、さっきの続きを話しておこうか」

はい、と頷く奈々たちに向かって、崇は口を開いた。

「承平五年（九三五）二月に、ついに将門と伯父の平国香との間で争いが始まった。この原因については『将門記』などには何も書かれていないけれど、女性問題が理由で、前常陸大掾《さきのひたちだいじょう》の源護《みなもとのまもる》から仕掛けられた争いだったらしい。護の息子たち――扶《たすく》・隆《たかし》・繁《しげる》の三人――のうちの誰かが妻にと望んでいた女性が将門の妻となってしまったので、彼らは将門を非常に恨んだのではないかという。その時たまたま将門の伯父らが遺領問題で将門と不和の仲になっているのを耳にした護は、国香たちを味方に引き入れて将門を倒そうとしたという説がある。そしてこれらの説に、幸田露伴ら多くの人たちは賛同しているようだ」

「何か、ドラマのように悲惨な人間関係……」

「とにかく扶・隆・繁たちは、将門がどこかに出掛けた際に、その途中に陣を張って待ち伏せ、一気に襲いかかったらしい。これは幸田露伴も『平将門』に書いている」と言って崇は資料に目を落とした。「この戦いは、将門の方から仕掛けたように書いてある歴史書もあるようだが、それは信用できない。将門と源氏たちの本領と、どちらが戦場から近いかといえば、将門の方が近い。相馬から出たなら遠いが、本郷や鎌輪からであれば近いという事実から考えると、将門が結城あたりへ行こうとして出た途中を襲撃したものらしい——とね」

「その人たちって、最低の人間じゃないですか」

「最低も最高もない。その頃は、武士道も騎士道もなかったんだからね。しかも、相手は番外地の住民・将門だ。ルールもマナーも大義名分も必要ないだろう」

「でもそれだって——」

「しかし現代でも、陽の当たる場所では国際ルールだ何だと言っているが、地方——地球の片隅では条約も規定も何一つ存在しない世界がある」

「そりゃあそうですけれど……」

「とにかく、そんな不利な状況だったにも拘わらず、将門は彼らを撃破して、扶・隆・繁たちを全員討《う》ち取ってしまった。そして勢いに乗じて、彼らに加勢した伯父の国香までも討ち取った」

「まさに破竹《はちく》の勢いですね」沙織が筍《たけのこ》を頬張りながら頷いた。「やっぱり製鉄——武器が違ったんですかね」

「もちろん武器もそうだが、将門自身も非常に強かったようだな。常に前線に飛び出して、大暴れしていたらしい。そうなると、やはり部下の士気《しき》も高まるだろう」

「大男だったって言ってましたよね。そんな人間が、鉄製の武器をぶんぶん振り回して突っ込んできたりしたら、そりゃあ逃げるわ」

「特にその頃は、殆どの兵隊は農民だったたし、当然自分の身が大切だったからね」

「そうですね。武士なんかいなかった」

「正確に言えば、江戸時代以降に現れる、いわゆる俺たちが『武士』と呼んでいるような人々はいなかった。ただ『従類《じゅうるい》』と『伴類《ばんるい》』と呼ばれる人々がいただけだ」

「じゅうるいって?」

「『従類』というのは、人数としては少ないんだが主人との関係は緊密で、夜討ちのように隠密《おんみつ》な行動までとることができた仲間たちのことだ。それに対して『伴類』というのは、人数としては圧倒的多数を占《し》めているけれど、戦局が不利になるとすぐさま戦場から離脱してしまうような、頼りない兵隊のことだ。行動をともにする仲間といった程度かも知れないな」

「親衛隊とその他大勢——みたいな?」

「大雑把《おおざっぱ》に括《くく》ればね。だから実際に、承平七年（九三七）八月、堀越の渡しで将門が良兼軍と合戦した時には、彼が急病——一説には脚気《かっけ》——にかかると『いまだ幾ばくも合戦せざるに、伴類は竿《さん》の如《ごと》くに打ち散りぬ』という状態になってしまった。ちなみにこの『竿』というのは『算』ともいって、計算や卜占《ぼくせん》に使う算木《さんぎ》のことだ。置いた算木を崩すことを『算を散らす』という。また逆に、これも後で詳しく話すけれど、天慶三年（九四〇）二月十四日の、将門最後の決戦では、彼の従兵が馬に乗って討って出ると『貞盛・秀郷・為憲《ためのり》の伴類二千九百人、みな遁《のが》れ去りぬ』という状態となり、残った者は精兵三百余人にすぎなかったという。伴類のこの頼りない行動は、主人との関係が従類と違って非常にルーズなものだったという証明だ」

「そりゃあそうかもね」沙織はグラスを傾ける。

「ずっと後の戦国時代なんかでも、あっさり裏切ったり逃げちゃったりってことが多かったんだから」

「そうね」奈々もちょっと参加する。「鎌倉時代の武士がまとまっていたといっても、結局あれは朝廷という共通の大きな敵がいたからだし、それに『一所懸命』という言葉が生まれたほど、自分たちの土地にしがみついてそれを守ろうとした結果ですものね」

「その通りであるね」

訳の分からない返答をする沙織にも、きちんと崇は頷いた。

「そうだ。特にこの時代などは、半農半兵《はんのうはんぺい》だったからな。兵隊といっても、実情は鎌や野刀を持った農民たちだったわけだ。後で出てくる『丈部小《はせつかべこ》春丸《はるまる》』の話なども、ただ物質的な利益によって簡単に敵に誘導されてしまっている。というよりも、藤原秀郷自身がそうだった」

「そうなんですか」

ああ、と崇はグラスを空けて、傍《かたわ》らにパラリと資料を開いた。

「じゃあ、順番に行こうか——。

この承平五年二月の戦いを皮切りに、いよいよ常陸・下総国に戦乱の火ぶたが切られることになった。同年十月に将門は、叔父の良正を常陸国で破る。続いて翌年七月——または十月——、下野に移動した伯父の良兼、そして国香の息子の貞盛と戦い、見事に打ち破る。しかし翌年の承平七年（九三七）八月には、下総常陸の国境を流れる小貝川（子飼川）で、良兼たちの攻撃を受けて敗退してしまう」

「あらま。将門公が破れちゃったんですか？」

「そうなんだ。この時良兼は、将門の父の良将と祖父の高望王の像を陣頭に持ち出して来て『箭《や》が放せるなら放してみよ。鉾先が向けられるなら向けてみよ！』とのたまって突っ込んできたらしい。これにはさすがの将門も、陣を引いて逃げるしかなかったようだね。いわゆる『親の位牌で頭を殴る』という戦法だ」

「何て姑息《こそく》な！」沙織が鼻息荒く憤《いきどお》る。「やっぱり凄い卑怯者じゃないですか、そいつ」

というよりも、むしろ――。

そんな単純な戦法に負けてしまって、あっさりと陣を引くなんて、実は将門はとても良い人――心優《い》しい人だったのではないか。

日本を代表する大怨霊で、生首が夜空を飛んで人に襲いかかる……という、今まで抱いていたおどろおどろしいイメージと、少し違う。

それに、高望王というのは、良兼にとっても自分の父親ではないか。その像を陣頭に立てて箭除けにするというのは――沙織の言う通り――こちらの男こそどんな神経の持ち主なのだろうか。

「結局、その戦で将門は敗退してしまい、本拠地の下総国豊田郡を焼き討ちされた。そして、将門の妻子が共に殺されてしまったんだ」

「極悪非道なり！」

沙織は拳を握りしめた。本気で怒っている。

「その間にも、源護たちは朝廷に将門の非道を訴えたりしているが、これは認められなかった」

「当たり前じゃ！」沙織は怒りついでに注文する。「黒糖焼酎お代わり！」

「しかし、どういう経緯《いきさつ》があったのかは分からないけれど、その年の十一月には、将門を追捕せよという官符――朝廷からの命令書が、武蔵・安房・上総・常陸・下野の国司に対して下された」

「何と酷い話！」

「翌月には、さっき出てきた丈部小春丸の手引きによって、将門は新たに本拠を構えた石井――下総国猿島郡の営所を夜襲されてしまった。この丈部小春丸なんだけれど、彼は元々、将門の駈使《くし》――雑用などに使われた走り使いだった。しかし決して奴隷《どれい》という身分ではなくて、ごく普通の農民、あるいは公民だった。他の領主の勢力圏に通うような行動の自由も持っていたし、経済的にも一応自立した庶民だった。なので良兼は、この小春丸を召し取って、その手引きによって将門を討つことを彼にもちかけた。その報酬は『乗馬の郎党となさん』、つまり馬を与えて、待遇の良い郎党に取り立てるというわけだ。小春丸はこれを承知して、良兼方の田夫《でんぷ》――農民を連れ帰り、将門の陣営を探らせた。一方良兼は、精兵八十余騎を率いて石井営所を夜襲する。しかし、それをいち早く知った将門の郎党が、急いで石井に駆けつけてそれを告げた。この時将門の館にいた兵は十人に満たなかったために、女子供は泣き騒いだが、将門はこれを鎮《しず》めると、一気に攻撃に出た。

『将門は眼《まなこ》を張り歯を噛んで、進みて以て撃ち合う。時に件《くだん》の敵など、楯を棄《す》てて雲の如くに逃げ散る。将門は馬に罹《かか》って、風の如くに追い攻めぬ』

と『将門記』に書かれるほどに、凄まじい戦いぶりだったようだ。その結果、敵兵四十余人を討ち取ったという。そして一方小春丸は、この翌年正月三日に裏切りが露見して殺されてしまう」

「危ないところだったんだね、小春丸のせいで。いくら公民だっていっても、やっぱりずるい男だ」

「だが、さっきも言ったように、その当時はそれが普通のことだったわけだ。それに元々『丈部《はせつかべ》』というのは『駈使部《はせつかいべ》』からきていて、小春丸も越後の俘囚《ふしゆう》だったという説もある。彼にしてみれば、馬を手に入れられるなどという話は千載一遇のチャンスに思えたんじゃないかな」

「うーん」沙織は腕組みした。「そう言われてしまうと、ちょっと微妙……」

「そして天慶元年（九三八）、貞盛が京都に向かったという噂を耳にして、将門はこれを追った。実は貞盛は表面上は将門と和解しようとしながら、常に良兼たちに味方して、戦いの場に何度も姿を現していたんだ。だから、実直な将門にしてみれば、その心根が許せなかったんじゃないかと海音寺潮五郎さんなどは言っている」

「何か、将門公の周りは酷い奴らばっかり」

沙織の表現は「将門公」と「奴ら」になっていた。

しかし、その気持ちは分かる。

そして、こんな状況の中で殺されてしまえば、やはり怨霊になるのも無理はないのか。救いがないといわれれば、確かに救いがない……。

「貞盛は何とか逃げて——というよりも、将門がとどめを刺さなかったらしい——京に辿り着いた。そして太政官に向かって『将門は、いよいよ逆心を抱いて暴悪をたくましくしています』と訴えた。官符を無視されたと怒った朝廷は、将門に対して新たに召還《しょうかん》の官符を下した。しかし将門は、これに応じない。もうすでに彼は、関東一帯の大親分のようになっていて、そんなものに応じる必要もないと思ったのだろうか。そのへんの機微は分からないけれど、実際に自分も上京して、朝廷の現実を目の当たりにしていた将門だ。おそらくそんなものは無用くらいに感じ取っていたんじゃないかな。実際に、その頃は既に将門自身も、武蔵の国司や郡司の調停に自《みずか》ら乗り出したりしていて、人々の人望も厚く、権勢も非常に大きくなっていたからね」

「でも分かる」沙織は、ししゃもを頬張りながら頷く。「今までタタルさんに聞いてきた話が本当ならば、朝廷の命令なんて聞いてる場合じゃないだろうし、それに一般市民、誰だって将門公の味方に付いちゃうよ。姑息で陰険なオヤジと、勇猛果敢で心の広い男らしい武将」

滅茶苦茶な言いようになってきた。

しかし、これまでの話を聞くと、まあそんなに外してはいないかも知れない。

「でも」奈々も、ちょっと話に参加する。「ここまでのところだと将門に関しては、身内の争いが絶えないこととか、召還に応じなかったこととか……それほど大した問題を起こしていないんじゃないですか。それがどうして討伐《とうばつ》なんていう大事にまで発展してしまったんですか？」

「ああ」

と言って、崇はお酒をお代わりした。丹波の純米吟醸だった。思わず奈々も、

「私も同じものを」

と注文すると沙織も同調して、結局いつも通りに四合瓶で頼むことにした。

冷えたお酒を奈々たちのぐい呑みに注ぎながら、崇は続ける。

「ところがこのあたりから、ややこしい問題が起こってきてね。この頃、武蔵国に新任の権守《ごんのかみ》と介《すけ》がやって来た。それが、興世王《おきよおう》と源経基《みなもとのつねもと》だった。ちなみに権守は、守と介の間の役職にあたる。ただ、太守や守たちは、現地に赴任せずに目代という代理人を派遣するだけのこともあったから、そのような国では、権守や介が事実上の長官になるわけだ」

「ふむふむ。自分は出向かないで、利益だけを持って行こうというわけだ。何となく分かる。今でも似たような酷いシステムがあるよね」

そうだな、と崇は苦笑いした。

「そしてこの興世王は、藤原基経《もとつね》によって廃された陽成《ようぜい》天皇の皇孫だという説もある。一方経基は、清和《せいわ》天皇の孫王だ。清和源氏の始祖になる人物だった。前にもチラリと言ったように、国司らは地方に赴任することを喜んでいない人たちだったから、その反動もあって、実際に現地に赴任すると職権を濫用して民からの収奪に専心し、また勝手に荘園を造って蓄財に心血を注ぐ者が多かったんだ。そして例に漏れず、興世王と経基も早速、管内を視察すると言い出した。視察すれば当然、なにがしかの献上物があるからだ。しかしこれに対して郡司が異議を唱えた。守の赴任を待つべきだという。だが興世王たちは、郡司風情が何を言うかと怒り、勝手に視察を

始めて、郡司たちと衝突してしまう。武蔵国は、今にも合戦が起こらんばかりの不穏な情勢になってしまった。そこで将門が登場する。彼らの調停に乗り出したんだ」

「さすが大親分ね。颯爽《さっそう》と」

「ところが、調停がほぼうまくいきかけた時、何を思ったか経基は、自分の身が危《あや》ういと恐れだして、ひたすら都へと逃げ帰ってしまう。それだけならばまだしも『東国で将門、興世王ら謀叛《むほん》』と太政官に訴えた」

「源氏の始祖が？　またどうしてそんな情けないことを……」

「ゆくゆくは頼光《らいこう》、頼義《よりよし》、八幡太郎義家、鎮西八郎《ちんぜいはちろう》為朝《ためとも》たちを輩出した武家の大元の源氏も、最初はこんなものだったようだな」

「でも謀叛はないでしょう、謀叛は！」

「そうだな」崇も苦笑いする。「ちなみにこの『むほん』には『謀叛』と『謀反』と二種類あるんだ。最初の『謀叛』というのは『君主や政府に対する叛逆』ということで、『将門記』などはこちらの表現を用いている。しかし『本朝世紀』などでは『謀反』として、『国家転覆の反乱』と表現している。当然、こちらの方が罪が重い」

「国家転覆――って、そんな大袈裟な」

「いや、これからまだ話は続くんだ。そうなると一概に大袈裟とは言えなくなってくる。まず――ちょうどその頃、長い間いがみ合ってきた伯父の良兼が病死した」

「親の位牌を押し立てて来た男」

沙織の説明は、正確には少し違うような気がしたけれど、崇は気にする様子もなく、ちょっとつまむと、ぐい呑みを空けた。段々飲むペースが早くなってきている。ということは、話にもドライヴがかかるだろう。奈々は耳を澄ませた。

「彼の死によって、戦いは収束するかに思えたんだが、しかしそうはならなかった。例の興世王が、やはり新任の国守と揉めて、将門の元に逃げ込んできた。それとほぼ同時期に、今度は常陸国のアウトロー、藤原玄明《はるあき》という人物が、国司の追及を逃れて将門の元に転がり込む。当然、常陸国の介は玄明引き渡しを命ずるが、将門はこれを拒否した。自分を頼って来た男を、あっさりと引き渡せないというところだろう。『将門素《もと》より侘人《わびびと》（不幸な者）を済《すく》いて気をのべ、無便者（不憫《ふびん》な者）を顧《かえり》みて力を託《つ》く』といわれていたらしい」

「本当に大親分だったんだね。時代劇みたい」

「将門自身も、それまでに随分辛い目に遭っているからな。それにどうせ相手も、自分の利益しか考えていない国司たちだ。そう簡単に、はい分かりましたとは頷けなかったんだろう」

「気持ちは分かります。ならば拒否して良し」

「しかしこのことによって、再び争いが始まってしまう。常陸介らは、貞盛たちと手を組んで、将門に攻撃を仕掛けてきたんだ」

「また手を組んだか。一対一で戦いなさい」

「それは無理だ。圧倒的に将門の方が強いんだからな。その証拠に、共同戦線を張ったにも拘わらず、常陸の国庁はあっという間に将門たちによって破られてしまい、国の印鎰《いんやく》——官印と官庫の鍵——を奪われた。しかしこの行動によって、将門は『謀反人』と呼ばれるようになる。確かに、国家機関を攻撃して、その機能を奪ったわけだから、そう言われてもやむを得ない部分はある」

「うーん……」沙織は腕を組んだ。「どうしてまた将門公は、そんなことをしちゃったんだろうか」

「これは当初から企図《きと》したものではなく、多分に成り行きで、ものの弾みだったのだろうといわれている。勢い余って——というやつだったんだろうな。しかし結果的には、反乱と取られても仕方ない行為だった」

「調子に乗ったというのともまた違って、ついその流れでということなんでしょうね」

「奈々くんの言う通りだろうな。だから彼は、決して『天位を覬覦《きゆ》』するなどということは考えていなかったと思う。後年『将門記』に『同じくは八国より始めて、兼ねて王城を虜領《りょりょう》せんと欲す』『ここに於て自ら諡号《しごう》を製奏し、将門を名づけて新皇と日う』と記されているが、これも『将門記』の著者が直接に見聞きしたことではないんだ。だから『まして将門公が京都に攻め上ろうとしたこともないし、天皇の位についたこともないのである』と『神田明神史考』は言っている。そして『将門公にとって不幸なことは、「将門記」のこの記事がまともに信用され、流布《るふ》されたことである。さらに、極度の天皇尊重思想のもとに書かれた「神皇正統記《じんのうしょうとうき》」「日本外史」「大日本史」などの歴史書に「解釈された事実」が記《しる》されて、反逆者・朝敵という評価が定着してしまったのである』とある」

「なるほどね」沙織は、コクリと頷いた。「後の世の頼朝や義満や信長とは、最初からちょっと違う感じがあるもんね。別に、自分が天皇の位について日本国を牛耳《ぎゅうじ》ろうとは思っていなかった感じ」

「そうだな。しかしこの時点で、もう天慶二年（九三九）十一月だ。将門が討たれるまで、あとわずか数ヵ月になってしまった」

「えっ。もうそんな時期？」

そんな時期も何もないけれど、沙織はあわててお酒にむせた。

「でも、殆ど悪いことしてないじゃない。確かに国の機関は襲ったけれど、でもその辺りは最初からほぼ無法地帯に等しかったんでしょう」

「だがここからも将門たちの進撃は止まらなかった。それに、一度鎌輪に戻って将来のことを議論した時に、興世王がこう言った。『一国を討つといえども公責軽からず、同じくは坂東を虜掠して暫く気色を聞かん』——一国でも八ヵ国でも、討つとなれば罪は同じだ。それならばいっそのこと、坂東全体を取ってしまって朝廷の出方を見よう——ということだ。それに応じた将門は、下野・上野と攻め込んで、次々に国司を追放してしまったんだ。ちなみに、国司というのは現在の県知事クラスの人間だ。郡司が、市長かな」

「うーん、複雑な気持ち」

「やがて十二月十五日。上野で将門は勝手に諸国の除目《じもく》を放った。つまり、中央から任命されるべき官を、将門個人が任命してしまったんだ。この資料には、下野守に将門の弟の将頼。上総介に興世王。相模守にやはり弟の将文。下総守に将為という具合に書かれている。しかもこの時、突然に一人の巫女《みこ》が神懸かりして、次のように絶叫した。

『私は八幡大菩薩の使わしめである。私の位を蔭《おん》子《し》、平将門に授ける。この位記《いき》——辞令——に連署するは右大臣正二位菅原朝臣道真の霊魂ぞ。はやはや三十二相の音楽を以て迎え奉れ』

——とね」

「ここで道真様登場ですか」

「そうだ。最初に言ったように、将門の生年が道真の没年と同じとされているのも、こういったことから来ているのかも知れない。道真といえば、もうその頃は立派な天神になっていて、悪辣《あくらつ》なる者に雷《いかずち》の鉄槌を下す神とされていたわけだからな」

「なーるほど。じゃあこの場合も、道真様が都合良く利用されたってことですか？」

「それは分からない。あと実際の話として、道真の息子である菅原兼茂という人物が、その頃常陸の国府に赴任していたということも分かっているようだから、彼らが仕組んだのではないかとも言われているけれど、俺はむしろ本当に神懸かりした——一種のトランス状態に陥った——のではないかと思う。だから海音寺潮五郎も、

『これを将門にたいする人々の信仰をかき立てるために、誰かが細工して巫女に言わせたのだという解釈は、後世的な合理主義的解釈だ』

と言っている。俺も、そう思うね。連勝に次ぐ連

勝の上、今まで自分たちから利益を絞り取っていた役人たちを追放した。将門の陣は、大きな興奮に包まれていただろうと思う。そのために、こんなことを口走る巫女まで登場したんじゃないかな。その彼女が、兼茂から道真を連想したということはあるにしても。というのも、将門を駆り立てていたような黒幕は最後まで見つからなかったし、もしもそんなフィクサーがいたなら、将門はもっと上手くやっていただろう。後の源頼朝のようにね」

「でも、どうして八幡大菩薩なんでしょうね。道真さんならば、天神様なのに」

「いや、奈々くん。当時の八幡大菩薩は、皇族から出て臣籍に下った諸氏が氏神として信仰していた神だったんだ。後世では清和源氏の氏神ということになったけれど、当初は、皇族から臣籍降下した諸氏全体の氏神だったらしい。藤原氏が春日明神を氏神として祀り、自分たちの家を結束させていったことに対抗する意味でも、そう考えられていたんだろうな。ちなみに、今言ったように八幡大菩薩が後世、清和源氏だけの氏神となったために、今度はこれに対抗するべく、平氏は厳島《いつくしま》明神を氏神としたんだ」

ふうん、と沙織はぐい呑みを傾ける。

「朝廷の藤原氏の春日明神に対抗して、天満大自在天神や八幡大菩薩が祀られた。そしてまた、源氏の八幡大菩薩に対抗して、平氏の厳島明神が祀られるようになった……。こういう図式ですか」

「そういうことだ。但し、やがて八幡大菩薩も分裂するんだがね」

「え？　どういうことですか」

「この後将門を討ち取ることになる俵藤太——藤原秀郷も、八幡神の信仰を行っていたからね。

さて——。ここで将門は『新皇』と名乗ることになる。但しこれも『将門記』によるもので、本当にそんな名乗りを上げたのか、それとも作者の創作だったのか、もしくは単なる演出——余興にすぎなかったのか、それは何とも言えないようだ。実際に

『平家物語』以降では、『新皇』ではなくて『親王』と呼んでいる。しかしとにかく、この行為によって将門は、ますます朝廷に目を付けられるようになってしまう。そこで彼は、こんな書状を藤原忠平宛てに送ったんだ。ここにその文面があるから、少し意訳して説明しよう」

崇はくいっとお酒を空けて、資料を読み始めた。

「『一国を討伐しただけでも、罪科は軽くなく、身誅せられ、梟首せられるであろうと思われますので、朝議がどんな工合に決せられるかを伺うために、本意ではありませんが、しばらく坂東諸国を手中に納めました。つらつら考えまするに、私は桓武天皇五代の孫です。日本の半国を子々孫々に至るまで所有しましても、不思議ではありません。それに、武力を以て天下を取った者は、枚挙するにいとまないほどであることは、史書によって明らかであります。武勇は私の天性です。広く世間を見回しますと、その点で私の上に立つ者は見当りません。しかるに、朝廷は私を褒賞なさろうともせず、しばしば符を下して譴責《けんせき》し、恥辱を加えられました。これでは私の顔が立ちません。これらのことをよくよく察していただきたく存じます。そもそも、私は若き日、名簿《みょうぶ》を太政大臣閣下に奉《たてまつ》り、閣下の家人となって数十年、今に至りました。その閣下が国政を執られる時代、このことあるに至ったのはまことに思いがけないことです。嘆息の至り、言うに耐えません。私、国を傾ける謀をめぐらしているとはいえ、旧主に対する懐しさ忘れ難いものがあります。閣下この心を察していただければ幸甚《こうじん》であります。万緒尽くさず、これを察せられよ。将門謹言』

日づけは、天慶二年十二月十五日となっている」

「……何か、随分とまた腰が低い感じがするんですけれども」

「そうだね」崇は資料を畳んだ。「しかし海音寺さんは『調子の鄭重なのは当時の書簡の習わしであり、旧主にたいして鄭重であるのは将門の誠実な性質から出ているのである』と分析している」

「でもそうすると……タタルさん、将門はただの粗暴で荒ぶる兵《つわもの》というわけでもなかったような気がしてきているんですけれど」

ああ、と崇は奈々を見て頷く。

「それは幸田露伴も、『将門が我武者《がむしゃ》一方で無いことを現はしてゐて愛す可《べ》きである。将門は厭《いや》な浮世絵に描かれた如き我武者一方の男では無い。将門の弟の将平は将門よりも又やさしい』と書いている。むしろ後世の、戦国時代の武将たちの方が彼よりも粗野な感じを受けるな」

「ええ……」奈々は頷いた。「その通りですね。そう言われれば、今まで将門というと浮世絵でしか知らなかったわけですから」

「そうだよね。あとは錦絵とか」

「確かにその通りだ」崇も首肯する。「多分一番有名なのは、歌川国芳《うたがわくによし》の『相馬古内裏』の絵だろう。画面左隅には廃屋に立って父・将門の敵を討とうと画策する滝夜叉姫《たきやしゃひめ》が、そして画面右三分の二を占める大きな骸骨——将門の怨霊——が闇夜からその舞台を覗き込むように描かれた絵だ。髑髏《どくろ》も肋骨《ろっこつ》も、とても精巧に描かれた作品だ。あとは歌川国貞らの描いた、赤鬼か般若《はんにゃ》のような顔をして、馬上から敵を斬り落としている絵などだな。もちろんその他にも、尾上菊五郎《おのえきくごろう》などの似絵《にせえ》で、将門の首が石に食らいついてる場面だとか、頭に筑波山の蝦蟇《がま》を乗せた役者が印を結んでいる絵などが有名だ」

「あっ、そういえば」またも沙織が叫ぶ。「それで筑波の蝦蟇が有名なのか！　首塚にも蛙だったし。あれはみんな将門の仲間のことなんだ」

「そういうことだろうな。もっとも歌舞伎ではこんな話になっている。戦乱をかろうじて逃れた将門の娘は、平太郎という異母弟を連れて筑波山麓に移り住んだ。やがて成長した平太郎は、筑波山の蝦蟇の精霊から妖術を学ぶ。ところが、ふとしたきっかけで、彼は自分が将門の子であることを知って、平太郎良門と名乗って妖術の修行に励む。そして姉をも巻き込んで——彼女がさっき出てきた滝夜叉だ——父・将門の復讐のために狂奔する、という話だ」

「蝦蟇の精霊っていうのも怪しいよね。義経の、鞍馬山の天狗みたいな」

「そういうことだよ。こちらはやはり『河衆』ということだろう——。さて、ここからまた、将門の進撃が始まった。今度は、武蔵国と相模国だ。やはり印鎰を奪って、意気揚々と下総国に帰還した。そこで、追放されてしまった国司たちはあわてて京都に逃げ帰り、将門の乱暴狼藉——というよりも、謀反を訴えた。実は、十二月二十六日には瀬戸内海に於いて、前伊予掾・藤原純友《すみとも》が、藤原子高《たねたか》らを襲撃するという事件が勃発していた。おかげで朝廷は大混乱に陥る。どれほど驚き、かつ怯《おび》えたかというと、全国諸々の神社・寺院に、すぐさま将門、純友調伏の祈禱を命じたほどだ。そして将門謀反を初めに訴えた源経基には、従五位を与えた。続いて藤原忠文を征東大将軍に任命して、天皇の権限を代行する印としての節刀《せっとう》まで与えて、坂東鎮撫のために出発させた」

「本当にバタバタだ」

「しかし一方、将門の勢いは止まらない。天慶三年（九四〇）——将門最期の年だが——一月には、五千の兵を率いて常陸に押し出した。そして、貞盛らの行方を探索する。結局発見することはできなかったのだけれど、しかしその途中で、貞盛らの妻を捕まえた。すると将門は、『流浪している女人を、その本籍に送り返すことは法の規定であり、また哀れな者を哀れむのは、帝王の道である』と言って、二人には着物を与えて送り返したんだ」

「えっ！」沙織が泥鰌をつまんだ箸を止めた。「だって、以前に良兼と貞盛の連合軍に敗れた時、自分の妻子を彼らに殺されちゃったんじゃないの！」

「そこが彼らとは違うんだろうな。しかもこんな歌まで贈っている。

よそにても風の便りにわれぞ問ふ
　枝離れたる花の宿りを

すると貞盛の妻も返した。

よそにても花の匂ひの散りくれば
　我が身侘びしと思ほえぬかな

　つまり、このように流浪していて悲惨な目に遭っていたのではないかと尋ねた将門に対して、敵側のあなたからも親切にされたので、侘びしいとは感じません、と答えたわけだ。そして結局彼女たちは、きちんと送還されたらしい」

「やっぱり、将門公って、立派な大親分じゃないの。不作法で粗雑な暴れん坊じゃないよ、決して。どちらかというと紳士に近いくらいだね。私の見る目に間違いはなかった。うんうん」

沙織は勝手に一人で納得していた。

　奈々は、そんなことを言っていたかしら？　と突っ込もうと思ったが、再び崇が口を開いたので止めておいた。

「露伴翁もこう言っている。

『前には将門の妻が執へられ、今は貞盛の妻が執へられた。……衣一襲《ひとかさね》を与へて放ち還らしめ、且つ一首の歌を詠じた。……清宮秀堅がここに心をとめて、「将門は凶暴といへども草賊と異なるものあり、良兼を放てる也、父祖の像を観て走れる也、貞盛扶の妻を辱《はず》かしめざる也」と云つて居るが、実に其の通りである』とね。まさに、沙織くんの言う通りだ。しかも一方貞盛はというと、こんなエピソードが残っている。まだ彼らが共に若く、京都に詰めていたある日のことだ。貞盛が、仁和寺の式部卿宮敦実親王の所に行った時、ちょうど将門が郎党五、六人を連れて宮の許を辞去して門を出るところだった。その後で貞盛は宮に謁すると、

『今日は郎党を召し連れていませんので、残念でした。郎党を連れていれば、必ずや奴を殺してくれるのですが。奴は後日必ず天下に大事をひきおこす悪者です』

と言ったという」

「ぜーんぜん信じられない」

「確かにね」崇は笑った。「どうやらこれも、後世の作り話のようだな。後出しじゃんけんだ」

「でしょう」沙織は、もう真っ赤に染まった顔で主張した。「男を見る目あるなあ、私って」

それこそ、後出しじゃんけんのような気もしたけれど、奈々もさすがにちょっと酔っていたので、追及はしなかった。

あれだけたくさん歩いたせいなのだろう、酔いがいつもよりも早い気がする。

しかし沙織は「すみませーん」と店員さんを呼んで、お酒のお代わりを注文した。

「さて」崇は言う。「ここから、いよいよ将門の最期の場面に入って行くんだ。この事件のわずか一ヵ月後に将門は討たれてしまう」

「嘘！　可哀想すぎる」沙織は真剣な顔で叫んだ。すっかり将門贔屓《びいき》になってしまったらしい。「どうしてまたそんな——。あれ？　どうしたんですか、タタルさん？　何を考えてるの？」

「ああ……。明日の予定を考えていた」

「明日って？　日曜日の？」

「そうだ」

「あらら、確かにもう遅いですね」沙織が、ゆらりと時計を眺めた。「あっという間に、こんな時間。それで……明日は早いんですか？　何か用事でも？」

「何もない」

「ああそうだ！　じゃあ、今度こそお花見に行きましょうよ！　どうですか、タタルさん」

「というよりも——」崇はお酒を注ぐ。「ちょっと出掛けようかなと思った」

「うんうん。そうしましょ」能天気に沙織が賛成する。「私達も一緒に行ってもいいですか？」

「もちろん構わない」

「やったね、お姉ちゃん！」

「え、ええ……」

「それで、どこに？　また千鳥ヶ淵？　それとも三渓園《さんけいえん》？」

いや、と崇は首を振る。

「茨城」

「は？」

「水海道《みつかいどう》にね」

「み、みつかいどう——？」

「将門の史跡が残っている町だ。二、三点確認したいことができた」

何となく予想はしていた。

おそらくこういう展開になるのだろうとは。都内の史跡巡りだけでは治まらないだろうと思った。

「で、でもですね」沙織が尋ねる。「どうやって行くんですか？」

「どうやっても何も、上野から常磐線《じょうばんせん》で取手《とりで》まで四十分。取手で関東鉄道常総線《じょうそうせん》に乗り換えて、水海道まで三十五分だ。あっという間だな」

「……ち、近いですね」

「そのうちに秋葉原から常総線の守谷まであっという間に行かれる路線ができるそうだけれど、今はこの方法が一番早いだろう。しかし、きみたちにとっては、上野までが時間がかかるかな」

「い、いえ、京浜東北で一本ですから」

「そうだな。じゃあどうする。一緒に行くか？」

「でも、どうやってまわるんですか？」

「水海道からは観光タクシーに乗るしか方法はないだろうな。そして、島広山や延命寺をまわって、國《こく》王《おう》神社、というのが良いルートだろう。そうすれば、きちんと将門の墓参りもできる」

「はあ……」

　さて、と崇はお酒を空ける。

「そうと決まったら、残りのお酒と料理を片付けてしまおう。朝一番で出掛けないと、それこそ時間が足りない」

「はい……」

　奈々と沙織は顔を見合わせる。

　こうなったら仕方ない。将門の最期も聞いていないし、やはり付き合うべきなのだろうと奈々は決心した。そんな覚悟が伝わったのだろう、沙織も観念したように、

「じゃあ、そうしましょ」くいっとお酒を空ける。

「でもタタルさん……。一つだけお訊きしても良いですか」

「ん？」

「そこって、桜あります……？」

《責め馬》

どういった風の吹き回しだろう。自分でも可笑《おか》しかった。

幼い頃から雑踏が嫌いだった私が、日曜日に外に出る。しかも、成田山新勝寺の参道を歩こうと思うなんて。再来週に成田太鼓祭を控えて、今この町はその宣伝で溢れかえっている。そんなに誰もが成田山成田山と大騒ぎするのならば、一度見ておこう、しかもまだ空《す》いているうちに――という気持ちがそうさせたのだろうと、自己分析してみた。

「神山禮子《みわやまれいこ》さんって、ちょっと理屈っぽくない？」

よく言われた。

そしてその通りだと思う。しかし誰もが、日々理屈の上に生活しているのではないか。ただ、程度問題というだけだろう。熱いお風呂が好きな人と、ぬるいお風呂が好きな人と、それこそ湯船に浸《つ》かること自体が嫌いな人と。

私は一人で、フラフラとJR成田駅から新勝寺まで歩いてみることにした。祭りは再来週だから、今日は普段の日曜日だ。それでも参道には大勢の観光客がいた。こんなに人がひしめき合う道を歩くのは、久しぶりのような気がする。

二キロ弱の参道は、やはり食事処と土産物店が多かった。それと、観光客に外国人がとても多いことに気がついた。成田空港から自国に帰る前に、ちょっと足を延ばして成田山でも見物してみようか、ということなのだろう。なるほど、それでいつもこの辺りは人で溢れかえっているのだ。

それぞれの店の前には黄色い菜の花が、竹で編んだ籠に入れられて、どっさり飾られていた。房総名物の春の便りを一足早く、というところか。なかなかお洒落《しゃれ》だ。

昔の旅籠《はたご》風の旅館や食堂などを眺めながら、私はポカポカ陽気の参道を歩く。まるでひなびた温泉街を歩いているような気分になる。

この辺りでは、やけにピーナツや鉄砲漬けを売っている店が多いのも、特徴だ。あとなぜか、鰻《うなぎ》料理の店も多い。一月一日の午前一時に開店して、その日だけで何千匹もの鰻をさばくという老舗もあった。どうしてこんなに鰻を扱っている店が多いのかと思ったら、昔は近くの印旛沼《いんばぬま》で鰻が大量に捕れたためらしい。しかし現在では、四国産や輸入品が殆どだという。

もちろんこんな情報を私が単独で得たわけではない。鰻を焼いていた店員と、観光客のオバサンが話していたのを、その後ろから立ち聞きしただけだ。

やがて何軒も旅館が連なっているその前を通り過ぎると、成田山の山門が見えてきた。

すると、旅館の入り口の大きなガラス戸に、見たことのある顔がチラリと映った。一瞬、誰だか分からなかったけれど、すぐに思い出した。

小高製薬のMR、安岡さんだった。

いつもはスーツにネクタイを締めているから、私服の彼を瞬時に判別できなかったのだ。

しかし、私がそちらを振り返ると、もうそこに彼の姿は見えなかった。人混みに紛れてしまったようだ。向こうは私に気付いていたのだろうか。それは分からなかったし、かえって気付かれて声でもかけられたら面倒だ。私は彼を探す気など全くなかったので、そのまま歩を進めた。

私は昼食を成田山公園の中で摂ろうと思い、土産物店でおにぎりを一つと、ペットボトルの日本茶を一本買った。

＊

こんな場所で神山禮子と遭遇するとは思ってもいなかった。

安岡は自分の胸が高鳴るのを感じた。

今まで何度か病院帰りの彼女の後を付けようとしたのだけれど、なかなかうまくタイミングが合わなかった。彼女は薬局に勤めているから、終業時間が早い。暇な時などは、きっちり十七時にあがってしまうらしかった。これでは普通のサラリーマンである自分が、彼女を待ち伏せるのは到底不可能だ。

富岡大学病院で、何とか薬剤師名簿を盗み見ようともしたのだけれど、いつも何だかんだと邪魔が入ってしまって、結局何一つ分かっていない。

彼女に関して分かっているのは、今年——正確に言えば去年の終わりに、あの病院の薬局に勤め始めたということだけだ。

でも、一目見た時から惹《ひ》かれてしまった。背中まで届く長い黒髪を、眉毛の位置で一直線に切り揃えた、ちょっとエキゾチックな顔立ち。少し浅黒い肌が、また素敵だ。そして、いつも憂愁を帯びた眼差しで、口数も少なく患者に接している。

しかし、一見ちょっと暗そうな彼女が、まさかこんな成田山の参道を一人で歩いているなんて、想像もできなかった。今日は、ついている。

彼女の長い黒髪は、人混みの中でも一際目立ったけれど、最初は本当に神山禮子だとは思わなかった。しかし間違いなく本人だ。そこで急いで彼女の後をつけることにした。運が良ければ、マンションまでついて行かれるかも知れない。本当にラッキーだ。

安岡はにんまりと笑った。

＊

成田山の総門をくぐると、すぐ左手に弁財天堂があった。内外丹塗りの宝形造《ほうぎょう》りの小さなお堂だ。しかし現在では、この境内で最古の建物だそうである。隣には藤棚が設《しつら》えられていたけれど、開花はまだもう少し先のようだった。

長さ一、二メートルの小さな橋を渡って、私は軽くお参りした。こういう寺院には、大抵入口付近に意味もなく橋が架かっていたり、弁財天や大黒天が鎮座していたりする。それには何か意味があるのだろうか。きっとあるのだろうけれど、私は知らなかった。そのうち誰かに訊いてみようか。

そのまま歩いて、仁王門をくぐる。文政十三年（一八三〇）建立とあるから、江戸末期くらいだろうか。なんとか金剛となんたら金剛という、仁王が左右に立っていた。そして草鞋《わらじ》がいくつか奉納されている。おそらく成田山参りの道中安全祈願でも行われた、その名残《なご》りなのだろうと勝手に解釈した。しかし、真ん中に吊されている大きな赤提灯には「魚がし」と大書されている。どういう意味なのか分からない。

少し歩いて左手を見ると、そこには狭く急な石段があり、その上には「これ不動」というこれもまた小さなお堂があった。倶利伽羅《くりから》不動明王という明王が祀られているらしい。ちなみにこのお堂は、何度造り直してもすぐ壊れてしまうために、こんな名前が付けられたのだという。不思議なお堂もあるものだ。

ちょっと一旦戻り、再び正面の石段を登りきると、そこには左右に翼殿を持った重層入母屋《いりもや》造りの立派な大本堂があった。私はそこで一息ついて、ペットボトルのお茶を一口飲んだ。

右手を見れば、三重塔や鐘楼が建っている。私はそのまま境内を進み、大本堂にお参りした。つい那智に暮らしていた時の癖で、柏手《かしわで》を打ってしまいそうになったけれど、危うく自制した。

そのまま脇に回って靴を脱ぎ、本堂に上がってみた。ここに本尊の、不動明王像が祀られているというわけだ。

立派な本堂だった。正面奥には、大きな曼荼羅《まんだら》が左右に一枚ずつ飾られている。そして三百畳近いという内陣では、何人もの参拝者が護摩《ごま》を焚いて、

「ノウマク・サンマンダ・バサラダン・センダンマカロシャダ・ソワタヤ…………」

などと真言を唱えていた。

ここには一年間で千三百万人もの参詣者があるのだという。その人数を思ったら息が詰まりそうになってしまったので、私はすぐに本堂から出ることにした。岩に彫られた三十六童子などを眺めながら、私は歩く。このまま先に、釈迦堂や出世稲荷などを見物して、それから公園で少し遅めのお昼を摂ろうと決めて、大本堂左手の広場へと向かった。

釈迦堂は、現在の大本堂が建立されるまでの本堂だったらしい。廻縁《まわりえん》をめぐって行くと、羽目板には五百羅漢《らかんぞう》像が見事に彫刻されていた。そういえば灌《かん》仏会《ぶつえ》――花祭りは来週だ。太鼓祭といい、花祭りといい、来週再来週はきっとこの辺りは物凄いことになっているのだろう。そんな中を歩きでもしたら、私は確実にその場で卒倒してしまう。見物を今日にして正解だった。

レトロな土産物店や、占い師さんたちの店が長屋のように軒をつらねて、ぐるりと三角形に噴水公園を取り巻いていた。私は昔から占いなど全く信じないし、お土産を買うような相手もいなかったので、そのまま通り過ぎた。そして出世稲荷とやらが祀られているお堂に向かった。

お稲荷さんに供えるという油揚げを売っていたので購入する。意味が良く分からないけれど、まあ昔からの風習に理論的な説明を求めても無駄なのだろう。私はそのまま素直にお堂へと歩く。両側には、

真っ赤な旗が、所狭しと並んで立っている。そして頭の上には紫色の幕が張られていた。随分とまた派手なことだ。石の鳥居を見れば、額束には「吒枳尼《だきに》天《てん》尊」とあった。ダキニ天といえば確か、人の肝を喰らう恐ろしい神ではなかったか。ここらへんの関係は、私にはわけが分からない。また立て札には、

吒枳尼天堂
佐倉城主稲葉丹後守が宝永年間に寄進した吒枳尼天尊の木像を本尊とする。古来「出世稲荷」と称せられ、毎年二月二の午の日に出世稲荷祭りが行われる。

とあった。

しかし、何故稲荷の祭りが「午《うま》の日」に執り行われるのだろう。これもまた謎だ。意味が分からなくて苛々する。だから私は、余り知らない寺社を歩きたくないのだ。理屈の分からないことだらけで、頭が痛くなってしまう。

他の人たちは、平気なのだろうか。その理由を尋ねようともせずに、そのまま納得できてしまうのだろうか。たとえば、

「恵比寿大黒は、めでたいよ。開運招福。商売繁盛」

などと言われても、どうして？　と悩んでしまう。私がその方面には詳しくないせいもあるのかも知れないけれど、しかし恵比寿というのは、伊弉《いざ》諾《なぎ》・伊弉冉《いざなみ》によって海に流された神だろう。それに大黒天というのは、それこそダキニではないけれど、暗黒の神だと聞いたことがある。じゃあ、どうしてそんな神々がめでたいのだ？　開運招福？　商売繁盛？　どこでどう繋がるのか。

あとこれは本で読んだのだけれど「猿は馬を守る」とか「猿は馬を御《ぎょ》する」とかいう話だ。実際に厩《うまや》には、必ずといって良いほど「猿」の絵などが飾られている。そしてこれは、方角や陰陽五行説《いんようごぎょう》から

きているという。実際にあの有名な、東照宮の三猿《さんざる》は、神厩舎《しんきゆうしや》の長押《なげし》に飾られていた。

ちょっと待て、と思った。

これも私は漢方をしっかりと学んだわけではないから、強く断定はできないけれど、取り敢えず基礎知識を引っ張り出してみる。

まず方角。これは全くといってよいほど関係ない。午＝南。申《さる》＝西南西になる。御するわけでも、守るわけでもない。

では陰陽五行説なのでは、という意見が一番もっともらしいのだけれど、しかしこれも良く調べてみると、そういうわけでもなさそうだ。

これには二つのパターンがあって「馬—猿」という名称でみるものと「午—申」でみるものだ。まず、動物の「馬—猿」を調べてみた。すると「馬」というのは、「木火土金水《もくかどこんすい》」で見ると「金」にあたる。そして「猿」は「土」になる。そしてここで「土は金を生ず」といわれている。だからこれは別に「守る」わけでも「御する」わけでもなさそうだ。牽強付会《けんきようふかい》すれば、そう言えなくもないけれど、所詮その程度だ。

次に「午—申」のパターン。これはやはり木火土金水でみると「午」は「火」で、「申」は「金」にあたるようだった。ところがこれだと、陰陽五行説では「火は金を剋《こく》す」といわれているので、逆に「午」が「申」を「御して」しまうことになる。最初の話とは、全く反対になってしまうのだ。

ということで、この問題は全く私の手に負えないということが判明したに過ぎなかった。こういうつまらない問題が私を悩ませる。どこかに私を納得させられる解答はないのだろうか。それともこれらの言い伝えは、単なる迷信なのか。単なる迷信ならば、それはそれで良い。「食べ合わせ」のようなものだと思えば。

しかし、何かありそうな気がしている。そして、思い出すたびに苛々《いらいら》する。でも、こんな場所で思い

出してしまうとは。計算外だった。そこで私は、油揚げを供えながら、

〝この答えを教えてください〟

という半分以上八つ当たり気味なお願いをして、出世稲荷を後にした。そして再び長い石段を下りて、今度は大本堂左裏手の、開山堂と額堂《がくどう》に向かった。

開山堂は、その名の通り開山「寛朝上人」を祀っているお堂だ。昭和十三年の成田山開基一千年記念事業として建立された、総檜造りの建造物だという。

そのちょうど向かい側には、額堂があった。額堂というのは、奉納された額や絵馬を掲げておく建物で、当初は壁があったらしいのだけれど、現在は四方が開放されて、屋根と柱だけになっている。その梁《はり》に、無数の額や絵馬が飾られていた。もう擦《かす》れてしまって、殆ど文字が読めなくなってしまっている物から、「大願成就」と大書された物から、独鈷杵《どっこしょ》や龍や獅子の彫り物から、たくさん掲げられている。しかし、昔はもっと多く飾られていたらしく、今その重要な品々は、成田山霊光館《れいこうかん》という、歴史博物館に移されているらしい。成田山公園の向こう側の建物だ。昼食を摂ったら寄ってみるつもりではいた。

額堂の少し先に、光明堂《こうみょうどう》がある。このお堂は、今まで見てきた、仁王門、三重塔、釈迦堂、額堂と並んで、国指定重要文化財になっている。元禄十四年（一七〇一）落慶《らっけい》となっているから、赤穂浪士討ち入りの前年だ。確かに古い。ここには大日如来が祀られているらしい。そして本堂正面には柄《つか》が独鈷杵になっている剣が、奉納額となって飾られていた。なかなかの迫力だった。

そして、ここでは何故か「星供《ほしく》」——星祭りが行われていた。星祭りというのは、確か北斗七星や、九曜《くよう》星、十二宮、二十八宿《しゅく》などを祀る行事のはずだ。どうしてこんな場所で行われているのだろう。

でもまあ……昔からなのだろうから、疑問に思っても仕方ないことなのか。

　これ以上、疑問点を増やしたくなかった私は、次の建物に向かった。光明堂の裏手にある、奥の院だ。外から眺めると、厚い石の塀に囲まれた小さな林のようだ。ここには、不動明王の本地仏《ほんじぶつ》としての大日如来が安置されているという。木々が鬱蒼《うつそう》と繁っていて、他の建物とはちょっと雰囲気が違っていた。続いて私は、道を挟んで建てられている、清滝《きよたき》権現堂《ごんげんどう》をチラリと見学する。ここもそれほど大きくはないお堂だった。年に三日、この場所で僧侶たちによって大般若経《だいはんにやきよう》が転読されるというお堂だ。そしてここにも、妙見が祀られていた。お堂の前の立て札にも、
　清滝権現と地主妙見を合祀した当山の鎮守である
と、あっさり書かれていた。ということは、先の光明堂と、奥の院と、そしてこの清滝権現が成田山の中枢ということなのだろうか。

　しかし、昔からの寺社というのは、そういったものかも知れない。新しく造営された建物は、それは当然立派だから、参拝客の目を惹くだろう。そしてそれを誰もが有り難く拝むのだ。でも、その本質はまた往々にして違う場所にある。まるで、わざと人の目に触れないようにして、ひっそりと隠れるが如く、静かに静かに佇んでいたりする……。

　私は昼食を摂るために、権現堂の脇から成田山公園に向かう小径を下って行った。

　そして、歩きながら思った。

　さっきの清滝というフレーズで、私はふと、那智の滝を思い出した。そして、熊野三山について変わった解釈を述べていた、あの偏屈男を思い出した。こんなことは今まで滅多になかったけれど——。

　ほんの少しだけ、懐かしくなった。

＊

神山禮子は、全く振り返りもせずに境内を歩いていた。おかげで安岡は、安心して後を付けることができた。

これがいちいち立ち止まられたり、キョロキョロと辺りを見回されたりしていたら、ちょっと面倒なことになる。

でも、人混みに紛れて一回だけ、すぐ後ろまで近付いた。そしてこっそりと髪の香りをかいだ。思った通り素敵な香りだった。おかげで、思わず声をかけそうになってしまったけれど、必死にこらえた。ここで声をかけてしまっては、彼女のマンションの場所を突き止めることはできないだろう。うまく話を繋ぎながら、成田山をまわることができたとしても、そしてもしかしたら帰りにお茶でもできたとしても、その後は、途中で別れなくてはならないだろう。それでは、肝心の目的が達せられない。

彼女の借りているマンションは、成田駅の近くだということまでは分かっている。でも、そこから先が全く特定できずに、今日までずっと苛々としていたのだ。

安岡は、再びほくそ笑んだ。

見れば禮子は、成田山公園に向かっているようだ。きっとあの可愛らしい口で、お昼を食べるのだろう。

公園内は、今まで以上に木々が多い。ひょっとしたら、さっきのようにかなり近付くことができるかも知れない。急に後ろから抱きしめたりしたら、どんなに驚くだろうか。

そんなことを考えると、ますます安岡の胸は弾んだ。

《田の神、山の霊》

翌朝。奈々たちは上野駅、常磐線のホームで崇と待ち合わせて電車に乗り込んだ。ここから取り敢えず取手まで一本で行く。

思っていたより人出は多かったけれど、おそらくそれは皆、上野公園に花見に行くのだろう。今日も穏やかに晴れて、絶好のお花見日和だ。その中を、奈々たちは将門の史跡をまわる。ちょっと複雑な気分ではある……。

座席に腰を下ろすなり「はあ……」と情けなく嘆息した沙織に向かって、崇が声をかける。

「どうしたんだ沙織くんは。具合でも悪いのか？」

「いえいえ」と沙織は弱々しく答えた。「ほんのちょっとだけ二日酔いで」

「そんなに飲んだのか？」

というよりも、崇も同量かそれ以上に飲んでいたではないか。さすがの奈々も、少し頭が重い。しかしこの男は、きっと昨日からドパミンが大量に放出され続けているのだろう、相変わらず元気だった。

朝早いために、電車は問題なく座れた。ペットボトルから水分を補給し続けている沙織を奈々越しに見て、崇は言う。

「じゃあ、向こうに到着するまでの間で、昨日言い残しておいた坂東という土地柄の話をしておこう。そして着いたら、史跡をまわりながら将門の最期の話をしよう。こうして資料も持ってきたから、準備も万端だ」

崇は、ひらひらと資料を振った。準備万端という割りには、そんなに厚い資料ではない。

「はーい。お願いします」

眠そうな声で答える沙織を、奈々は突《つつ》いた。でもきっとこの子は、電車に揺られて眠ってしまうだろうと確信した。

「その当時の日本の人口は」しかし、崇はそんなことを全く気にせずに話し始める。「全国でも約六百万人といわれ、坂東全域では二十万人から三十万人に過ぎなかったと推定されている。そしてここに生活する者は、古くから農耕に携わる土着民と、百済《くだら》・新羅《しらぎ》からの帰化人、それに蝦夷《えぞ》の俘囚、さらに中央から派遣されてきた国庁の役人が土着して豪族化した者たちだった。ゆえに、この中で常に悲惨な状態に置かれていたのが、旧来の土着民と俘囚たちだ。国府の収奪は激しく、さらに若い男子は兵士に徴集され、防人《さきもり》として九州へ行った者は帰る者が少ないという状況だった。特に防人などはこの地域の人々に拘わらず、片道切符で徴集されて、任務を終えるとその帰途で行き倒れという例がたくさんあった」

「だから『万葉集』などにも、防人の歌として悲しい和歌がたくさん載っているんですね」

「そうだ。彼らは急に、そして有無を言わさず一方的に徴集されたために、

　　水鳥の立たむよそひに妹のらに
　　　物いはず来にて思ひかねつ

　　防人に立ちし朝明《あさけ》の金門出《かなとで》に
　　　手放《たばな》れ惜しみ泣きし児らばも

などの慟哭《どうこく》の歌ばかりが詠まれた。そんな悲惨な状況から逃げ出すために、せっかく大化の改新によって得た戸籍を棄てて班田も抛《ほう》って荘園に転がり込み、そこで農奴となったり、または流浪して賤民《せんみん》化したりする者が多かった——。この荘園についての説明はいいかな？」

「ええと、大体は知っているんですけれど」話の流

れを遮ってしまうのは嫌だったけれど、奈々は言った。「できれば、説明してもらえると……」

「奈良から平安の時代にかけて」と崇は言う。「土地を全て公の物として人民——公民に与え、その代わりに租・庸・調などの、現物・力役・絹や麻などの税金を徴収するという仕組みがあった。しかしそれに従って、地方では段々と公地以外の私有地が増えてきた。この私有地のことを『別荘の庭園』という意味で、『荘園』と呼んだんだ。これが本来の意味だ。それが、一体どうしてこんな特別な意味を持つようになったかというと——」

崇は本をパラリと開いた。

「『土地の私有は、最初はもとより厳禁されていた。大宝令に儼《げん》としてその条文がある。ところが、その令に「邸宅の近くの園池は特別をもって私有を許す」という条文があるのだ。だから、最初はこの条文を悪用して、別荘付属の庭園ということにして私有地をごまかしたのだが、ごまかしも久しくなると正規の呼称となる。私領地の正式の呼び名となった。おそらくごまかしは権勢ある大官共からはじまったのであろう』——と海音寺さんも書いている。何時《いつ》の時代でも、こういったあくどいことは権力者の側から起こってくるんだな」

「そう言えば……目白の椿山荘《ちんざんそう》なんかも、確か……今のタタルさんの言葉と似た感じの話を聞いたことがありますけれど」

「そうだな。椿山荘は、山県有朋《やまがたありとも》が、あの近辺の小さな旗本屋敷をたくさん買い上げたり、政府に公収されていたのを払い下げさせたりして手に入れたらしい。そして彼が亡くなるまで、山林として登記してあったという。宅地として課税されないようにね」

「滅茶苦茶な話……。正直に税金を払っている人々の立場がないですね、それじゃ」

「山県だって、元々は高杉晋作《たかすぎしんさく》らと共に戦っていた純朴な勤王の志士だった。しかし維新後に大きな権力を一手に握ってしまったために、人間が変わってしまったのかも知れない。まあとにかく、そんな課税遁れの誤魔化しが、将門の時代は全国的にもっと大々的な規模で行われていたと考えれば良い」

「全て偉い人たちの土地で、ですね」

「そうだ。しかしこれらの荘園に逃げ込んだ農民は、豪族間に戦闘が起これば兵士として動員された。これが、半農半兵だ。将門軍に従っている兵士は皆、これら農奴や俘囚の人々だったんだ。将門が関東諸国の国司を追放して、その後釜に自分の仲間たちを勝手に任命したという話をしただろう」

「はい。その時に、巫女が神懸かりしてしまったという話――」

「実は、その時に周囲にいた人々が『挙げて立ち歓《よろこ》び、数千あわせて伏拝す。……喜悦《きえつ》すること、たとえば貧人の富を得たるがごとく、美咲《びしよう》すること、あたかも蓮花《れんげ》の開き敷ける如し』――というほどに大喜びしたんだ。つまり、その時将門陣営に参集していた彼らが、これほどまでに欣喜雀躍《きんきじやくやく》して、将門に大いなる期待を寄せたということはつまり――」

「逆に考えれば……。それまで彼らは、国司たちによって余りにも悲惨な目に遭わされ続けてきたということですか……」

そういうことだ、と崇は頷いた。

「いかに国庁の役人たちが私欲に汲々とし、民の膏《こう》血《けつ》を絞り取ることばかりに腐心していたか、ということが分かる。これはもちろん、公文書には全く残されていない。でも、この状況を見れば当然そう考えて良いと思う。そうでなければ、将門が国司を追放したからといって、こんなに誰もが狂喜するはずもないだろう」

確かにそうだ。

現代でいえば――。汚職や談合や横領を繰り返す役人を、地元の実力者が追い払ってしまい、今まで無駄に支払われ、一部の人間たちに浪費されていた税金を、全て免除したとしたら……。

世界がいっぺんに浄化されたような気分になる。正義が実行されたような感覚に陥るのは当然だ。

「つまり」と崇は言う。「『神田明神史考』にもあるように『この時点で、将門公は「神」すなわち救世主となってしまったのである』――ということだ」

「何となく……分かります」

「また坂東の人々に関して言えば、『常陸国風土記』に、坂東には『国栖《くず》』『佐伯《さえき》』『土蜘蛛《つちぐも》』がいたと記されている。これは言うまでもなく『屑』と『塞鬼』と、そのまま『土蜘蛛』だ。いわゆる『鬼』だな。以前にも言ったように、景行天皇二十七年に、武内宿禰《たけしうちのすくね》が東北地方を視察して帰り『亦土《またと》地《ち》沃《こ》壌えて曠《ひろ》し。撃ちて取りつべし』と報告し、やがて朝廷は、蝦夷討伐に乗り出す。そしてついに、岩手県まで攻め込むことになるんだが、その際の蝦夷討伐の記事と、坂東への渡来人入植の記事を並べてみると、蝦夷を駆逐したその後に渡来人を次々に入植させた跡が見える。実際に、坂上田村麻呂の蝦夷征伐以来、俘囚は大幅に増えた。そのために朝廷は彼らを、上総を始めとする関東に居住させたんだ。そして彼らは『鬼』となった」

「じゃあ、余計に朝廷としては将門たちの行動を恐れたんでしょうね。自分たちに対する恨みが募《つの》っているのを知っているから……」

「そういうことだね。実際に彼らはそれまでも、しばしば暴動を起こしたりしていた。そこで朝廷は、それまでの長い歴史を鑑《かんが》みても、常識ではちょっと考えられないような行動に出るんだが――」

崇は辺りを見回した。

「そろそろ乗り換えだ。続きは常総線の中で話そうか。沙織くんも起こしておいた方が良い」

「あ。は、はい」

奈々は、気持ちよさそうに眠っていた沙織を小突く。そして半分寝惚けたままの彼女を引っ張って立ち上がった。

＊

取手から常総線に乗って、三十五分ほどで水海道に到着する。常総線は二両編成のワンマン・カーだった。急にローカルでのどかな雰囲気になる。窓の外も田園風景一色に染まった。

すっかり目を覚ました沙織は、

「へえー。面白いね。東京からこんな近くに、こういう列車が走ってたとはね」

などと言って、じろじろと車内を見回していた。地元の人たちとチラチラと目が合って、ちょっと恥ずかしい。

「これで、水海道まで行くんですよね」

「そうだ。しかし沙織くん『みずかいどう』ではなくて『みつかいどう』だ」

「あれ。そうなんですか」

「元々鬼怒川の河岸に設けられた港だったところから『水つ街道《み》』——水の街道と呼ばれていたんだ。ちなみに北利根川の北端にある『潮来《いたこ》』という地名は、江戸時代の領主、徳川光圀《みつくに》が『潮が差して来る地』ということで名付けたという」

「へえー、色々あるもんだ」と沙織はおどける。「でも今まで茨城っていうと、水戸の偕楽園とか、水戸の納豆、そして大洗《おおあらい》海岸くらいしか知らなかったもんねえ、お姉ちゃん」

「そ、そうね……」と曖昧に頷く奈々の隣で、

「何を言っているんだ、きみたちは」崇が顔をしかめた。「茨城といえば常陸国一の宮の鹿島神宮《かしまじんぐう》があるじゃないか。祭神は武御雷神《たけみかずちのかみ》。出雲国に遠征してかの大国主と争い、力ずくで国を奪った神だ。そして鹿島神宮といえば、何といっても宝物殿に収蔵されている国宝の直刀だな。伝承では『師　霊　劒《ふつのみたまのつるぎ》』の二代目だという、刀身が約二百二十三センチもある大きく立派な刀だ」

「ああ、大きいと言えば、霞ヶ浦《かすみうら》があった。帆引《ほび》き

船に乗れるんだよね、確か。その船は、すっごく古くから航行していたんだって」

「しかし、古いと言えば息栖《いきす》神社だな。鹿島神宮からほぼ真南にある神社だ。主祭神は岐神《ふなどのかみ》。元々は、香取・鹿島と並んで、東国三社といわれていたんだ。徳冨蘆花《とくとみろか》なども『利根の秋暁《しゅうぎょう》』として、息栖神社の景観の素晴らしさを書き記している」

「でも、素晴らしいのはやっぱり、筑波研究学園都市でしょう。その中に何があるのかは知らないけれど、最先端の研究施設がびっしりと並んでいて、その敷地面積は、東京二十三区の半分程もあるって聞いた」

「しかし、やはり筑波といえば筑波山――筑波山神社だな。祭神は筑波男大神《つくばおのおおかみ》――男体山《なんたいさん》山頂と、筑波《つくば》女大神《めのおおかみ》――女体山《にょたいさん》山頂だ。『常陸国風土記』によると、祖神《みおやのかみ》が巡礼された際に飲食を設けたところ、非常に感激されて、『天地月日共に代々絶ゆることなく、人々集いて飲食豊富ならん』と歌われたという。神に祝福された山だ。『万葉集』にも、

筑波嶺の岩もとどろに落つる水
　よにも絶ゆらにわが思はなくに

などと、数多く歌われている」

「ふんふん。なるほどね」

沙織は頷くけれど――。

噛み合っていそうで、実は全く会話が噛み合っていないような気がする。いや、崇と沙織では、沙織が一方的に耳を傾けるというパターン以外、この二人の話が合うことの方が不思議か。

列車がゆっくりと動き始めると、再び崇は言う。

「前にも言ったように、元々この坂東の辺りは沼沢地だった。酷い荒れ地で、それゆえに『番外地』として国司たちも見放してきた場所だった。実際に昔、豊島や猿島地方では、病気になるとその病人の耳元で米を入れた竹筒を振ったという」

「どういうことですか……」

「とても貴重だった米を用いた一種のまじないだったのか、その音によって病人が気力を取り戻すということだったのか――それは判然としないけれど、それほどに米が貴重品だったという説話だろうな。『猿島』の元々の地名は『辛島』だ。これは『幸島』の誤記といわれているけれど、こういった伝説を耳にしてしまうと、最初から『辛島』だったんじゃないかと俺は思う。『辛島』が『幸島』と名を変えて、やがて『猿島』となったんじゃないか」

「そうですね」奈々も頷いた。「『幸』から『辛』という順番では、次の『さしま』に繋がっていかないですからね。私も逆だと思います」

「そういうことだ」

「辛島……ですかあ」

「しかし一方この地方では、逆にその地形を利用して、名産が生まれた。それが馬だ。他に利用のしようがない土地に馬を放して飼い、生産に励んだんだ。だからこの地方では、駒寄、駒跿《こまはね》、駒込、馬場などの地名が多く残されてきている。元々は公の馬の供給地だったものが、段々と私的な牧場へと変化していったんだ。そこでこの辺りの豪族たちは、武装も兼ねて、馬を多く飼い始めた。もちろん将門も、今までにない新しい軍事力としての馬の価値に目を留めた。そして、下総国葛飾郡《かつしかぐん》小金原――現在の千葉県流山市附近に馬を放牧したんだ。そしてその馬を捕らえるという軍事訓練を行った。また同時に、それらを神前に奉じて、妙見信仰の祭礼を執り行った」

「妙見信仰――って、北斗七星の」

そうだ、と崇は頷く。

「今奈々くんが言ったように、妙見信仰は天の北斗七星に対する信仰のことで、仏教では妙見菩薩と称され、神道では天御中主命《あめのみなかぬしのみこと》として祀られている。中世以来、日蓮宗が妙見信仰を取り入れたために、民間に広く普及した。延命長寿や除災招福の神仏として信仰されたんだが、武士の間では戦勝祈願としても信仰されて、民間では馬の病を治してもらうという伝承もある」

「馬の病……」

「これはおそらく将門から発しているんじゃないかな。将門が、馬を奉じて祭礼を行ったという歴史的な事実が、民間信仰での下敷きになっているんだろう。また、鎌倉時代から江戸時代にかけて、奥州と並んで名馬の産地として鳴らした国に下総がある。そこの豪族である千葉《ちば》氏の妙見信仰は良く知られていて、一族の移住にあたっては必ず妙見宮《みようけんぐう》が勧請されたという。それらの話にも関連して、実は将門と妙見信仰は縁が深い」

「それは？」

「承平五年（九三五）八月上旬というから、将門が国香たちを破って半年ほど後の話だ——。

伯父の良兼と、常陸の小貝川で合戦した時のことだという。無勢の将門は追いつめられたが、川を渡る船がない。すると一人の小さな童が現れて、将門たちに渡る瀬を教えたので、皆無事に渡河した。次に川を挟んで矢戦となったが、矢種が尽きるとその童が敵の落矢を拾って将門に与え、将門が疲れると将門の弓を取って矢を射た。これに恐れをなして良兼は逃げ帰る。戦勝後、将門はその小童の前に跪《ひざまず》き『あなたは、一体どなた様なのでしょうか』と尋ねた。するとその童は、自分は妙見菩薩であると名乗った」

「おう」沙織が変な声を上げる。「ありがちな話」

しかし崇は全く動ぜずに続けた。

「私は、正直で武剛な将門を助けるために現れたのである。もし志があるならば、上野国花園寺から私を迎え祀れ。私は十一面観音の垂迹《すいじやく》、北辰三光天使の後身である。今後将門は、笠験《かさじるし》に千九曜——これは現在の十曜紋ともいわれている——の旗を付けよと言って姿を消した。そこで早速に将門は、使者を花園に遣わして妙見を迎えて崇敬した。すると、その御利益によって、わずか五年のうちに八ヵ国を討ち従えることができたのだという。

しかし、将門が自ら新皇と号して後、正直であったはずの彼は『諂佞《てんねい》』――こびへつらう邪《よこしま》な人間となり、万事の政務を曲げ行うようになってしまった。そのために妙見菩薩は将門の家を出て、叔父の村岡五郎良文《よしふみ》――平良文のもとに移って行ってしまった。かくして妙見菩薩に見捨てられた将門は、天台座主《ざす》法性房尊意《そんい》に調伏されてしまった――という伝説がある」

「でも……本当に将門公は、その……てん」

「諂佞」

「――になったんですか?」

「おそらくそれは、嘘だと思う」

「ですよねー」

「これは後世の創作だろうな。というよりも、謀反人として獄門に懸けられている人間を、公に褒《ほ》めるわけにもいかなかっただろうしね」

「そりゃそうだ」沙織は、うんうんと頷いた。そしてペットボトルから水分を一口摂って言う。「あ、そういえば、この辺りには昔から『野馬追神事《のまおいしんじ》』っていう風習があるって聞いたことがありますけれど、それも関係してるんですか?」

「いや、現在行われているのは、この辺ではなくて、福島県――旧相馬《そうま》藩領になる。しかし元々は、将門が始めた神事といわれていて、放牧の馬を追い込んで捕らえるということで、自分の馬を自在に乗りこなすための軍事訓練を兼ねていた。実際には、もっと昔から取手市辺りの原野で行われていたらしいけれどもね。公称では、起源は将門になっていて、現在、この『野馬追神事』は国の重要無形民俗文化財に指定されている立派な祭りだ。参加する騎馬武者六百騎以上で、見物客は延べで十万人ともいわれている」

「六百騎に、十万人!」

「最盛期には千騎を超えていたらしいがね。元々、馬自体が三千頭を超えて放たれていたというんだから、物凄いスケールの話だな」

「でも福島県なのか……」

「将門が亡くなって四百年ほどしてから、将門の末裔である相馬氏がその地に移り住んだんだ。いわゆる、奥州《おうしゅう》相馬氏だな。現在もその祭りは連綿と続けられていて、三日間にわたって六百余騎の甲冑《かっちゅう》騎馬武者が華麗な祭典を繰り広げるんだ。一度見物に行ったことがあるけれど、見事だったね」

「それは、どんなお祭りなんですか？　おどろおどろしく、怪しくないんですか。だって、大怨霊将門にちなんでいるわけでしょう」

「おどろおどろしいなんて、そんな欠片もなかったな。実に勇壮、かつ静かな祭りだった」

「勇壮かつ静か？」

「一日目二日目は、古式ゆかしい甲冑に身を包んだ騎馬武者たちが、競馬をしたり威風堂々と行進したり、また祭場に天高く打ち上げられた神旗を、数百騎の騎馬武者たちが奪い合うという、まさに合戦のような祭りが繰り広げられる。しかし最終日の三日目は、騎馬武者数十騎で裸馬を小高《おだか》神社境内の竹矢《たけや》来《らい》の中に追い込み、白鉢巻に白装束をつけた御小人《おこびと》と呼ばれる者たちが、素手でその馬を捕らえて神前に奉納する神事が執り行われる。これは想像していたよりも粛々と行われていた」

「でも、素手で馬をですか！」

「そうだ。そしてその馬を神社に奉納した後、実際に、地面に打たれた太い木の杭と馬を、荒縄で繋ぐんだ。おそらくこの最後の神事が、元々の『野馬追い』だったんだろう。今は『野馬懸神事《のまがけしんじ》』と呼ばれている。そしてこの神事をもって、三日間の祭礼は幕を閉じる」

あっ、と奈々は閃いた。

「それで将門の家紋が、繋馬――」

「そうだ、奈々くん。この神事が元で、繋馬と定められたのではないかとも言われているんだ。まさに、放牧馬を捕まえて杭に繋ぐわけだからな。ただ、もう一説ある。それは、元々は放れ馬だった家紋を、二度と暴れないようにという意味で杭に繋いで『繋馬』としたのではないかという説だ。しかし、こういった神事のことを考えると、どうやら最初から『繋馬』だった可能性が高いだろうな」

「なるほど……」

「そして、この野馬追い祭りに参与している三つの神社——相馬中村《なかむら》神社・小高神社・太田《おおた》神社は、古くは相馬の『三妙見』と呼ばれていたという。ちなみに中村神社は、馬陵《ばりよう》城とも呼ばれた中村城の城跡にあって、今も古武道演武大会などが奉納されている。相馬家代々の氏神だ。小高神社は、野馬追祭りの本質である『野馬懸神事』が行われる。そして太田神社は、相馬氏が初めてこの地に入ってきた時に居を構えた場所だ」

「やはり、妙見信仰ですか」

「そうだ。あと、昨日話した、熱田神宮近くにある『社宮司社《しやぐじしや》』だが、ここもそうだ」

「将門の首を祀っている？」

「ああ。そこの神社では、祭礼に際して柄杓《ひしやく》を奉納する決まりがある」

「柄杓って、あの柄杓？」

「そうだ」

柄杓といえば——。

「北斗七星ですか……」

「おお、そうか」沙織も大きく頷く。「それで、妙見信仰なんだ！」

「おそらく、そういうことだろう。あと今言った、妙見菩薩が平良文に移って行ってしまったという話だけれど」

「うんうん。それが？」

「この話も素直に考えれば、良兼を小貝川で破った時に味方をしてくれ、危ういところを助けてくれた『妙見菩薩』——つまり、妙見信仰を行《おこな》っていた人々が、やがて将門を見捨てて良文のもとに行ってしまった、そのおかげで将門は、それまでの大きな力を失ってしまったという話だろうな」

「その理由はなに？」

「さあ。そこまでは分からないし、いくらでも推測はできるけれど、あくまでも推論の域を出ない。また伝承では、その良文は以前に将門と手を組んで、国香たちと戦ったこともあるという。しかしやがて良文は陸奥に下ってしまったというから、この良文自体を『妙見菩薩』と考えても良いかも知れない。彼こそ、篤い妙見信仰で知られる千葉氏の祖なんだからね。さて――」

崇は外の景色に目をやった。

「そろそろ到着だ。続きは、タクシーに乗ってからにしようか。将門の最期の話だ」

＊

三人は水海道で常総線を降りる。

改札を出るとそこは、いかにものどかでローカルな町並みだった。歩いている人も、殆ど見かけない。小さなロータリーにはタクシーが数台、客待ちをしていて、運転手が車の外で煙草を吸いながら談笑していた。バス停はあるものの、その前には誰一人並んではいなかった。

辺りを見回しても、喫茶店もレストランもない。ただ観光案内所とコンビニが一軒、そして少し離れた通りには商店がチラホラと見える程度だ。実にのどかな光景だった。

奈々たちはタクシーに乗り込む。後部座席には崇と奈々が、そして助手席には沙織が。

「どちらまで行かれます？」

尋ねる運転手に向かって崇は、パラリと地図を広げて説明した。

「岩井周辺をお願いします。まず延命院へ。そして富士見の馬場へ」

「はい……」

「その後で、九重《このえ》の桜、石井の井戸、一言《ひとこと》神社、島広山へ。続いて延命寺」

「え？　また延命寺ですか？」

「違います。今向かってもらうのは、延命院。後から行くのは、延命寺です」

「あ。はあはあ、そうでしたね」

「そして最後に、國王神社へお願いします」

「将門さんをまわられるですか」運転手は、そろそろと車を出した。ゆっくりとハンドルを切って、ロータリーを出る。「昔は大勢お客さんも来ましたがね、最近はめっきり淋しくなりまして。しかし、それにしても渋い場所ばかりですなあ」

「それはどうも」

「ああ、そうだ。千姫の菩提寺の弘経寺《ぐぎょうじ》とか、長塚《ながつか》節《たかし》関係の史跡とかはいかがですか？」

「時間の関係上、おそらく今回は無理だと思いますが」

「じゃあ、あと弘経寺の近くに、法蔵寺というお寺さんもありますよ」

「累《かさね》の墓ですね」

「よ、よくご存知で……」

「でも、今日は遠慮させてもらいます。通りがかりに手を合わせる程度で。なので、取り敢えず今言った場所をきちんとまわってくれますか」

「は、はいはい……」

「タタルさん」沙織が振り向いた。「かさね——って、誰でしたっけ。ずっと昔に聞いたことがあったような雰囲気なんですけれど」

ああ、と崇は説明する。

「初代三遊亭円朝の怪談話にある『真景累《しんけいかさね》ヶ淵《ふち》』の元になった——一応実話といわれている——話だ。それはどういう話かというと——。下総国岡田郡の百姓、与右衛門には、助という娘がいた。しかし助は後妻の連れ子であった上に、容姿も醜《みにく》く足も不自由だったために、それを嫌った与右衛門は彼女を川に投げ捨てて殺してしまったんだ。翌年、与右衛門には女の子が生まれ、累と名付けた。しかし累は、助に生き写しだった。やがて累は成長して、与右衛門たち両親も亡くなった頃に、流れ者の谷五郎という婿を迎える。だが、その谷五郎は時が経つに連れて累の醜さが鼻につき始め、彼女を川に突き落として殺し、他の女性と結婚してしまう」

「酷い話——」

「いや、話はこれからだ——。その後、谷五郎と結婚した女性は、皆すぐに死んでしまった。そして、ようやく六人目の妻との間に生まれた菊という娘には、累の怨霊が取り憑いて、谷五郎の非道を告発しながら、菊自身をも原因不明の病によって苦しめたんだ。しかし、その時たまたま弘経寺に来ていた祐天上人がその話を耳にして、ようやくのことで累の怨霊を成仏させた。だが菊は、再び誰かの霊に取り憑かれてしまう。そこで上人が再び問い質《ただ》すと、それは助の霊だった。そのために上人は、助にも戒名を与えて、成仏させてあげたという——。その累の墓が、法蔵寺にあるんだよ」

「ほ、本当に、よ、よくご存知で……」

いえいえ、と崇は言う。

「まあ、そういうことで、今日のところは将門の史跡をまわってください」

「は、はい……」

「延命院は——」と崇は何でもないような顔で続けた。「首を取られてしまった将門の胴体を、境内に埋めたという寺だ。その場所は『将門山』と呼ばれていたらしい。昨日も言ったように、この地方では『山』といっても、いわゆる平地より高く隆起した場所を指し示すわけじゃない。どちらかといえば『林』にあたるだろう——。そうですよね、運転手さん」

「はあ、その通りです」運転手はバックミラーを覗いた。「私は元々、地元の人間じゃないんですが、初めてこっちに来た時にはちょっと驚きましたね。何々山、何とか山と言われても、そんなもん、どこにも見当たらなくてね」

「そうでしょうね」崇は言う。「しかし、『山』にも『林』にも『森』にも、昔からそこには神が降臨すると考えられていたから、そういった意味では余り大差ないかも知れないな。あとは、大きな岩などもそうだ」

「熊野にもありましたね、ゴトビキ岩でしたっけ」

「神倉《かみくら》神社だな。カエル、または男根の象徴として巨岩があったね。そして、そこにやはり神が降りたという——。この延命院の場合も、やはり将門の霊が降りたという意味を込めて『将門山』となった可能性もある。ちなみに、胴塚の側には、大手町の将門塚保存会から寄贈された石碑が立っているという」

タクシーは、両側に水田が広がる道をひたすらに走る。しかし、千年も前は、こんなに美しい景色ではなかったはずだ。きっと、もっと荒れ果てた土地で、白馬が、青馬が、葦毛の裸馬が、風を切って走っていたのだろう……。

奈々は最近、色々な土地に行っても、必ず昔——往時の風景を頭に描くように努力していた。といっても、全て詳しく知っているわけではないから難しかったけれど……。でも、できる限りそうする。そうでないと、大きく間違った印象を受けてしまうからだ。

例えば、鎌倉の時もそうだった。

現在の一の鳥居の辺りは完全に街中の喧噪に包まれてしまっている。そして一の鳥居と二の鳥居の間には、横須賀線の線路も通った。しかしほんの百五十年ほど前までは、鶴岡八幡宮から一の鳥居まで一直線に段葛《だんかずら》が続いていたという。そして一の鳥居の下から遮る物もなく、八幡宮の丹塗りの楼門が見えたという。

そしてもう少し時代を遡《さかのぼ》れば、その一の鳥居のすぐ近くにまで鎌倉の海が迫っていたらしい。義経と静御前の間に生まれた子供が、頼朝と政子によって棄てられた海辺だ。

そうなってくると、往時の人々の生活形態は現在とは全く異なっていただろうし、当然、鎌倉という土地に対する考え方も違っていたはずだ。だから奈々も、分からないなりに自分でその風景を想像しながら、当時に思いを馳《は》せることにしていた。

「さて、将門の最期だ」崇は口を開いた。「國王神社に到着するまでに話してしまおう」

「はーい」

能天気に答える沙織と、そして奈々に向かって崇は話し始めた。

「さて、さっきも言ったように、余りにも急に膨れあがった将門の勢力に腰を抜かした朝廷は、それまでの歴史では到底考えられなかったことを宣言したんだ」

「それは？」

「『本朝文粋』には、天慶三年正月十一日の太政官符に将門討伐を令し、『もし魁帥《かいすい》（将門）を殺さば朱紫《しゅし》の品《ほん》、田地の恩賞を賜り、とこしえに子孫に及び、これを不朽に伝う。また次なる将を斬れる者は、その勲功のまにまに官爵《かんしゃく》を賜う云々』と記している」

「……あの……つまり、将門公を殺した者には、子々孫々に田地などの恩賞を与えるっていうことですよね。でも、その他は意味不明なんですけど」

「ここでは、沙織くんの言う『その他』の部分が重要なんだ。そして最も驚くべきは『朱紫の品』――つまり、五位以上の『人』たちが着る衣服を与えるということだ」

えっ。

「それって、つまり――」奈々は驚いて崇を見た。

「五位以上の官位を与えるということですか、一般庶民であろうが誰でも構わずに？」

そういうことだ、と崇は大きく頷いた。

「平安時代に『人』といわれていたのは、昇殿を許された従五位以上の人々だった。ちなみに『よき人』というのは、従四位以上の貴族たちだった。その上、昇殿を許されるか許されないかという、正六位上と、従五位下には、まさに大きな隔たりがあった。滔々と流れる大河の如くにね」

「『人』か、『人でなし』かの境目ですね……」

「そうだ。しかも現実的にも、五位以上の者はさらに大きな特典を与えられていたんだ。まず、大逆罪以外は無条件に罪一等を減ぜられた。次に官当——官位をもって罪を贖《あがな》う際にも、公罪の場合は官位一官をもって『徒《ず》』三年にあてられた。そして、私罪の場合は一官をもって二年にあてることができたんだ。また、官当に足りない刑は、半年十斤の割で銅をもって贖うことが許されていた。もちろん一般庶民には、そんな特典などカケラもない」

「酷い差別！」

「だから、この境を超えようとして、貴族たちは官位欲しさに日々汲々として暮らしていた。コネを頼ったり、賄賂《わいろ》を使ったりしてね。だがここで朝廷は、将門を討った者には、無条件でこの官位を与えるという驚天動地の通達を出したんだ」

「微妙に違うかも知れないけど、今で言えば、犯人を逮捕あるいは殺した者には——それが誰であろうとも——大臣の地位と特権を与える、みたいなもの？」

「大臣には、仕事があるだろう。しかし、この頃の『人』と呼ばれた貴族たちは、全く仕事をしなくても、孫の代まで食べて行かれる身分だった」

「そうか。『朝臣《あそみ》』——遊び、ってタタルさんも前に言っていたものね。いやあ、そりゃ桁外れの恩賞だわ」

「ということは、裏を返せば貴族たちがいかにあせっていたかというわけですか……」

「ああ、そうだ。特に前年の天慶二年（九三九）には、西国で藤原純友も立ち上がっていたからね。東西から反乱の火の手が上がっていた――。

純友といえば、こんな伝説が残っている。将門と藤原純友とが比叡山に登った時、はるかに大内裏の盛観を見おろしながら将門が言った。

『この都は、私の先祖、桓武帝の営み給うたものである。私はその五代の後胤《こういん》でありながら、田舎武士として京都公卿の家人となってこき使われている。まことに残念だ。兵を起こしてこれを奪おうではないか。そうなった暁には、私は皇子である故に天子となろう。そなたは藤原氏ゆえ関白になり給え』

二人は、こんな約束を交わしたという。後の将門の叛乱と純友の叛乱とが、ほぼ時を同じくしておこったので、当時すでに京都では共謀の上と疑っていたらしい。そして実際に外記《げき》日記の天慶二年（九三九）十二月二十九日の条に、純友の乱を述べて『平将門と謀を合せ心を通じ、このことを行ふに似たり』と記されているという」

「でも、それってノンフィクションなんですか？」

「いや。実際には、こんなことはなかったらしい。現実的に純友が、坂東で将門立つ、という噂を聞いて行動を起こしたという可能性はあっただろうけれどもね。海音寺さんいわく『叡山上においての共同謀議はフィクション文学としては雄大な背景といい、なかなかの好場面になり得る』ということだろうと思う」

「なるほどね」

「さて将門追討の話に戻って、そこで俵藤太――藤原秀郷《むかで》が登場する」

「百足退治の男」

「といわれているな」

「違うんですか」

「違っていない」

「……は？」

「その点については、また後で。さて、そろそろ延命院だ。降りて参拝しよう」

タクシーは、小さな寺院――というよりは、広い野原を持つ林のような場所に到着した。車を降りると、爽やかな緑の香りが奈々たちを包む。

ここは元々、不動堂だったらしい。古く地味な焦げ茶色のお堂が、広い境内の隅に建っている。そしてその遥か右手には、小さな毘沙門堂が見えた。

この不動堂の裏手に、将門の胴塚があるという。奈々たちが裏手へと歩いて行くと、その左側、ちょうど不動堂の切れた辺りに「南無阿弥陀仏」と刻まれた大きく古い石塔が、そしてその隣には「大威徳将門明王」と刻まれた白い石塔が並んで立っていた。そしてその文字の上に、梵字《ぼんじ》が大きく一文字書かれていた。

「」

という文字だった。これは祟によると「カーン」と読んで、不動明王を表している種子《しゅじ》らしい。

そしてその石碑の向こう側――不動堂のちょうど裏手に、天を衝く一本の大きなカヤの木があり、まるでその古木に抱かれるようにして将門の胴塚があった。カヤの大樹は、何時誰の手による植栽なのかは分からないけれど、地面から大きく盛り上がるほど太い根を張っている。そのためにこのカヤの大樹が胴塚を風雨から、優しく、しっかりと護っているように思えた。

予想に反して、古い塚の周りには、何の囲いもなかった。公園の片隅に、ポンと何気なく置かれているような感じだ。その向かい側には、塚を見守るように、小さな六地蔵と立て膝をついた如来か菩薩の石仏があった。そして、塚の前には、

神田山　一名・将門山

という石標があった。これは明治四十五年（一九一二）建碑らしい。うっすらと苔生《こけむ》して、覗き込まなければ、文字も判別しにくいほどだった。

しかしその前には新しい献花台が設えられていて、可愛らしい花がきちんと上がっていた。これも首塚と同じで、左右が揃ってはいなかったから、地元の人たちがそれぞれ持ち寄った物だろう。将門は間違いなく庶民に愛されていると、奈々は改めて感じた。

崇は例によって、どこから取り出したのか分からないけれど線香を捧げる。今日はわりと風が強いので、煙はすぐに途切れてしまう。しかし、良い香りだけはいつまでも辺りに漂っていた。

「でも、タタルさん」

おそるおそる尋ねる沙織に、崇は振り向いた。

「何だ、沙織くん」

「現在、将門の胴は、ここには埋まっていないんでしょう……？」

「ああ、そうらしい。しかし、将門の葬儀をこの寺院で執り行い、彼の遺体——胴をこの場所に埋めたのは事実といわれている。しかしその後、押領使《おうりようし》として この国に入ってきた人間たちが、将門関係者に暴虐の限りを尽くし、しかも将門の遺体をも掘り起こしそうな勢いだった様子を見て、誰かが遺体を発掘して、武蔵の国に運び去ったともいわれている。それを埋め直したのが、豊島《とし ま》郡平川《ひらかわ》観音堂とされているんだが、この場所は正確には分かっていない。今の首塚の辺りか、武道館の辺りか、築土神社の辺りかはね。しかし、どちらにしても現在の東京に運ばれたのは確実だし、それまでの一時期、将門の体がこの場所に埋葬されていたのも事実だ」

「…………」

崇の話が終わると、沙織は両手を合わせて瞑目《めいもく》し、じっとおがんでいた。

「では、つぎの史跡にお願いします」

大きなカヤの木をぐるりと一周してタクシーに戻ると、崇は告げた。そして車が走り出すと、

「将門を討った藤原秀郷は――」と、いきなり説明を始める。「若い頃、下野国の土豪として勢力をふるい、延喜十六年（九一六）などには、国衙《こくが》に反抗した罪で、一族十七人と共に配流されている」

「えっ。最初はそんな乱暴者だったの？」沙織が驚いて振り向いた。そしてしつこく主張する。「だって百足退治の――」

「実際に『日本紀略』にも」崇は沙織の言葉を遮って続けた。「『罪人・藤原秀郷』と明記されている。しかも秀郷らは、この処分に従わずに、なおも国衙への反抗を続けた。そこで延長七年（九二九）、下野国は、秀郷を何とかして欲しいと都に奏上するほどだったという。地方の役人程度では、秀郷の濫行《らんぎょう》を抑えることはできなかったんだ」

「そうなのか……」


「沙織くんの言っている百足退治の話は、ずっと時代が下った室町あたりに作られた『俵藤太物語』に出てくる」

「そうかも知れない……。でも、どんな話でしたっけ？」

「ああ。秀郷が瀬田橋を渡ろうとすると、橋の中央に大蛇が寝ていた。しかし彼は全く臆することもなく、それを踏んで通った。しかし実はその大蛇というのは龍神で、秀郷の武勇に感心して、そして三上山に棲んでいる大百足の退治を頼み込んだ。それを了承した秀郷が、見事に百足を退治すると、彼を龍宮城に誘い、その御礼として黄金の太刀《たち》と鎧を贈った。その時秀郷は龍神に『この武具によって朝敵を退治すれば、お前は必ずや将軍になれるだろう』と予言される。やがて彼はその言葉通りに将門を討ち取って、見事に将軍となった――という話だ」

「なーるほどね」

「しかし、ここでいう『大百足』というのは、鉱山

で働く人々を表しているという説がある。そして俺も、そう思う」

「鉱山ですか？」

「そうだ。金鉱の坑道が、四方八方に伸びていることから、百足、あるいは八岐大蛇《やまたのおろち》のようなモノを想像させたという説だ。八岐大蛇はともかくとして、百足はその通りだと思うね。それが棲んでいるのは、大抵が山の奥だし、特にこの場合など、秀郷はそれを退治した御礼に――」

「黄金の太刀と鎧をもらった！」

そうだ、と崇は頷いた。

「つまり彼は、誰かに頼まれて、どこかの鉱山を襲って、丸ごとその場所を手に入れたということだろうな」

「じゃあそれって、悪い奴じゃないですか！」

「どうだろうか。価値観の問題だろう」

「桃太郎と一緒っていうこと？」

「そういうことだ。だが、そんな秀郷をうまく利用して、朝廷は将門討伐に乗り出したというわけだ」

「やはり桃太郎と一緒か。何だか、気分悪い」

「車に酔っちゃったの？」

「違うよお姉ちゃん。何かこう……嫌らしい謀略があったみたいでさ」

「だから最初から言っているだろう」崇は苦笑いする。「この時朝廷は、到底考えられないような手段を執ったと」

「でもさ……」

「やがて秀郷は、罪を許された上に六位に叙されて、下野押領使――令外《りょうげ》の臨時官で、兵を率いて国内の凶賊を鎮圧する役職を拝命したんだ。沢史生《さわしせい》さんも言うように、『一筋縄ではどうしようもない秀郷に対し、朝廷は毒をもって毒を制すの策を用いたのである。後年の徳川幕府が、ヤクザの大親分に十手を与え、ならず者の取り締まりに当たらせたのと、同様の手口であった』――まさにそういうことだ。また秀郷に関しては、こんな伝承もある。今言った『俵藤太物語』には――」

崇は資料を、ハラリとめくった。

「軍兵の催しを受けた秀郷は『実にも誠に大剛の勇士なる上、猛勢を靡《なび》け従へり。此の人に同心し、日本国を半分づつ管領せばや』とひそかに思案し、直ちに相馬に赴《おもむ》いて将門に対面したが、将門は白衣《びゃくえ》に乱髪という取り乱した姿で出迎えた上、椀飯《わんめし》をだらしなく食い散らすという振舞いに愛想をつかして、談合の言葉も出さずに早々にして辞して帰った。そして夜を日についで都に上り、将門叛逆の次第を奏上し追討の宣旨を賜って、三井寺・新羅《しんら》明神などに所領成就の祈りをこめ、帰国し戦備を整える――というようにある。

　また同時に『吾妻鏡《あづまかがみ》』治承四年（一一八〇）九月十九日の条にも、『藤原秀郷、偽《いつ》はりて門客に列す可《べ》きの由《よし》を称し、彼の陣に入るの処、将門喜悦の余り、梳《くし》けづるところの髪を肆《おわ》らず、即《すなわ》ち烏帽子に引入れて之に謁《えつ》す。秀郷其の軽忽《きょうこつ》なるを見、誅罰《ちゅうばつ》す可きの趣《おもむき》を存じ退出し、本意の如く其首を獲《え》たり』とある。そして同じような話が『源平盛衰記』にも載っている」

「つまり……？」

「つまり、藤原秀郷が将門のところに行って名簿《みょうぶ》を差し出して、あなたの家人となりたいと願い出た。すると将門は、喜びの余り櫛けずりかけていた髪を整えず、そそくさと冠をかぶって出て迎えた。またその饗応の席で、こぼれる飯粒を拾って食べていた。そこで秀郷は、こんな軽躁な人物は大事をなすことは出来ないと、将門を見放した――ということだ。

　しかしこれに関しても、海音寺さんは言う。

『この話は、周公旦《しゅうこうたん》が賢人をもとめるに切なるあまり、一度髪を洗う間に三度もやめて客を迎え、一度の食事に三度も口中の食べものを吐き出して客を迎えた（一沐《いちもく》に三たび髪《はつ》をにぎり、一飯《いっぱん》に三たび哺《ほ》を吐く）という美談を逆用したものであることは明らかだ。信ぜられないのである』とね。

但し、秀郷が将門を訪れたというのは、どうやら本当らしい。というよりも、まるで日の昇るが如き勢いの将門に挨拶に行くのは、同じ東国に住む豪族として必然の話だ。そしてこのエピソードは海音寺さんのようにも理解できるけれど、これがもしも本当にあった事柄だというならば、また別の解釈としてこうも考えられる——。それまで自分と同じように東国で大暴れしていて、しかも朝廷から疎《うと》まれていた先輩格の秀郷が、自分からわざわざ訪ねに来てくれた。そのために将門は、あわてて対応に出ただけの話だったんじゃないか。また、ご飯粒の件もそうだ。前にも言ったように、猿島では米は本当に貴重な品だった。だから、こぼしてしまったからといって捨てるわけにはいかない。そこで拾って食べたんだろう」

「……そうしたら、やはり将門公はとっても良い人じゃないですか。直情型だけれど、むしろ実直で」

「そういうことだな。だからこの『軽躁な人物』云々というのは、単なる後付けに過ぎないような気がする。秀郷の言い訳だろう。彼は、完全に恩賞に目がくらんで将門を裏切ったんだ。だからこそ、人一倍将門の怨霊を恐れていた。昨日都内をまわった時に、秀郷が将門の祟りを恐れて、色々と呪をかけ、まじないを施している神社が多くあっただろう。それが何よりの証拠だ」

「兜だ首だ鎧だっていって、バラバラに埋めた話ですね」

「中世の日本では、怨霊鎮めの方法として、死体をバラバラにして埋めるというやり方を、念仏聖《ねんぶつひじり》たちが人々に広めたともいわれている。そしてこの念仏聖たちは『声聞師《しょうもんじ》』と呼ばれていた。これは、ひょっとしたら『将門——しょうもん』と関係があるかも知れない」

「ああ……」

「とにかく秀郷は、将門の首を取った功によって、六位の地下人《じげにん》から従四位の殿上人《てんじょうびと》に叙された。その上、下野守に任ぜられ、しかも武蔵守をも追任された。これは物凄い——というより、呆れ返ってしまうような恩賞だ」

「確かに。タタルさんが『それまでの歴史では到底考えられなかった』とおっしゃった意味が分かりました……」

　すると、

「あの……」と運転手が、おそるおそる尋ねてきた。「もう少し行くと、左手に八坂神社ってのもありますけれど、こちらも寄らずに良いですね」

「八坂神社ですか」崇は答える。「主祭神は当然、素戔嗚尊《すさのおのみこと》ですからね。製鉄業がさかんだった地域には当然あるでしょう……。しかし、今日のところは良いです。直接、富士見の馬場へ向かって下さい」

「はい、分かりました」

　タクシーは町の中心部を走り抜けると、再び両側に田園風景の広がる道に出た。


　富士見の馬場からは、次々に史跡をまわった。

　一つ一つの距離が近かったので、崇の説明は一旦中断して、取り敢えず見学してしまおうということになったのである。それに、史跡といっても、自然石や鉄の柵で囲まれたほんの数坪の場所に、きちんと刈り込まれたサツキと並んで石碑が建てられているだけで、他には何もないような場所である。

　そのために——というべきなのか——その場所に行くためには、水田を縦断している畦道《あぜみち》を通ったり、民家のすぐ脇の細い道を通ったり、軒先をかすめて通ったり……突如として、実にローカルな旅程となった。運転手にも良く分からない場所があったようで、しきりに会社や同僚と無線や携帯電話で連絡を取って、位置を確認していた。

　最初の富士見の馬場は、将門が馬の訓練をし、また軍馬や伝馬の市を開いた場所といわれている。そしてこの場所から、富士山を眺めることができたために、この名前が付けられたと石碑にあった。奈々は、その場所から南西の方角を見回してみたけれど、現在では無理のようだった。昔は、余程空気が澄んでいたということなのだろうか。

そして九重の桜。

平守明という人物が、紫宸殿《ししんでん》前の桜を、ここ将門ゆかりの地に分株したという。その但し書き通りに立派な桜の木が——但し一本だけだったけれど——立っていた。

もう七分咲きくらいのその桜をじっと眺めて、

「ついに花見ができたか……」

沙織が複雑な表情で呟いた。

続いて、石井《いわい》の井戸。

将門が水に困っていた時、老翁《おじ》が水を出してくれたという場所だ。但し、本物の井戸が今もそこにあるわけではない。「石井の井戸跡」と彫られた、大きな自然石が立っているだけだ。

その脇にある石碑に彫られた謂《い》われを読むと、ちょっと面白い。

将門がこの辺りまでやって来た時、喉が渇いて困り果てていると、「水……」という声が、東南の方に聞こえた。見ればそこには、一人の老翁が立っていた。そして、その翁が傍らの大石を差し上げて、力一ぱい大地に打ち込むと、えもいわれぬ美味しい水が、その場所からこんこんと湧き出した。

将門がそれを不思議に思っているうちに、翁の姿はいずこかに消え去ったという。そして「いわい」を「石井」と書いたのも、この伝説の井が中心を成したものといわれている——。

そして、その老翁を祀ってあるのが「一言神社」で、そこは古い社殿が一つだけの小さな神社だった。古木に囲まれて、昼というのに、しん……としていた。風もどことなく涼やかだった。

でも……奈々はふと思う。

その老翁が差し出したのは、本当の「水」だったのだろうか。幼い頃からこの辺りを縦横無尽に駆けめぐっていた将門が、水源を見失って困り果てるだろうか。とすれば、ひょっとしたら、その老翁が将門に差し出したのは、水以外の何か他のものだったのでないか。それとも……考えすぎだろうか。

次の島広山は、承平五年（九三五）に、将門が源護の三人息子や、伯父の国香との戦の際に、ここに営所を築き、軍事上の拠点とした場所だという。大きな自然石に「石井営所跡」と彫られていた。

その時彼は、一体どんなことを思っていたのだろう。胸中の決心は、果たしてどの程度のものだったのだろうか。この場所から将門の、あの凝縮された日々が始まったのだ。まさか、それよりたった五年後に人生の終焉《しゅうえん》を迎えるなどとは、夢にも思っていなかったに違いない。

奈々はしみじみと、その狭い場所を眺めながら、ゆっくり車に戻った。

次にタクシーは、延命寺山門前で停まった。

真言宗　豊山派
醫王山《いおうざん》　嶋薬師延命寺
平将門公菩提寺

と、門の上に書かれている。そして山門前には、こんな由緒書きが立てられていた。

延命寺は島広山の台上に石井営所（島広山）の鬼門除けとして建立された。天慶三年（九四〇）藤原秀郷、平貞盛等に石井営所一帯を焼かれた時、薬師如来像は移し隠され、世の静まるのを待って現在の低湿地に祀られた、島の薬師として知られている。

……延命寺の本尊「大日如来坐像」は県の重要文化財に、山門、石製太鼓橋は市の重要文化財に指定されている。

そして、古い茅葺《かやぶ》き屋根の小さな山門をくぐると、すぐ目の前に石製の橋が架かっていた。橋といっても、幅二、三メートルの人工の川に架かっている。それを渡って少し境内を歩くと、これもまた古ぼけたお堂の前に出る。お参りして中を覗くと、もう擦れてしまって文字の判読が不可能な絵馬が、たくさん飾られていた。黒地の扁額の文字すら良く読めなかったけれど、ここが「島の薬師」と呼ばれていたことと、そのかすれた文字を何とか繋げた結果、おそらくそこには、

醫王堂

と書かれているのだろうと奈々は判断した。最近は、こんなことにもちょっと詳しくなっている。

またお堂の中には、例によって「め」の文字を二つ、向かい合わせに書いた絵馬も飾られていた。薬師如来堂に良く見られる、眼病治癒祈願の「向かいめ」と呼ばれている絵馬だ。

しかし本当に、製鉄が盛んに行われていた場所と、素戔嗚尊＝牛頭天王＝薬師如来（＝センダラ）は、縁が深い。一体いつ頃から、これらは繋がっていたのだろう。どれくらい昔から、人々はこの関係を常識として捉えていたのだろう。そして、いつからこんな単純な事柄が、正しく認識されなくなってしまったのだろう……。

「さて」崇が二人を振り返る。「いよいよ最後、國王神社にお参りしよう。そして、将門も最期を迎えるんだが、それはまたタクシーの中で」

タクシーに乗り込むと、車は両側に田園風景が広がる道をひた走る。いつの間にか、町並みは遠く背後に消えてしまっていた。辺り一面は、本当にのどかな風景だ。

水田の景色は、本能的なレヴェルで日本人の心を安らげるらしい。さっき聞いた「病気になるとその

病人の耳元で米を入れた竹筒を振った」という話ではないけれど、それに近いほどの愛情や希望を、我々は「米」という食物に対して抱いてきたのだ。考えてみれば、おそらくは千五百年間以上も主食だったのだ。だから、我々のDNAにしっかりと刻み込まれているのも当然の話だ。奈々は、改めてそんなことを思った。

「あと、将門のエピソードとして、もう一つこんな話もある」崇はバックシートに体を沈めながら、前を見たままで言う。「将門は、検非違使《けびいし》の尉《じょう》たらんことを希望していたのにも拘わらず、忠平が推薦しなかったために、憤って東国に帰り、そこで叛逆を企《くわだ》てたというんだ。しかしここでいう検非違使の尉は、今ならば警視や、警察署長程度のレヴェルだ。その地位に就けなかったからといって、果たして関東独立国を造ろうなどと考える人間がいるわけもない。海音寺さんは、

『比較の倫《りん》を失っている。公卿《くぎょう》のうぬぼれが骨がらみになっているから、こんな阿呆なことを信じて書くのだ。しかしこれが朝廷にたいして愛想をつかす動機になったというなら別だ。大いにあり得ることである』と書いている——。

ちなみに『公卿』というのは、太政官の最上層を形成する国政の最高幹部のことだ。太政大臣、及び左右大臣を『公』といい、大中納言・参議及び三位以上を『卿』という」

うーん、と沙織は唸った。

「確かにあり得ないね。いくら逆ギレしたとしても、それはないでしょう！ 風紀委員長になれなかったからっていって、じゃあ自分の学校を一つ造るからいいよ——っていう感じ？」

この子の例えは、いつも良く分からない。しかし崇は、

「まあ、そんなところだ」

と頷いた。本心からそう思っているのか？

「それに、そもそも将門が検非違使の尉や佐《すけ》を求め

たということも、『神皇正統記《じんのうしょうとうき》』の記事からなんだ。基本的な部分で信用できない」

あり得ないあり得ない、と沙織は何度も呟いた。

しかし、これは確かにそうだろう。

その程度の恨みで、千葉・茨城を独立国家にしてしまおうと考えた——と言い切ってしまえる方がおかしいだろう。常識的に考えたら、納得できるわけもない。この話はつまり、二つの事柄を表していると奈々は思った。

一つは、貴族たちが自分たちの失政を糊塗《こと》するために流布させた——。将門反乱の真実の原因を公にさせないために、無理矢理にこじつけたのだ。

そして二つめは、将門はその程度の器の小さい人間だったということを公言した——。そんなつまらない理由で臍《へそ》を曲げて、乱暴狼藉をはたらく男だということを言いたかったのだろう。

一石二鳥の作戦だ。

しかし……。ちょっと考えれば、こんなバカげた話はない。むしろ、朝廷の貴族たちの馬脚《ばきゃく》を現すエピソードとなってしまっている。今も昔も、愚かな人間たちは相変わらずだ……。

「そして、将門最期の日がやってきた」と崇は続けた。「天慶三年（九四〇）二月十四日。秀郷・貞盛の連合軍四千余人は、将門軍を急襲した。その時、将門軍は総勢四百余人。最初から圧倒的に不利だった。しかし、一刻の猶予《ゆうよ》も許されなかった将門たちは、やむなく猿島に陣を敷いた。但し、その具体的な地名は、判明していない」崇は資料を読む。

「『将門記』だ——。

『十四日未申の剋《こく》を以て、彼此《かれこれ》合い戦う。時に新皇は順風を得て、貞盛・秀郷らは、不幸にして吹下《ふきしも》に立てり。その日、暴風は枝を鳴らし、地籟《ちらい》は塊《つちくれ》を運ぶ。新皇の南の楯は、前を払いて自らに倒れ、貞盛の北《なら》べる楯は、面《おもて》を覆《おお》う』

——二月十四日、午後三時に将門たちはついに戦火を交えた。南面して構えていた将門たちは、恐ろしいほどの勢いの北風に乗って、貞盛・秀郷軍を責め立てた。どれくらいの烈風が吹いたかというと、将門軍の楯は俯《うつぶ》せに、貞盛・秀郷軍の楯は仰向けに倒されてしまうほどだったという。つまり貞盛たちは、楯が自分たちの方に倒れて来て、目も開けていられないような状況だった。そのため、この機に乗じて将門たちは、あっという間に貞盛の中陣を撃破した。そのために、

『貞盛・秀郷・為憲らが伴類《ばんるい》二千九百人、みな遁れ去りぬ。ただに遺《のこ》るところの精兵は三百余人なり』

例の、伴類たちは瞬く間に逃げ去ってしまい、貞盛たちの周りには、三百人余りの兵しかいなくなってしまった。しかも、全員浮き足立っている」

「将門公、チャンスなり。今ぞ！」

沙織が拳を突き出し、運転手が「プッ」と吹きだした。相変わらず恥ずかしい……。

「しかし、これが運命というものなんだろうか。

『時に新皇、本陣に帰るの間、吹下に立ちぬ。貞盛・秀郷ら、身命を棄てて、力の限りに合い戦う。ここに新皇、甲冑を着て駿馬を疾《はや》めて、躬《み》自ら相い戦う。時に現に天罰ありて、馬は風飛《ふうひ》の歩みを忘れ、人は梨老《りろう》が術を失えり。新皇は、暗に神鏑《しんてき》に中《あた》りて、終に託鹿《たくろく》の野に戦いて、独り蚩尤《しゆう》の地に滅びぬ。天下に未だ、将軍の自ら戦いて自ら死せることあらず』

——ということになってしまった」

「……何ですか？」

「これには二つの解釈があるんだけれど、つまり、将門が陣を立て直そうとした時に風下に立ってしまったという説が一つ。また、春先の突風は急に向きを変える、その向きが変わった突風によって将門たちの進撃が止まったという説とね。しかしどちらにしても、今までとは全く逆の向きの突風によって、将門軍の馬が止まった。そこを見計らって、今度は順風に乗った貞盛・秀郷軍が攻め立ててくる」

「義経と平家の、屋島の戦いみたいだね。突如とし

て、流れが変わっちゃった……」

「そうだな。そこで将門たちも必死に戦ったんだが、突然彼の馬が立ち上がってしまった。これを『将門記』は『天罰』だと書き残している。そして『梨老』――一説では、中国の武将だといわれている――の術を失って、『神鏑』――どこかから飛来してきた矢に射抜かれて、落馬したというんだ。ちなみに『託鹿』というのは、正しくは『涿鹿』のことで、中国の伝説上の巨人『蚩尤』を、黄帝《こうてい》が破った場所のことだ。蚩尤は古代中国の鋳物神とされていて、やはり叛乱を起こしたとされているから、その故事になぞらえたんだろう。また、将門が天罰によって神仏の射た鏑矢《かぶらや》で倒されたとする話は、比較的早い時期から認められる将門説話で、『将門記』はその影響の元でまとめられたのではないかという説もある。なお『扶桑略記』『古事談』には、将門は貞盛の矢に当たって落馬し、秀郷が駆けつけて頸《くび》を斬ったとする説と、天罰によって鏑矢に当たったという『合戦章』の説が併記されている。この『合戦章』が『真福寺本将門記』に合致するんだけれど、前の説がより古い『将門記』の姿で、事件の真相だった可能性が高いのではないかといわれている」

「天罰はないでしょう、天罰は！」

「いや、そう記される理由はあるんだ」

「どこに？」

「これは後で説明しよう――。ちなみに『扶桑略記』によれば、この日に将門の伴類で射殺《いころ》された者は、百九十七人にのぼったという。その後、将門の弟の将頼と、藤原玄茂《はるしげ》――または『はるもち』――は相模国《さがみ》で斬られ、将武は甲斐の山中で殺され、興世王は上総で殺されたといわれている」

「ああ……ついに討たれてしまったか」沙織が長嘆息した。「悲しみ余りある」

「でも……」奈々は尋ねた。「前に確か、将門はこめかみを斬られた――とかおっしゃっていませんでしたか？　矢で射られたの？」

「その点に関しては、今も言ったように、将門は秀郷の射た矢で落命したのだとか、いや貞盛の矢だとか、流れ矢だったとかいう説もあって、バラバラのようだね。また、その矢はこめかみに当たったのだとか、額に突き刺さったのだとか、こちらも諸説あるようだ。そして、これも今の通り『将門記』では、誰が射たのか、そしてそれがどこに当たったのか、全く記述がない。だからそれが、色々な憶測を呼んだのかも知れないな。とにかく——。この功績によって、藤原秀郷は従四位下に、平貞盛は正五位上に、源経基は従五位下に叙されたというわけだ」

「……納得いかない」

「しかし、最初からそういう条件で、彼らは乗り出したんだからね。むしろ、あの朝廷が良く約束を忘れていなかったと感心するよ」

崇が苦笑いした時、タクシーはスピードを落とした。そろそろ、國王神社に到着したようだ。


鬱蒼と繁った林の中に、一本真っ直ぐな参道が通っている。鳥居は木造。それ程に大きくはなく、表面にはうっすらと苔が生えていた。

奈々は当然の如く「明神鳥居」だろうと思っていたが、その鳥居は、柱の前後に控柱が付いている「両部《りようぶ》鳥居」だった。権現に良く見られる——つまり、神仏混淆《こんこう》の神社に見られる鳥居だった。ということは、この神社も神仏混淆だったのだろうか。

その向こうには、杉と紅葉でかたどられた緑のトンネルが一直線に続いている。そしてその先に、本殿が小さく見えていた。

「國王神社」と彫られた大きな石碑の隣に、由緒書きがあった。

祭神は平将門である。将門は平安時代の中期、この地方を本拠として関東一円を平定し、剛勇の武将として知られた平家の一族である。天慶三年（九四〇）二月、平貞盛、藤原秀郷の連合軍と北山で激戦中、流れ矢にあたり、三十八歳の若さで戦死したと伝えられる。云々……とあった。

奈々たちは鳥居をくぐって、緑の中を歩く。

「ここは、将門の三女の如蔵尼《にょぞうに》が、天禄三年（九七二）の三十三回忌に際して、父・将門の姿を刻んだ坐像を本尊としている。その像は衣冠束帯姿で、像高七十六センチ。茨城県の重要文化財に指定されている」崇はひたすら前を向いて歩きながら言う。

「ちなみにその頃は、荘園の寄贈が急増して、将来の藤原道長・頼通らの藤原家全盛時代へと向かって進んでいた。きっと、こっそり静かに奉納したんだろう……。またこの如蔵尼は、前に出てきた歌川国芳の『相馬古内裏』の絵にも登場している、滝夜叉姫のモデルだ」

「あの、大きな骸骨が斜め上から覗き込んでいる絵ですね」

「そうだ。その三女は将門が討ち取られた後、奥州に逃れて慧日寺の傍らに庵を結んでいた。ところが大病に罹《かか》り命を落としかけたのを、地蔵菩薩に助けられたことから、出家して如蔵尼となったんだ。その彼女をモデルにして滝夜叉姫ができあがった。それが山東京伝作の『善知安方忠義伝《うとうやすかたちゆうぎでん》』だ。その後に、この話を脚色した『世善知鳥相馬旧殿《よにうとうそうまのふるごしよ》』などで有名になった。将門敗亡の後、長男である良門を助けて、源家に復讐を企てるという話だ。滝夜叉姫は、持って生まれたその美貌と、蝦蟇の妖術を駆使して、ある時は遊女として、またある時は烈女として大活躍する」

「おお。面白そう。歌舞伎の王道ですな。でも、もちろん全部フィクションなんでしょう」

「全部かどうかは分からない。ただ、岡本綺堂《おかもときどう》の『綺堂むかし語り』の中に、こんな記述がある」

崇はバッグから、ガサガサと一枚のレポート用紙を取り出した。そしてそれを木漏《こも》れ日の下で読む。

「『塩竈《しおがま》街道の燕沢、いわゆる「蒙古の碑」の付近に比丘尼《びくに》坂というのがある。坂の途中に比丘尼塚の碑がある。無名の塚にも何らかの因縁を付けようとするのが世の習いで、この一片の碑にも何かの由来が無くてはならない。

伝えて云う。天慶の昔、平将門が滅びた時に、彼は十六歳の美しい娘を後に残して、田原藤太の矢先にかかった。娘は陸奥に落ちて来て、尼となった。ここに草の庵を結んで、謀反人と呼ばれた父の菩提を弔いながら、往き来の旅人に甘酒を施していた。比丘尼塚の主はこの尼であると。

わたしは今ここで、将門に娘があったか無かったかを問いたくない。将門の遺族が相馬へはなぜ隠れないで、わざわざこんな処へ落ちて来たかを論じたくない。わたしは唯、平親王将門の忘れ形見という系図を持った若い美しい一人の尼僧が、陸奥の秋風に法衣の袖を吹かせながら、この坂の中程に立っていたということを想像したい』——とね。かなりセンティメンタルな気分に流されているような気もするけれど、基本的には同感できる」

奈々たちは社殿の前に出た。

狛犬《こまいぬ》を両脇に眺めて、二段だけ石段を上がる。

社殿は、おそらく江戸時代頃の神田明神もこのような造りだったのではないかと偲《しの》ばれるような、茅葺きの古い物だった。正面に注連縄《しめなわ》が張られていなければ、民家と見紛うばかりの建物だ。

しかし、お参りをして、九曜紋の入った賽銭《さいせん》箱越しに中を覗けば、社殿には「國王神社」「國王大神」などと書かれた額が、いくつも飾られている。そして千羽鶴が何本も吊され、祟の言っていた将門の木像の写真も置かれていた。また、御神酒《おみき》もたくさん上がっている。将門は、お酒好きだったのだろうか。正面に「将門」と大書された一斗樽まで奉納されていた。

もちろん社殿内には「繋馬」の額が飾られてい

る。それを眺めていた奈々に、

「この神社の縁起では」崇が言う。「元々は将門の家紋は『放れ馬』だった。しかし、再び反乱などを起こさぬように、将門の霊魂を繋ぎました――という意味で『繋馬』にしたとなっているという。しかし俺はさっきも言ったように、最初から『繋馬』だと思ってる。おそらくそれは便宜上《べんぎじょう》だろう」

崇は笑った。

社殿を離れると、その脇には、

平将門墓碑

と彫られた碑があり、そこにはもう半分以上かすれてしまった文字が刻まれている。奈々が目をこらして読むと、

「……至誠心がいつの日かかならず天に通ずる……この機会に不運な……救世主を追慕する碑を建てて……赤城宗徳《あかぎむねのり》」

と書かれていた。

赤城宗徳という人は茨城県出身で、岸信介《きしのぶすけ》内閣の農林大臣だったと崇が説明した。その後、内閣官房長官、防衛庁長官などを歴任した政治家だという。

またその隣には、漢文の石碑が建っていた。

「此祠祀平将門公霊也……」

という碑文が刻まれていた。内容は、何となくしか分からなかったけれど、こちらの最後には、

「織田完之《おだかんし》」

とあった。こちらの人物は、勤王家で維新後は大蔵省や内務省に勤めていたという。将門関連の著書も多く残しているらしかった。

地元の人たちにとっては、将門はあくまでも英雄なのだろう。そして、朝廷からの理不尽な要求をはね除けて立ち上がった救世主だったのだ。

ゆっくりと来た道を戻りながら、崇が二人に言った。

「あと、将門に関しては、こんな話がある。将門鉄

人伝説だ。聞いたことがあるだろう」

「将門の体は、鉄でできていたっていう話ですよね。少しだけならば」

「そう。その話によると、将門は身長七尺に余り、五体は悉く鉄で左の眼に二つの瞳を持ち、しかも全く同じ体の影武者を六人、常に身辺に従えており、その本体をなかなか見分けることができなかったという」

「将門本人と、影武者六人で、あわせて七人。これは、北斗七星から来ているっていうんでしょう」

「そうだ。妙見信仰だな。まあ、しかし実際に将門が右腕とも頼んでいた藤原玄茂、多治経明《たじのつねあきら》、坂上遂高《さかのうえのかつたか》など勇猛な武将もいた。彼らが六人の影武者のモデルになったと考えれば、全くのフィクションだとも言い切れない。それに、将門の体が鉄でできているというのは、良質な鉄製の武器で身の周りを固めていたということだろうしね」

「うん……。間違いなくそういうことでしょう。あとは言葉通り、その当時にしては特別頑丈な鎧に身を包んでいたとかね」

「そういうことだ。昨日から言っているように、この辺りは製鉄業が盛んだった。この『常陸国風土記』を見てみると」崇は、今度は一冊の本を開く。「慶雲元年（七〇四）に、国司《くにのつかさ》婇女朝臣《うねめのあそみ》が、鍛《かぬち》の佐備大麻呂《さびのおおまろ》等を率いて、鹿島郡若松浜の鉄《まがね》を採って剣を造ったとある。この若松浦は『常陸と下総と二つの国の堺なり』とあるから、現在の利根川河口付近のことだろうといわれていて、実際に今でも、霞ヶ浦の湖岸には砂鉄が多くある。

『慶雲の元年《はじめのとし》、国司婇女朝臣、鍛、佐備大麻呂等を率て、若松の浜の鉄を採りて、剣を造りき』

『安是《あぜ》の湖《みなと》に有る所の沙鉄《すなごのあらがね》は剣を造るに大きに利《と》し。然れども、香島の神山《かみやま》なれば、輙《たやす》く入りて、松を伐《き》り鉄を穿《ほ》ることを得ず』

——ということだ。ちなみに、ここでは沙織くんの言うように『鎧』だ。昨日行った『鎧神社』の

『鎧』だね。それまでの『よろい』といえば『甲』で、これは『革製のよろい』のことだった」

「なるほどなるほど。何となく了解」

「さて、ここからは『俵藤太物語』の説話なんだけれど、一応聞いておいてくれ――。

そんな鉄人の将門をどうやって倒そうかと悩んだ末に、一計を案じた秀郷は、単身相馬の館に赴いて将門に対面し、お世辞を言ってその歓心を買い、首尾《しゅび》良く将門の身辺に仕えることに成功した。館の南の寝殿を与えられた秀郷は、そこで将門の寵妃《ちょうひ》小宰相を簾越《すだれ》しに見染め、時雨《しぐれ》という女房の手引きで彼女に言い寄って思いを遂げる。そしてついに、小宰相の口から『将門の本体は、日光や灯火に向かって影を生じるが、影武者たちにはそれがない』ということ、そして『その身、ことごとく鉄だがこめかみ一ヵ所だけが生身である』という秘密を聞き出すことができた。喜び勇んだ秀郷は密かに弓矢を携えて物陰から窺い、小宰相の局《つぼね》を訪れた将門を射て、首尾よくこれを討ち取ることができた――という。

やはりここでも、将門は『こめかみ』をやられているんだ」

「こめかみは、誰にとっても弱点ですものね……」

「そうなんだよ、奈々くん」

いきなり振り向く崇に、奈々は驚いて立ち止まってしまった。

「えっ……？」

「今言ったように、影武者の話は別として、この『こめかみ』なんだけれどもね。将門の弱点の」

「だ、だから、こめかみでしょう……」

「そうだ、こめかみだ」

何を言っているのか良く分からなくなってしまいそうだった。そこで、

「だから――」

と軽く手を挙げて言いかけた、その奈々の右手を崇は強く握った。

あ……。

「いいか、奈々くん」崇は握ったままの手を、すっと下に下げて奈々の言葉を遮る。「つまり、俺の言いたいのは——」

「………」

「この場合の『こめかみ』というのは『米かみ』で、つまりそのまま『米』のことだったんじゃないかと思っている」

「米——って？」

沙織が、そんな奈々たちを横目でそっと見つめながら尋ねた。

「食べるお米ですか」

「そうだ。何度も言ったように、米はこの地方では、とても貴重品だった。だから、ちょうどこの時期には半農半兵の農民たちは、田を耕しに出なければならなかったんだ。二月の初旬は、太陽暦でいえば三月中旬くらいに当たっていただろう。伴類である兵は、雪解けと共に村へ帰り、日常の生活に戻る。だから実際に、この頃の戦いは刈り入れが済んだ十一月頃から、農事が始まる三月頃までの間に行われていたんだ。ということはつまり——」崇は奈々の手を一度強く握ると、さらりと放した。「貞盛と秀郷は、最初から、敢えてこの時期を狙って待っていたんだろう」

「は、はい……」奈々はあわてて相槌を打つ。

「そ、それが、将門の弱点……」

「そういうことだ——と俺は思う」崇は前を向いて歩きながら頷いた。「鬼だからね」

「鬼？」沙織が奈々を、そして崇を見ながら、おずおずと間に入ってくる。「田んぼは、鬼と関係あるんですか？」

「大ありだ」崇は笑う。「田は、昔から鬼の物だったと言っても過言じゃないほどにね。もともと『田』という文字は、『耕す』という意味だったが、同時に『鬼』の頭を象った文字にもなった。事実、こんな諺《ことわざ》もある。『田の神（鬼）は春に山から下りて来て、秋に山へ戻る』――」

「殆ど意味不明……。怪人二十面相か何かの暗号みたい」

と沙織は言ったけれど――。

昨日、鬼王神社に書かれていたではないか。

節分の「鬼」は「春の神」のことだと。そういう意味だったのか。田を耕すのは鬼なのだ。

半分納得できた奈々の横で、

「この話は長くなるから、また別の機会に詳しく説明するよ」

崇は笑った。

「ああそうだ。そう言えば」タクシーに戻り、助手席のドアを開けながら、沙織が尋ねた。「さっきおっしゃってた、こめかみ云々っていう秘密を秀郷に密告したのは、将門の愛妾である、桔梗前《ききようのまえ》だっていう話も聞いたことがある。今、ふと思い出したんですけれど」

ああ、と崇は苦笑いする。

「そんな迷信もあるらしい」

「迷信？」沙織が振り向いた。「違いますよ、タタルさん。実話だって」

「そうかね」

「だって、愛する桔梗前に裏切られたことを知った将門が、死ぬ前にそれを知って『桔梗あれども、花咲くな』って呪ったから、今でもこの地方の桔梗は、余り花が咲かない――という話を、どこかで聞いたような気が……。ねえ、運転手さん」

「は、はあ」運転手は、ハンドルを切りながら曖昧に返答した。「確かにそんな話は知ってます」

「それはまた酷い冤罪《えんざい》だな」

「冤罪って、桔梗前に対する？」

もちろん、と崇は頷いた。

「ああ、そうだ。桔梗といえば、こんな伝説もあるんだ。実は、安倍晴明《あべのせいめい》は、将門の子供の将国《まさくに》だったのではないかという話」

「えっ！」沙織が思いきり振り向いた。「まさかあ、そんな話——」

「年代は合っているんですか？」

「もちろんだよ、奈々くん。年代が近いからこそ、そんな伝説が生まれたんだ。といっても、二人とも生年がさだかではないけれどもね」

「じゃあ、怪しい怪しい」

「まあ、一つの仮説として聞いてくれ。将国は、将門死後、常陸国信田郡《しだ》に住んで、信田小太郎《こたろう》と称していたという。将門が幼い頃に、相馬小次郎と称していたのに倣《なら》ったんだろう。しかしここで、安倍晴明が生まれたのも——」

「信田森《しのだのもり》！」

「あっ。信田森の狐の子供だっていわれていた」

確かにそうだ。但しこの場合の「狐」というのは、また別の違った意味を含んでいる、と崇が言っていたけれど。

「あと、晴明の家紋の五芒星《ごぼうせい》は、またの名を『晴明桔梗』とも呼ばれていた」

「えっ。まさか、その桔梗って——」

そうだ、と崇は頷く。

「桔梗前から取っているのではないかともいわれている」

「うーん……」

沙織は腕を組んで唸った。

「ちょっとそれだけじゃ根拠に乏《とぼ》しいけれど、何となく面白そうな感じ」

「ひょっとしたら——本人ではないとしても——どこかで関与しているかも知れないな」崇は笑った。「さて、どこかで食事をしながら、桔梗前と、そして桔梗の花についての話でもしようか」

＊

水海道の駅まで戻った奈々たちは、近くで昼食を摂ろうとしたけれど——そしてそれは、今朝ここに降り立った時点で薄々は感じていたけれど——適当な店が見当たらなかった。もちろん何軒か飲食店はあったものの、時間も時間だったので全て満員だった。

どうしましょうか、と三人で顔を見合わせていると、崇が言った。

「この際だから、取手まで出てしまおう。常総線に乗ってしまえば三十五分だ。ちょっと話でもしている間に到着するだろう」

取手ならば帰り道だ。奈々たちは反対するわけもなく、その提案に従うことにした。

再び二両編成の電車に乗り込む。

相変わらず車両は空いていた。陽気も良いし、ぽかぽかとのどかな旅だ。

駅の売店で買ったペットボトルのお茶を一口飲むと、崇は全く疲れの片鱗《へんりん》すら見せずに話し始めた。

「さてと——。桔梗前の話だったな」

ええ、と奈々は隣で頷く。

「将門の愛妾だとか、母親だとかいう……」

「今も言ったように、それには二通りの説があってね。一つは、桔梗前は将門の愛妾であり、彼女が彼の弱点を秀郷に密告したために、将門は猿島で討たれてしまったというものだ。その密告にしても、さつきの話のように、将門の肉体的な弱点を教えたというものや、戦いに敗れた将門が潜《ひそ》んでいた洞窟の場所を告げてしまったのだ、という話まである」

「どちらにしても将門公たちを裏切って、それを知った将門公に殺されてしまったということでしょう」沙織が言う。「桔梗あれども花咲くな！」

「ところが、これらは殆どが江戸時代に出来上がった伝説のようなんだ。つまり歌舞伎や謡などの、いわゆる『物語』なんだ。実際に、北相馬郡の伝説になると、全く様相が異なってしまう。たとえば――。桔梗前は戦いの間中、一心に将門の勝利を祈っていたが、将門敗れるという情報を得て、その場で入水《じゅすい》してしまったとか……。またある伝説では、追っ手に捕まってその場で殺害されてしまったとも、あるいは逃げ出したものの、逃げ切れないことを察して自害してしまったともいう」

「え？　全然違うじゃないですか」

「また、千葉県にはこんな話もある。船橋の天沼弁《あまぬまべん》天池《てんいけ》公園は、桔梗前が失意の余り身を投げた海岸線があった場所だといわれているんだ。今は広い公園の鬼門にあたる一隅に、小さな朱塗りの祠《ほこら》――弁財天が祀られているだけだけれどもね。また東金《とうがね》地方では、桔梗前は将門の母親となっている。彼女が将門を懐妊した時、父親の良将は占い師を呼んで我が子の行く末を見てもらった。すると占い師が言うには、この子はいずれ天下に大乱を起こすだろうということだった。そこで良将は、母親の桔梗ともども小舟に乗せて海に流してしまった」

「うわっ。得意のパターンだ。雛《ひな》流しだ」

「しかし、彼らはどうにかこうにか東金の浜辺に辿り着くことができた。そこで桔梗前は将門を出産した。やがて母親が亡くなった時、彼は桔梗前の菩提を弔うために妙善寺《みょうぜんじ》という寺を建立した。そのためにこの地方は『御門《みかど》』という地名になったという」

「御門……将門公の名前にちなんでということですね」

「そういうことだろうな。なお、この妙善寺の山号も『帝立山《ていりつざん》』で、これは完全に桓武天皇――帝の血を引く将門を意識した名前だといわれている」

「なるほど。色々な説があるんですね……」

「またもう一つ東金の伝説では、桔梗前の方が将門よりも長生きをして、戦いに敗れた後も将門をずっと祀っていた東金の人々のために、白い大蛇と化して、水不足に悩まされていた村を救ったという話も残っているんだ」

「大蛇は……つまり、蛇ということですね」

「その通り、河衆。水辺の者だ」

しかしそうすると……。

「ねえ、タタルさん」奈々はふと感じた。「今のお話だと、桔梗前は、決して将門を裏切ったわけじゃないということになりませんか……」

「そうだな」

「そして将門は、桔梗前を——彼女が愛妾だとしても、母親だとしても——少しも恨んでいなかったように聞こえるんですけれど」

「当然、そうだろう」

「じゃあ、どうして『花咲くな』なんて言ったという伝説が残ってしまったんですか？　これは、完全に呪いの言葉ですよね」

不思議そうに尋ねる奈々を向いて、

「そうかね」と崇は笑った。

「え……？」

「でも、そうでしょうが！」沙織が横から叫ぶ。「花が咲かない人生なんて、真っ暗闇ですよ本当に。みんな誰もが一花咲かせようとして頑張ってるんだから。ね、お姉ちゃん」

「え、ええ……」

曖昧に返事をする奈々を無視するように、崇は沙織に尋ねる。

「きみは桔梗の花を知っているか？」

「は？」沙織は、いきなり素《す》っ頓狂《とんきょう》な声を上げた。「知ってますって、もちろん！　紫色の花でしょうが。実家の庭にもありました。小さな草かと思ったら、意外に背が高く伸びちゃって——」

「桔梗は、キキョウ科キキョウ属の多年草だ。『神《しん》農本草経《のうほんぞうきょう》』では、白薬、梗草《こうそう》、薺苨《せいでい》となっている。但しこの薺苨——甜桔梗《てんぎきょう》は、キキョウ科ではあるものの、別物らしい。昔からずっと、混同されていたという。古くはアリノヒフキ——阿里乃比布木とか、オカトトキと呼ばれていて、漢字が入ってきてから、桔梗の文字をあてたと考えられているんだ。その漢名の『桔梗』を、日本で『ききゃう』や『きちかう』と読んだために、この名があるといわれている。実際に『古今和歌集』巻第十、物名《もののな》『きちかうの花』という紀友則の歌がある。

秋近う野はなりにけり白露の
　置ける草葉も色変はりゆく

野は秋近くなってきた。白露の置いている草葉も色が変わってゆく、という歌の中に『秋近う野はなりにけり』――『(あ)きちかうのはな(りにけり)』と詠み込んでいる。なお桔梗は、古くはアサガオと呼ばれていて、『万葉集』に登場するアサガオは、実は桔梗だろうといわれている。たとえば『巻第八』には――」

崇はバッグから文庫本を一冊取り出して、膝の上でパラリと開いた。『万葉集』まで持ってきていたのか。知り合ってもう何年にもなるというのに、相変わらず行動が謎だ。見切れない。

そんな奈々の気持ちを全く察知している様子もない崇は、ページに目を落として読み上げる。

「萩の花尾花葛花瞿麦《くずばななでしこ》の花
　女郎花《おみなえし》また藤袴朝貌《あさがお》の花

という、秋の七草を詠んだ山上憶良《やまのうえのおくら》の歌が。そして『巻第十』や『巻第十四』には、

朝顔は朝露負ひて咲くといへど
　夕影にこそ咲きまさりけれ

展転《こいまろ》び恋ひは死ぬともいちしろく
　色には出でじ朝貌の花

言《こと》に出でて言はばゆゆしみ朝貌の
　秀《ほ》には咲き出ぬ恋もするかも

わが愛妻《めづま》人は離《さ》くれど朝顔の
年さへこごと吾は離かるがへ

などの歌が載っている」

「そ、それが、何か……？」

「それほど昔から、我々にはなじみの深い草木だったんだ。というのも実は、桔梗はその根が非常に尊ばれた生薬だったからね」

「根っこが？」

「そうだ。夏から秋に野生の物を採取して、薬用の『桔梗根《ききようこん》』とするんだ。水洗いして細根を取り去ってそのまま、あるいはコルク皮を除去して乾燥させた物を使用する。『晒桔梗《さらしききよう》』とも呼ばれているね。その薬能としては『肺に入り、熱を瀉《しや》し、痰を除き、咳を治し、頭目を清め、咽頭《いんとう》を利し、滞気を散ず』『肺気を清くし、咽喉《のど》の通りを良くし、甘草と一緒に体内をめぐると、舟楫《ふね》の役割を演じる剤となる』などとあるように、これらの薬効は、去痰、排《はい》膿《のう》、気管の分泌促進、鎮咳《ちんがい》、鎮静、鎮痛、解熱、抗炎症作用など、多岐《たき》にわたっている。その応用として、扁桃炎、咽頭炎などで発熱しても他の表証がないものにも使用される」

そういえば、と奈々は言う。

「桔梗湯《ききようとう》は、聞いたことがあります。ごくたまに薬局でも処方されますし」

「そうだな。実際の漢方処方としては、今奈々くんが言ったように『桔梗湯』——これは、桔梗と甘草を合わせて『甘草湯証にして腫膿《しゆのう》有り、或いは粘痰《ねんたん》を吐する者を治す』という薬だ。その他にも桔梗は多く用いられていて、防風通聖散《ぼうふうつうしようさん》・駆風解毒湯《くふうげどくとう》・荊《けい》芥連翹湯《がいれんぎようとう》・五積散《ごしやくさん》・小柴胡湯加桔梗石膏《しようさいことうかききようせつこう》・十味敗毒湯《じゆうみはいどくとう》・清肺湯《せいはいとう》・排膿散《はいのうさん》・響声破笛丸《きようせいはてきがん》など、数え上げればきりがないほどだ」

「だ、だから」沙織がキョトンとして尋ねる。「その桔梗が何か……？」

ああ、と崇は二人を見た。

「『延喜式巻三十七』の『典薬寮《てんやくりよう》』を見ても分かるように、常陸国と下総国は、この桔梗根の名産地として名高かったんだ。しかもこの根は、飢饉《ききん》の時の非常食にもなった。朝鮮半島では、茹《ゆ》でて水にさらした桔梗の根は、昔からずっと食用にされていた。しかし今は『白桔梗――ペクトラジ』といえば、阿片《あへん》の隠語になってしまっているがね。こちらも酷い扱いだ。だが、昔この根は、多くの人々の命を救っていたんだ」

「そ、それはとてもありがたい花――いえ、根――だとは思いますけれど……」

「しかし、そんな良質の桔梗根を得るためには、ここで必ずやらなくてはならないことがあった」

「それは?」

「蕾《つぼみ》のうちに、花をか、か、か、か、切り落とすことだ」

えっ。


沙織は目を丸くして崇を、そして奈々を見た。

だが、そういわれればそうだ!

奈々も大学の講義で、そんなことをチラリと習ったことを思い出した。今の今まで、すっかり忘れてしまっていたけれど――。

「もちろん花が咲いた桔梗の根が、全く使用に耐えないのかといえば、一概にそうとも言い切れない。しかし当然、根は花を咲かせるために痩せ細ってしまうわけだから、より良質な物を得ようと思えば、花が咲く前に蕾を摘《つ》んでしまう必要があった。つまりこれが――」

「桔梗あれども花咲くな……」

「実際に将門が、口に出してそう言ったのかどうかは分からない。しかし、これは当時の人々の常識であり、事実『花の咲かない』桔梗の方が、とてもありがたがられていたわけだ」

そういうことか。

これは決して、呪いの言葉ではなかったのだ。むしろ、桔梗根よ大きくなれ、作物よ実れ、という祈りの言葉だった。そうであれば、きっと将門も口に出していたかも知れない。米の実らない荒れ地、泥湿地を見渡して、せめて桔梗根だけでも大きく育ってくれ——と。

「でもでも！」沙織が言う。「じゃあ、どうしていつの間にか桔梗が悪いイメージで伝えられるようになっちゃったんですか？　人間の桔梗前も、草花の桔梗根も、両方とも偉かったのに」

「その理由は二つある。第一に、桔梗の花には星のイメージがあったからだ」

「星って、空の星？」

「まあ、そう言われれば、確かに見た目はそうですけれど……。本当に桔梗が『星』と？」

「実際に、晴明桔梗印があるじゃないか」

「ああ」

「そして、ここで重要な点は——安倍晴明の桔梗印に見るまでもなく——当時の人々にとって『星』というのは、現代の我々が抱いているロマンティックな感覚とは違って、もっと禍々《まがまが》しいモノと感じられていたという事実だ。陰陽道にしても、星辰信仰や、妙見信仰もそうだしね。そして星といえば、そのまま、王権にまつろわぬ異界の者たちのことを指していた」

「星が悪、ですか」

「実際に下総一の宮の香取神宮では『星鎮祭《ほしずめさい》』という行事がある。毎年一月十六日、弓道場に設けられた大的を射た後、星塚に竹串を挿して星の神を鎮めるという神事だ。まさに『花咲くな』というところだな」

「でも、塚に竹串を挿すって……確かに、何か意味ありげ」

「その祭りは、祭神の経津主大神《ふつぬしのおおかみ》が、常陸国大甕《おおみか》——現在の日立市大みか町を根拠地とする星神の天《あめ》香香背男《のかがせお》を討伐したという説話にちなんで行われるからね。『日本書紀』神代下第九段の『「天に悪《あ》しき神有り。名を天津《あまつ》甕星《みかほし》と曰《い》ふ。亦の名は天香香《あまのかか》背《せ》男《お》。請ふ、先《ま》づ此の神を誅《つみな》ひて、然《しこう》して後に下りて葦原中国を撥《はら》はむ」とまうす』という部分がそうだ。またその他にも、『ほしめかす』という言葉がある。これは相手を『ほし=星』に見立てて、犬をけしかけるという意味になる」

「そうなのか……」

「また、奈々くんは知っているだろうと思うけれど、牽牛《けんご》子《し》という生薬がある。これは朝顔の種子を乾燥させた物で、利尿剤や下剤として漢方で使用されている。民間では、その用量が微妙に難しいため、余り使われていないがね」

「それがそれが――？」

「牽牛子は、読んで字の如く『牽牛《けんぎゅう》の子』という意味だ。朝顔=桔梗の種子が『牽牛の子』であり、同時に牽牛は彦星で、そのまま『星』のことなんだから――」

「朝顔――桔梗の種子は、星の子どもっていうわけか」

「簡単な数式だな」

「なるほどね……」沙織は大きく頷いた。「じゃあ、二番目の理由は？」

「やはり、安土桃山《あづちももやま》から江戸時代にかけてだろう。その間に、桔梗のネガティヴなイメージが、人々の間で定着してしまった」

「そうか、明智《あけち》光秀《みつひで》か！」

「光秀の紋――桔梗がね」

「白地に水色の桔梗の紋が本能寺に翻《ひるがえ》った、その瞬間からずっと嫌な印象をもたれてしまったんですね」

「いや、違う」

「違う？」

「桔梗が悪――裏切りの象徴とされてしまったのは、光秀が秀吉に敗れたその瞬間からだ。もしも光秀が山崎の戦いに勝っていれば、桔梗の紋は民衆に崇め奉られて、天下に鳴り響いていたはずだ。下克《げこく》上《じょう》の世の中では、油断をしていた方が悪い。それにそんなことを言い出したら、武田信玄《たけだしんげん》や鍋島直茂《なべしまなおしげ》などは、もっとあくどいことをしている」

「確かに……」その言葉に、沙織は大きく頷いた。「その秀吉だって、最後は結局織田家を切り捨てたんだもんね」

「つまり——」奈々も相槌を打つ。「桔梗の紋にずっと付きまとっている悪のイメージは、光秀が主君信長を討ったからという事実から来ているものではなくて、秀吉との戦いに敗れたというただそれだけの理由で——」

「ただそれだけといっても、これはかなり大きな理由になるよ、奈々くん。なぜならば、歴史は常に勝者が作り上げ、そして後世に伝えて行くものだからね。秀吉の正当性を天下に知らしめるために、光秀の『桔梗紋』が悪の代表として喧伝《けんでん》されてしまったということだろう」

「なーるほど。秀吉の戦略のせいというわけか」

「そしてそのために、桔梗の花や桔梗紋は、長い間にわたって虐《しいた》げられてきた……」

「将門に関しても？」

「ああ。将門の時代にも、おそらく本当に『裏切り者』はいたんだろう。第二の丈部小春丸《はせつかべこはるまる》のようなね。しかしそれがいつの間にか、将門の愛妾にすり替えられた。これには理由が二つある。一つめは、将門の滅亡は、朝廷の仕掛けた罠や謀ではなく、あくまでも内部崩壊の結果だという事実を作り上げたかったから。そして二つめは、将門は自分の愛妾にも裏切られるほどの情けない男だった、という印象を残しておきたかったから。そして両方とも、作戦通りに事が運ばれたというわけだ」

「歴史——印象の捏造《ねつぞう》ですね」

「しかし、『そういう話にしたかった』ということは、ひっくり返せば『その話は真実ではなかった』ということになる。正義は相手側にあったからこそ、自分たちが滅ぼした相手を、必死になって貶《おとし》めようとするわけだ」

「自らを正当化するためにね」

「そしてこの話に、戦国・江戸の策略家が乗った。もちろん常陸・下総からの連想もあったんだろう、当時『裏切り』の象徴であった桔梗を、そこに重ね合わせたというわけだ」

「絵に画いたように、シンプルな構図」

「しかし幕末には、坂本龍馬《さかもとりようま》が桔梗紋を付けていたんだが、これは余り桔梗の冤罪を晴らすまでには至らなかったようだな」

「そうだったんですか……」

奈々は嘆息した。

そういえば、祖母の実家の家紋が「丸に桔梗」だったため、この家紋は好きじゃないと言って、結婚するまで祖母は紋付きを着なかったそうだ。そして周りの親戚も、同じように感じている人が多かったという話を実際に聞いたことがある。


その理由はやはり当時の誰もが、桔梗は将門伝説や光秀の家紋、つまり国賊の象徴だからという——誤った——イメージを抱いていたせいだろう。

でも、今度会ったら教えてあげよう。桔梗は決して「悪」ではないんだよ、と。

「そういえば」崇は二人を見て続けた。「今の話に関連して、こんな歌があるんだ。

はかなきを誰か惜しまん朝顔の
　盛りを見せし花もひと時

どうだい」

「どうだい——って言われても」沙織が首を傾げた。「そのままじゃないですか。朝顔の花は、一瞬だけ美しく咲いて色褪《あ》せてしまったけれど、それを誰が惜しもうか、いや惜しむまい——ということですよね。それが何か?」

「実はこの歌はね、明智光秀の妻の辞世なんだよ」

「え……。ということは」

「第一の意味は、沙織くんの言った通りだ。そして第二の意味は、朝顔の花に自分を仮託《かたく》して、自分の人生も一瞬の盛りを見せたけれど、もう終わってしまう、でもそれも仕方ないのだろう――というような意味になる。ここまでが、本などに載っている一般的な解釈だ」

「でも、朝顔というのは！」

「そうだ、奈々くん。朝顔というのは、今言ったように紛れもなく桔梗のことなんだ。とすれば、まさにこの歌は一瞬にして光秀、いや明智の家を詠《よ》んだ歌に変貌するというわけだ」

「ああ……」

　はかなきを誰か惜しまん「明智家」の
　　盛りを見せし――

そういうことか。

「しかし、これは俺の勝手な意見だからね。保証はできないよ」

崇は笑ったけれど――。

だがおそらく、間違いないだろう。

明智は一瞬だけ天下を取った。そしてすぐに滅亡してしまったけれど、それに関して誰も後悔などしていないという意味になる。

光秀の妻は、自らの死を目の前にして、桔梗の花が目の前に浮かんだのだ。しかし、歌に直接「桔梗」と詠み込んでは、余りにもあからさまだ。そして、当時はまだ「光秀＝悪」という、作り上げられたイメージが世の中を席巻《せっけん》していただろう。そこで、わざと「朝顔」という言葉を選択した。分かる人にだけ分かれば良い、と。

まさに「誰か惜しまん」だ――。

いつも崇が言っているように、昔の歌は一筋縄ではいかない。必ず何かしらのメッセージがこっそりと隠されているということだ。常に二重三重の意味を持って、我々の目の前に静かにたたずんでいる。

しかし……。

奈々は、ふと自分の身を振り返る。

歌だけでなく「桔梗」という花一つ取っても、こんなに多くの背景を持っていた。でも自分はどうしてこんなに何も知らなかったんだろう……。というよりも、全部少しずつ知っていたはずなのに、どうしてAとBを結びつけることができなかったんだろう。そう。まさにその勇気がなかった。作り上げられた先入観という枠を跳び越える勇気が。

奈々は、ちょっと情けなくなる……。

少し落ち込んでいると、

「さあ、取手到着だ。昼食にしよう」

崇が大きく伸びをした。

一度下りても、どうせまたすぐに電車に乗る。わざわざ駅の外に出るのも、面倒だった。

そこで三人は、改札内にあるコーヒーショップに入ることにした。そして、サンドイッチとコーヒーの簡単な昼食を摂る。

「でも……」奈々は軽く嘆息した。「桔梗の花もそうでしたけれど、星についても初めて知りました」

「何が?」

「そんなに凶兆と考えられていたなんて、思っていなかったです」

「ああ」崇は、もう興味なさそうにコーヒーを飲んだ。「そのことか。しかし、昔は誰もがそう思っていたんだ」

「『星』も『鬼』も、同じように不吉なモノとされていたんですか……。さっきタタルさんがおっしゃっていた『星鎮祭《ほしずめさい》』じゃないけれど、じゃあ節分祭のように、星は外——なんて」

奈々にしてみれば、珍しくジョークを言ったつもりだった。しかし、

「…………」

崇が急に顔を上げた。そして奈々をキョトンと見つめた。長い睫《まつげ》の奥の黒い瞳が、じっと奈々の顔を覗き込んでいる。呆れられてしまったのだろうか。そんなにバカなことを言ってしまったのか。

恥ずかしい。

言わなければ良かったと後悔する。だからジョークは昔から本当に苦手だったのに……。

ところが、耳を赤く染めた奈々の前で崇は、いきなり自分の髪の中に両手を突っ込んで、頭をボリボリと掻きむしり始めた。

そして何度も呟く。

「そうか……何てこった」

「どうかしたんですか、タタルさん？」恐いもの知らずの沙織が尋ねる。「パンの中に、何か変な物でも入ってました？」

「最初からずっと――。バカだった」

「え？」

「奈々くん」


「は、はい」

「まさにきみの言った通りだよ。星だ。鬼だ。そして『印象の捏造』だよ。ああ、どうしてこんな単純な話に引っかかってしまったんだろうか」

「は、はあ……」

「全ての事実を少しずつ知っていたはずなのに、どうしてそれらを結びつけることができなかったんだろう」

え？

それは今奈々が、自分の心の中で言った――。

「あの……」

「まあいい。時間がかかっても辿り着けただけ、良かったとしよう」

「…………」

一体何を言っているのか。

「ど、どうしちゃったんですか、急に」

「まあ、取り敢えずきみたちは――」

崇は二人に向かって言う。

「平将門が全く怨霊ではないということだけは分かっただろう」

奈々は自分の耳を疑った。

怨霊ではない？

あの、将門が？

「ちょ、ちょっと待って下さいよ、タタルさん！」コーヒーカップを持ち上げた手を止めて、沙織が叫ぶ。「将門公が怨霊じゃないって……。一体どういうことですか！」

そして、真剣な眼差しで崇を見つめる。

でも、それは奈々も同じ気持ちだ。

崇徳院、菅原道真、そして平将門は、日本三大怨霊ではなかったのか。

「どういう意味？」

「そのままの意味だよ」崇は涼しい顔で答える。

「将門は、ちっとも怨霊じゃない」

「どうしてまた、いきなりそんなことを……」

「今日一日、ずっと見て来たじゃないか」

「い、いいえ、史蹟は色々と見て来ましたけれどもね。でも、ちょっと……」

奈々たちは、再び顔を見合わせる。沙織の言葉ではないけれど、奈々も崇の言っている意味が分からない。

二人が言葉を失っていると、コーヒーを一息に飲み干して、崇が元気良く提案した。

「それよりも、ここから少し寄り道してみないか。最後にちょっと確かめたいことがある」

「寄り道って？」

キョトンとして尋ねる沙織を見て、崇は楽しそうに答えた。

「成田山だ」

「なっ、成田山？」

「ああ。成田山新勝寺《めおと》」

「お前と夫婦に成田山、早く新勝寺を持ってみたい

——の、成田山？」

意味不明な驚き方をする沙織を見て、崇は真面目な表情を崩さずに言う。

「そうだ。真言宗智山派の別格大本山だ。ちなみに関東の三大本山として、他に川崎大師、高尾山薬王院がある」

「錚々《そうそう》たるメンバーだ」

「成田山は、通称成田不動とも呼ばれていて、天慶三年（九四〇）に、京都遍照寺の寛朝が神護寺《じんごじ》護摩堂の本尊である不動明王像を奉じて下総に下向し、そこで将門調伏の祈禱を行ったのが、新勝寺の始まりといわれている。その後は——」

「い、いえ、それは良いんですけれど。でも、千葉県でしょう？」

「そんなに大騒ぎすることもないだろう。ここから我孫子《あびこ》まで出て、そこから成田線で一本だ。乗ってしまえば、わずか四十五分で到着する」

「でも成田山は、将門公調伏の大本山でしょう！遂に敵の本陣に乗り込むってわけですね」

「まあ、そんなところだ」と崇は何故か楽しそうに笑った。「どうだい？」

「ここまで色々と聞いたら、ちょっと恐い気がするけれど……」沙織は奈々を覗き込む。「でも、私は良いですけれど……」

決断を振られても、奈々だってどうしようもない。崇が行こうというのならば、どこへだって——。

そんな顔色を素早く読んだのか、

「姉もOKのようですので……早速参りましょう」

沙織は神妙な顔で頷いた。

《繋ぎ馬》

清滝権現堂の脇から下りて行くと、すぐ右手に梅林が見えた。その先には藤棚もある。そして左手を見上げれば、やけに立派な平和大塔の威容が目に入ってきた。

この成田山公園は、昭和三年（一九二八）に完成したという。しかもここにきて、来年から改修工事に入るらしい。平成十年（一九九八）が、成田山開基千六十年に当たり、それに向けての記念事業ということだった。そのために、すでに園内所々にロープなどが張られ始めている。

この公園には、文殊《もんじゅ》・龍樹・龍智という三つの池があるのだけれど、それらを全て池底から改修するという。そして梅や桜や躑躅《つつじ》や藤や紅葉や銀杏《いちょう》や小楢などと、一年を通して木々や草花を観賞できる大庭園になるという。

確かに大塔の下の噴水公園などよりは、そちらの方が美しいと思うし、心地よい散歩コースにもなるだろう。茶室や浮御堂などもあるというから、野点《のだて》なども開いたら、なかなか趣がありそうだ。

といっても、すぐに梅祭りだ桜祭りだ紅葉だ、と観光客が押し寄せることになるのだろう。そして大騒ぎをする。どうして彼らは、桜や紅葉だと大はしゃぎするのだろうか。これも私には理解しがたい部分だった。桜や紅葉が好きならば、一人で静かに見に行けばいいではないか。そして大騒ぎするのが好きならばカラオケでもいいし、外で騒ぎたいのならば河原で遊んでいれば良い。何故、桜や紅葉なのだろう？　桜は春の訪れを教えてくれる――といったところで、桜が満開になる頃には、もう春も終盤だろう。何も嬉しくない。

　というよりも、それ以前に私は、それほど春が好きではない。むしろ逆で、気候の変わり目には、しばしば憂鬱になる。だから世間の人たちが、春だ春だと浮かれている、その気持ちが理解できない。

　それに比べれば、まだ秋の紅葉は良い。但しこちらに住んでいると、美しい景色を見るためには、気が遠くなるほどの人混みや渋滞を通り抜けて行かなくてはならないから、もうずっと見に行ってはいない。以前の薬局でも何回か誘われたことがあったけれど、全て断った。

　那智に暮らしていた頃は、自然がすぐ手の届く場所にあった。もちろんその分、脅威も危険も恐怖もあった。自然と共存など絶対に無理だと思わされるような経験もした。だから、そういう畏怖《いふ》を抱いてもいないのに桜や紅葉を愛でて、何の本質が分かるのだろうと思う……。

　私は適当なベンチを見つけた。

　そこはちょうど木蔭になっていて、渡る風も爽やかだった。腰を下ろしておにぎりを食べて、少し休憩しよう。そしてその後で、平和大塔——は、外から見物して——と、成田山霊光館に寄ってみようと計画を練った。

　霊光館というのは、成田山の博物館だという。私は別に、この寺の歴史や書画骨董などに興味はなかったけれど、折角なので最後に寄ってみようかと思っていた。

　私はハンカチを取り出してベンチを軽く払うと、そこに腰を下ろした。そして、ふうっと一息つくとお茶を一口飲み、おにぎりを取り出した。

まるで一幅の絵画を見ているようだ。できることならば、いつまでもそこに座って、おにぎりを食べていて欲しかった。

彼女はこれからどこに行くのだろう。平和大塔に登るのだろうか。そうなると、ちょっと後を付けにくい。うまく団体でもいてくれれば助かるのだけれど、空《す》いていると尾行がすぐにばれてしまう。

いや、そうしたら仕方ない。そこで偶然に出会ったように挨拶をするか。だがそうなると、挨拶をして、運が良ければお茶をして……しかし、それで終わりだ。いや、それならばいっそのこと、人気のない場所で抱きついてしまおうか。いやいや、折角なのだからやはりマンションまで何とかして後をつけて行って……。

安岡は、様々な考えを巡らせた。そして、それもまた楽しかった。

＊

安岡は、そんな神山禮子の様子をじっと眺めていた。もうお昼過ぎだからお腹も空いてしまったけれど、まさかどこかに食べに行くわけにもいかない。

ペットボトルのウーロン茶は買ったけれど、食事を購入するのを忘れた。というよりも、そんな暇はなかった。この広大な敷地の中で、彼女の姿を一度見失ってしまったら、もう二度と巡り会えないような気がしていたから、ずっと彼女だけを見つめてその後を追ってきた。決して気づかれないように。

安岡は木立の間から、ベンチに座っておにぎりを食べている神山禮子を見た。ときおり吹き抜けて行く涼しい風が、彼女の長い黒髪を揺らす。綺麗に切り揃えられた前髪が、はらはらと流れるように日に輝いた。そして、いつも俯きがちな大きな瞳と、ちょっと薄いけれど可愛らしい唇。

＊

平和大塔は昭和五十九年（一九八四）、弘法大師千百五十年遠忌《おんき》を記念して建てられた――と案内板にあった。その外観は二重塔のようで、しかし内部は五層になっているらしい。しかもその高さは、五十八メートルを超えるというのだから圧巻だ。

内部には明王像や、菩薩像、納経、そして如来像などがずらりと安置されているという。また一階には大規模な砂曼荼羅が、地下には成田山開基千五百年に開封されるというタイムカプセルがあるらしい。ということは、その年は西暦二四四〇年だから、まあ、私には全く関係のない話だ。

私は案内板だけ立ち読みすると、そのまま成田山霊光館へと向かった。一階建ての、それほど大きくはない歴史博物館だ。

入口で三百円を払って中に入る。

どこの博物館もそうであるように、常設展示室と特別展示室に分かれていたけれど、今日は特別展示は何もないようだった。

常設展では、成田山の創建、興隆、そして成田詣と門前町の資料などが展示されていた。大正期の門前通りの写真まであった。

それに市川団十郎代々における、成田山信仰の様子などが展示されていた。成田山が一躍有名になったのは、やはりこの初代団十郎の功績が大きいらしい。彼は成田山に願を掛けて、精進潔斎《しょうじんけっさい》して舞台を務め、不動明王に跡継ぎの誕生を祈願した。その結果として、見事、二代目団十郎が誕生したのだという。そのために彼は、成田山信仰に積極的に関わった。おかげで、江戸中に成田山の名前が鳴り響いたという。

そういわれれば、二代目団十郎の「不動の見得《みえ》」という演技の話もチラリと耳にしたことがあったが、あの「不動」も「不動明王」から来ているのだろうか。また二代目団十郎の十八番《おはこ》に『不動』という芸があるという。これもやはり「不動明王」を演じるというものらしい。

話が少しずれるけれど、この「十八番」を「おはこ」と呼ぶのは、七代目市川団十郎が、団十郎代々の得意芸である隈取《くまど》りや誇張した演技で鬼神などを演じる「荒事」という歌舞伎芸の一様式の中から、特に十八種を選定した、その「歌舞伎十八種」のことらしい。そしてその大切な台本を、箱に入れて保存したことから「おはこ」――という説が、一般的なようだ。もちろんその他にも、諸説あるらしいけれども。

展示室には、その他にも書画骨董、鎧兜などが飾られていた。また信仰する女性たちの髪の毛で縒《よ》った綱などもあり、それを目にした時は、意味もなく、ぞくっとしてしまった。多くの女性たちの、異様なまでの執念を感じるようだった。

また、数々の大絵馬も展示されている。しかもそれらは、歌川豊国や、歌川国芳や、河鍋暁斎《かわなべきょうさい》らの錚々《そうそう》たる浮世絵師の手になる物だった。

中でも特に私が目を惹かれたのは、一枚のとても大きな奉納絵馬だった。幅は軽く一メートル以上はあるだろう。そしてそこに描かれている絵は、まさに「馬」だった。大きな馬が、二本の綱によって杭に繋がれている図だ

千葉県指定有形民俗文化財

とあった。繋馬というと……確か、平将門の家紋ではなかったか……。良く分からないけれど、どこかでそんな話を聞いたような気がする。

ああ、それでだろうか。暴れていた野馬を、こうやって成田山の力によって杭に繋ぎましたということを表しているのか。あなた方に、屈服しましたという証拠なのだろうか。

しかし、わざわざそんな物を奉納などする――さ

せるものなのだろうか。

やはり、良く分からなかった。またしても苛々の種が増えてしまった。

私は諦めて、そのまま出口に向かう。

するとその時、展示棚のガラスに人影が映った。

何気なく見れば、間違いなく安岡さんだった。やはりそうだ。彼もここにやって来ていたのか。

しかし、それでも私は、彼に声を掛けるつもりは毛頭なかった。チラリと見た感じでは、向こうも私の視線に気付いていない様子だったし——というよりも、全く別の方角を向いていたし——却《かえ》って挨拶などしてしまうと、お互いに煩《わずら》わしいだろう。

特に私は、もう見物すべき場所は、予定通りにまわってしまったから、後は家路につくだけだ。そこでまた、プライヴェートな話や、まして仕事の話などはしたくない。なので、わざと無視することにした。明日、薬局に行って、彼から成田山の話でも出たら、ああ、私も行っていました、くらい告げても良いし、そのまま聞き流してしまっても良い。

そう思って私は、霊光館の外に出た。

まだ、午後三時前だったけれど、どこにも寄らずに、このまま家に帰ることにした。でも、平和大塔や光明堂の前は混んでいたので、もう一度公園を横切って行こうと決めた。余り遠回りするのは嫌だったけれど、人気《ひとけ》のない静かな道を通りたかった。きっと、大本堂の裏手辺りに抜けられるのではないかと勝手に思って、私は成田山公園へと坂を下って行った。

《神座《かみくら》への渡御《とぎょ》》

成田駅に到着すると、奈々たちは新勝寺までの道程を歩き始めた。成田山近道という看板もあったけれど、三人は日曜昼下がりの参拝客で賑やかな表参道を、ゆっくりと歩いて行くことにした。

成田線の中ではすっかり口を閉ざしてしまってい
た崇に、恐る恐る沙織が問いかけた。

「あの……タタルさん。さっき、おっしゃっていた話なんですけれど」

「ん？」

「将門公が、本当は怨霊じゃない――って」

ああ、と崇は頷いた。

「その通りだよ。じゃあ、そんな話でもしながら歩いて行くか」

「はい。ぜひ」

奈々も横からお願いする。いくら崇の言葉でも、今回だけは信じられない。あの大怨霊の将門が、実は怨霊じゃなかったなんて……。

奈々を真ん中にして歩きながら、崇は言う。

「まず、今日見てきた通り、彼の祀られ方だ」

「祀られ方？」

「一目瞭然なのが、國王神社だった。思い出してごらん、あの参道を。入口の鳥居から、見事に一直線に本殿まで伸びていた。木々の作る綺麗な緑のトンネルの向こうに、本殿正面が見えていた。しかも、本殿の扉は開かれている。つまりあれは、将門の霊がいつでも自由に出入りできますということを表している」

「そう言われれば……」

「参道の折れ曲がっている神社が、全て怨霊を祀ってあるというわけじゃないけれど、その逆はほぼ間違いないと思って良い。近年改修されていない古い神社では、怨霊が逃げ出せないようにきちんと参道が折れ曲がっている。だから、もしも将門が大怨霊ならば、本殿の扉はきちんと閉じられ、しかも参道を一直線に抜けて行かれないようにしただろう。同様のことが、延命院にも言える」

「将門公の胴塚……」

「そうだ。あの塚を抱いていたのは、大きなカヤの木だけだった。それも、霊を封じ込めるためというわけではなく、むしろ逆で、風雨から塚を守っているように感じられただろう。そして周りは野原。将門の霊は、辺りを自由に駆け回ることができる。実際に、怨霊と呼ばれている人々の墓や史蹟や寺社に行ってみれば分かるように、とても今日見てきたような緩やかな環境になど置かれていない。完全に立ち入り禁止か、逆に霊を一歩も外に出さないような結界が張り巡らされている」

「禁足地——ですね。伊弉諾神宮のような……」

「その通りだ。出雲大社しかり、八坂神社しかり、伊勢神宮しかり、熱田神宮しかり」

「ちょ、ちょっと待って下さい、タタルさん」沙織が手を挙げた。「伊勢神宮と熱田神宮も、怨霊？」

「そうだよ。そうとしか考えられない造りになっている。しかし、それについての詳しい話は、また今度にしよう。今日は、将門だ」

「はい……」

「大手町の首塚もそうだったろう。ただ塚が建っているだけで、霊を封じ込めるべきシステムが何もなかったじゃないか。それほどまでに恐ろしい怨霊ならば、間違って飛び出したりしないように、何重にも縛り付けられていてもおかしくはないだろう。それなのに、見張り一人いなかった」

「ああ——」奈々は頷く。「他の寺社のように、入口に大黒天や弁財天がいない」

「でも！」沙織が叫ぶ。「神田明神には、大黒天がいましたよ——って……あれは新しいのか……」

「そういうことだ」

「それでも実際に、塚の周りで祟りが起こったじゃないですか。大蔵省の人たちに」

「じゃあ、まずその頃の時代背景からいこう。例の明治五年（一八七二）の話だ。前にも言ったように『教部省』が、神田神社に対して、強硬に将門の祭神廃止を求めてきた話だ。そして、『神器を覬覦《きゆ》する者は、天地を窮め古今に亘り、賊臣平将門一人のみ』などという、完全に言いがかりとも思える意見を吐いた。しかしこれも、明治政府としては当然の考えだったんだ」

「どうしてですか？　将門公が嫌いだったの？」

冗談っぽく言う沙織を見て、崇は真顔で頷いた。

「その通りだよ」

「えっ？」

「いいか。将門は遠い昔、菅原道真の生まれ変わりだの、その位記に天神が連署したのといわれて、朝廷と戦った。道真は知っての通り、自分を罠に嵌《は》めた藤原氏に対して強烈に祟った。それを味方に付けて朝廷と戦うということは、将門は完全に藤原氏の敵という位置づけになる。それを、江戸時代になって徳川家康——実際は、黒衣の宰相・南光坊天海だと思う——が持ち出した。将門の名前を、天皇家つまり朝廷と戦うための旗印にしたんだ」

「そういえば」奈々は頷く。「徳川幕府は、当時の朝廷と激しい争いを繰り広げていたって、以前におっしゃってましたね。東照宮へ行った時」

「そうだ。目に見える戦いだけではなく、ありとあらゆる呪術を駆使してね。さて——。そうなると、今度は徳川幕府を打ち破った尊皇攘夷の官軍、つまり明治政府はどう思ったか。当然、徳川幕府が旗印にしていた、平将門が邪魔になった。万が一、江戸の人々が将門の霊のもとに集結するようなことがあれば、とても面倒だからね。つまり——」崇はメモ帳を取り出して、書き付けた。「こういう図式だ」

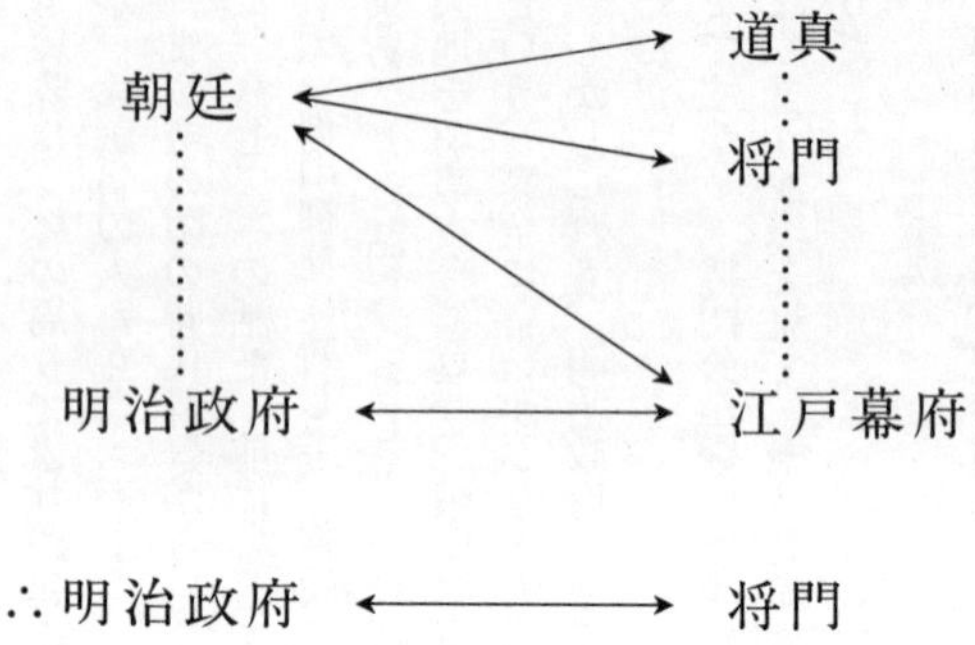

「非常に分かりやすいだろう。そしてなかなか将門祭神《さいじん》を取りやめない神田明神に対して、明治政府が取った手段が、明治七年（一八七四）の——」

「明治天皇御親拝！」

「そう。靖國神社——当時の東京招魂社に続いて、九月十九日の御親拝だ。板橋で行われた大演習親閲の後、突如行幸《ぎょうこう》されることになった。そこでさすがの神田明神も、懼《おそ》れ畏《かしこ》まってしまい、将門の霊を別殿に遷《うつ》すしかなくなったということだ。これもまた、政治的な駆け引きだ」

「そういうことか……」

「これだけを見ても、将門が大怨霊などではないと思えるだろう。道真と比べてみても、余りに扱いがぞんざいすぎる。当時からそれほどまでに恐ろしい怨霊と認識されていたら、誰が遷座などできるものか。むしろ逆だ。道真のように霊位を上げる——祀り上げるか、もっと固く封じ込めただろう」

「確かに……」

その通りだ。

大怨霊に向かって、そんな簡単に、あちらへどうぞ、こちらへ遷って下さいなどとお願いできるわけもない。その時点で祟りが発生する。

奈々は、思い当たった。

逆に考えればつまり、そんな理由で遷座をお願いできるほど、将門は心が広い人物だと思われていたのではないか。まさに大親分の風格で、人々が困っているのならば仕方ないな——と言ってくれる。そんな感触を持っていたのではないだろうか。実際のところは想像するしかないにしても。

「そして実際に、道真とはとても大きな違いがある。大怨霊になるための条件が、一つ足りないんだ」

「それは?」

「道真は、自分の子供たちもことごとく流されてしまった。長男は土佐へ、次男は駿河へ、三男は飛驒へ、四男は播磨へ。つまり、自分の霊を祀ってくれるべき子孫が、悉く流されてしまったんだ。道真の死後、しばらくしてから飛驒に流された三男が赦免された。これが常陸国府に赴任した兼茂《かねしげ》だ。そして彼は怨霊となった道真を祀るべく、天満宮などを建立している——というよりも、朝廷がそうさせた可能性が高いだろうな。しかし将門の場合は、そんなことはなかった。子孫が生き延びている」

この話も以前に聞いた。

その亡くなった本人を祀る人々が絶えた時、怨霊はこの世に害をなす。だからこそ朝廷は、自分たちが滅ぼした人間の霊を、必ずその子孫の手によって祀らせた。そのために、寺や神社まで築いたりもした。去年の夏に行った、吉備津《きびつ》神社が良い例だ。吉備津彦命に退治された温羅《うら》の霊を、彼の妻である阿《あ》曾《ぞ》媛《ひめ》に祀らせた。そしてその役割を彼女の子孫が代々受け継ぎ、現在まで延々と千二百年の長きにわたって続けられているのだ。これは、決して温羅を怨霊にはしないという手段だった。

そして当然、将門の霊は――國王神社もそうであったように――子孫の手によって祀られていた。

実際に見てきたではないか！

奈々は心の中で舌打ちした。不覚。

じゃあ――と、沙織が尋ねる。

「どうして将門公は怨霊だなんてことにされちゃったんですか」

「きっと、そうしたい人々が大勢いたんじゃないかな。将門が怨霊である方が、都合の良い輩《やから》が」

「それでも、何か理由があるから怨霊譚《たん》が生まれるわけでしょう。火のないところに煙は立たない」

「もちろん、数々の理由があっただろう。しかしそれらは、どれも取るに足らない物ばかりだ」

「でも！」奈々は尋ねる。「たとえそうだとしても、大きな問題がありますよ！」

「それは何、お姉ちゃん」

「昭和の初めに、大蔵省で起こったこと」

「そうそう！」沙織はポンと手を叩く。「そうですよ、タタルさん。あの祟りは本当に起こったことでしょう。というよりもそこで、将門公大怨霊説が確定したんだから」

「その通り」と崇は首肯した。「そして、それが実に問題なんだ」

「え」

「この話に関しては、俺の手元には物的証拠は何もない。だから、ただの推測として聞いて欲しいんだが、俺は大蔵省の事件は祟りではなかったと思っている。そしておそらくは、事故でもない」

「はあ？」

沙織は、素っ頓狂な声を上げて崇を、そして奈々を見た。

しかし、奈々も同じ気持ちだ。だって、将門怨霊伝説は、全てそこから端を発していたのではなかったか。どんな本を見ても、そう書いてある。それをいきなり否定する。かといって、事故ではないと言う。崇は何を言いたいのだろう……。

「この事件は、大正十五年九月十三日に時の大蔵大臣・早速整爾《はやみせいじ》の死から始まっていくんだけれど、実は早速は、結局死因が分からなかったんだ」

「死因が？　病気じゃなかったんですか」

「その具体的な病名が分からなかった。以前に俺も気になったことがあって、当時の新聞をずいぶん調べてみたんだが、結局分からなかった。確かに現在ほど医学が発達していなかったから、そんな不思議なこともあるかも知れないけれど、しかし、時の大蔵大臣の死因が最後まで『不明』というのも変な話じゃないか」

「だから、祟りじゃないかという噂が広まったんでしょう」

「そうだな」崇は意味ありげに笑った。「しかし、続いて昭和二年五月二十四日、今度は大蔵省管財局課長の矢橋賢吉《やはしけんきち》が亡くなった。こちらは死因が判明している。脳内出血だ。そして、その他にも何人か亡くなったり怪我をしたりした」

「やっぱり恐いですよ」沙織が眉を寄せる。「だって、その人たちはみんな大蔵省関係者だったんでしょう。将門塚の側に建っていた」

「確かにね。しかし、こうやって調べていた時に、この早速整爾と矢橋賢吉の二人には、また違う共通点があることに気づいたんだ」

「それは？」

「二人とも、国会議事堂の設計に携わっていたということだ」

「国会議事堂って——」

「千代田区永田町一丁目にある、我が国の国会の議事を行うために建設された建物だ」

「そ、それは知ってますけれど——」

「実は、この国会議事堂には、一般国民に知らされていない謎や秘密がとても多い。設計者、施行者共に不詳、というだけでも怪しすぎるんだが、現在もほんの数人しか知らないような通路や部屋があるという。しかも、地下鉄の国会議事堂前駅は、最初から核シェルターとして設計されているという説もある。だから、その構造自体が極秘事項になっているんだ」

「ああ、それは聞いたことがあります。半蔵門駅なんかもそうじゃないかって。不必要に深かったり、変な空間があったりして」

「地下鉄の路線図なども、地図によって微妙に異なっているらしい。というのも、あの辺りには陸軍の機密地下道が通っていたというからね。慶応大学日吉校舎の地下にある軍事基地跡は有名だけれど、おそらくそれよりも大規模な施設があったと想像されている。なにしろ、皇居のすぐ側なんだからな。そのために、地下鉄などは事実を公表していないといわれている」

「地下道があったんじゃないかっていう話も、聞いたことがあります」

「可能性は、大いにあるね。少なくとも『何か』があった。実際に戦後は、GHQ——我が国を占領した連合国軍総司令部の接収地となって、一般人は立ち入り禁止となった。その事実が、そこに何か重要な施設が隠されていたことを証明している。そしてこれは、大手町一丁目も同様だった」

「大手町一丁目って！」

そうだ、と崇は頷く。

「将門塚のある場所だ」

「あっ……」

「やはり、あの近辺も軍事上の重要拠点とされていたわけだ。だから、古墳があるために掘削ができないというのも、全部は嘘ではないとしても、半分程度しか信用できない」

「…………」

「そして、将門塚と国会議事堂の両方の場所に関わっていた、しかもかなり重要な位置にいた二人が、ほぼ時を同じくして亡くなっているというわけだ」

「昭和の初めに……」

「いや、もっと具体的に言おう。国会議事堂の上棟式の前後に——だ」

国会議事堂の——？

ということは、議事堂設計に関して何かが？

しかし、ちょっとそれは、いくらなんでも……。

「偶然だと思うかな？」

「で、でも、もしも偶然じゃないとしたら？」

「単純なことだ。そこに何らかの人為的な力が働いていたということだ」

「でも……その後、塚を壊そうとした人が、ブルドーザーから落ちたというのは、事実でしょう」

「事故らしき出来事は、本当にあったのかも知れない。しかし果たして、そんなたった一回の事故で、あのGHQが開発の手を止めるだろうか。その運転手が事故に遭ったからといって、ストライキや暴動が起こったわけじゃないんだよ。ただ、町会長が訴えたというだけだ。当時、天皇陛下よりも大きな権力を与えられていたGHQが、町会長の訴えなど聞くと思うか？　力関係を考えても、絶対にあり得ない。ということは、他に何らかの表に出てこない事情があったということだろう」

「そう言われれば……」

「しかし——」崇は自嘲した。「最初に言ったように、その理由は推測の域を出ない。それが残念だけれどもね。但し、彼らの死因が将門の祟りではないということならば、簡単に証明できる」

「え？　それは？」

「単純な話だ。ピラミッドだよ。ファラオだ」

崇は謎のように微笑んだ。

の頃が素敵だ。

しかし、もうこの時期になってしまうと、春はだらしなくその顔を開いている。余り好きではない。

ホルモンのバランスが微妙に狂うし、その影響もあって、変な人たちも現れる。気分が浮ついてしまうのか、それとも木々の芽吹きが、人間の意識に何らかの作用を及ぼすのか。

どちらにしても、好ましくはない。

禮子は、ちょっと立ち止まる。

もう少し公園を歩いてみようか。珍しいことだけれど、今日は何となくそんな気分だった。これも、春のせいなのだろうか。

でも、できるだけ人気の少ない方向へ。

そんなことを思って、禮子は池に向かった。

*

神山禮子は成田山公園へと下って行った。

左手は梅林だ。もう少し早ければ、梅を見ることができたのに。少し残念だった。こんな近くに住んでいるのに、今まで一度も来たことがなかった。

禮子はどちらかと言えば、桜よりも梅の方が好きだ。本当に春の訪れを知りたいのならば、やはり桜よりも梅の花だろう。

まだピンと張りつめたように冷たい風の中を、ほんの微かに香ってくる梅の香り。それが、春だ。

いや、もっと言ってしまえばそれ以前。藤原家隆《ふじわらのいえたか》の歌、

花をのみ待つらむ人に山里の
雪間の草の春を見せばや

そうなると、今度はまた複雑な気分だった。

もちろん気づかれては困るのだけれど、ここまで目にも留めてもらえないと、ちょっと淋しい。

いや、もしかしたら本当は気がついていて、自分を誘っているのかも知れない。季節は春だし、心が弾んで、ちょっとそんな気分になっているという可能性だってある。

自分もこんなにウキウキしているのだ。禮子だって、もしかしたら同じかも知れない。誰でもそうなるはずだ、こんな春の日には。それが自然の摂理というものだ。

＊

安岡は静かに後を付ける。

幸い人が少なくなってきた。禮子本人に見つかる危険性は少し増したけれど、目撃者の数も減ったわけだ。

目撃者?

いやいや、別に自分は禮子を襲おうとしているわけではない。ただ、その後を付けているだけだ。まだ何一つ悪いことはしていない。

でも、木々の蔭を利用して、もう少し近付いてみよう。さっきのように、髪の匂いをかげるまでは無理だろうけれど、でも、できるだけ近くまで。今だけが、そのチャンスなのだ。

安岡の胸は高鳴った。

しかし……。

彼女は、本当に自分に気がついていないようだ。

＊

「ファラオの呪い？」沙織が首を傾《かし》げた。「それって、ツタンカーメン王の墓で起こった、怪奇現象のことでしょう」

そうだ、と崇は沙織を見て頷いた。

「もしもそんな呪いがあったとして、ではその呪いは一体誰に降りかかるといわれているか、沙織くんは知っているか？」

「言うまでもなく、墓を暴いた人でしょうが。でも、あれはフィクションだっていう話ですよ。亡くなった人の殆どが、寿命だったたって。まあ当然といえば当然だけれど」

「まさにそういうことだな」崇は微笑む。「昨日、大手町の将門塚は大正十二年に、一度発掘されていると言っただろう」

「ええ、確かに」

「もしも、その頃から大怨霊だの祟りだのといわれていたら、そんな場所には誰も手を付けやしなかっただろうけれど、今それは良いとして――。その時に、塚を発掘したのは、大熊喜邦《おおくまよしくに》という工学博士だった。建築関係でもかなり有名な人物なんだけれど、ではその発掘に直接携わった大熊博士はどうなったのかというと、何と昭和二十七年（一九五二）まで生きて、七十五歳という長命で亡くなられているんだ。もしも本当に、将門塚の呪いや祟りがあるのならば、申し訳ないけれど大熊博士にこそ降りかかっていたんじゃないかな。塚に直接手を下した張本人にこそ祟るはずだろう」

あっ――。

「なるほど……。確かにそうですね。こりゃ、おかしいわ」

おそらく、と崇は顔をしかめた。

「この件に関しては、我々の窺い知ることのできないような、昭和の闇があるんじゃないかな。それを全て将門のせいにして、覆い隠してしまおうと考えた輩がいるんじゃないか。そんな気がしている」

「でも……。そうなっちゃうとまた、別の意味で恐すぎる……」

「昔から、怨霊よりも生きている人間の方が恐ろしいと相場は決まってる」

崇はそんなことを言うけれど——。

だが、もしも今の話が本当ならば、洒落にも何もならないではないか……。

全てを将門の怨霊のせいにして、何かを覆い隠してしまおうとした人間がいる……？

しかも昭和の時代に。

奈々は身震いした。

一体そこで何が行われていたのか。我々の与《あずか》り知らぬ場所で、国家権力という大きな暴威は何を行ったのか。きっとそれは、奈々の想像を超えた世界の話なのだろう。

しかし……この時代にも平安の昔と変わらないような事件が起こっていたのだろうか。さすがにそれは、すぐには信じられなかった。遠い昔の話ならばともかく、わずか数十年前の話ではないか。

でも、崇が以前に言ったように「延々と本歌取りをしながら生きている」我々は、そんなに大きく変わりはしないのか。

そんなことを思う奈々の横で、

「それに」崇は続ける。「今まで見てきたように、どう考えても将門は、他人——一般の人々に祟るような男に思えないんだ」

「そうですね……。純朴で一本気な大親分」

「だからこそ、常陸国の人々は未だに将門を慕《した》っているわけだからな」

奈々もそう思った。

少なくとも茨城の人たちは、将門を怨霊扱いしていない。もちろん、祀り上げて「御霊」にしているということもあるにしても、それでも東京での将門の処遇とは、少し違うような気がした。

「『将門記』などでは、作者はある程度、将門を悪人に仕立て上げようとしている。というよりも『将門記』の成立は、天慶三年六月だ。将門の首が都にさらされて、わずか一ヵ月で書き上げられている。この事実だけでも、何か裏がありそうだし、また筆者は東国在住の僧侶といわれているが、これも怪しい話だ。ただ、どちらにしても、朝廷——時の権力者に命じられてできあがった戦記だということだけは、間違いないだろう。そして、そういう将門に対して一方的に悪事を働いたり、後ろ暗いことをしたりした人間たちが、将門の霊を恐れているというだけのことじゃないか」

「だから……國王神社などは、将門の霊を縛ろうともしていなかったんですか」奈々は大きく頷く。一つ謎が解けた。「なぜならば、地元の人たちは、将門は自分たちには決して祟らないということを確信していたから」

「そういうことだ。その相手に対してあくどいことや卑怯な振る舞いをした人間だけが、怨念を恐れるわけだからね。そしてその人々は、一般の我々に向かって『将門は、大変な怨霊だぞ』と脅して、皆で祀らせる。いや、祀らせるだけじゃない。封じ込めてしまおうとしているわけだ」

「姑息な奴らだ！」

「だが、少なくとも将門は、我々には祟らないはずだ。祟るとしても、相手が違う」

「確かにそうだ」

「でも基本的に」と祟は微笑んだ。「将門は、決して怨霊などになっていないよ。それに、万が一なってしまっていたとしても『怨霊』ではなくて『御霊』だろう。タタラの人々が多くなっているように、きちんと祀られている霊のね」

「ということは、もう私たちには祟らない」

「もちろん」

「そう言われれば……」沙織はコクリと頷いた。「同じ時期に暴れて、やはり同じ時期に敗れて殺されちゃった藤原純友なんかも、怨霊になっていないものね。条件は殆ど一緒でしょう」

「そうだな。純友など、墓すらきちんとあるかどうかも分からないくらいだ」

しかし――。

あの将門が、怨霊ではないとは。

祟にそう言われてしまえば、そして、今まで見てきた史蹟を先入観なしに検討してみれば、そんな気もする――。

首塚の周りで起こるという怪奇現象は、最初から信用できなかったし、もしもあるとすれば磁場の関係だろうと確信してはいた。もしくは、最初からその場所で何か異変が起こるはずだと思い込んだことによって、勝手に自分の体が反応してしまったとかの、神霊スポットで良くあるパターンだ。

しかしそうであれば、そんな現象を全て将門のせいにしてしまうのは失礼なことではないか。一方的に怨霊だの祟りだのと決めつけて、恐がりながらも面白おかしく騒いで。

それこそ罰が当たる話だ。

でも――。

となると、自分たちを振り返って奈々たちは、今まで一体何を恐れていたのだろうか。まさに万犬《ばんけん》が虚《きょ》に吠えていたということなのか。

しかも、将門は歴史に残る立派な人物だった。本来ならば、偉人として称えられていたはずだ。それがいつしか怨霊と呼ばれ、近寄りがたい存在にされてしまった。

いや、我々が勝手に怯えているためにその墓さえも、心霊スポットなどという単なる興味本位の場となっている。

怨霊は、それを恐れる人にこそ祟るのだとするならば、今自分たちがやっていることは全く逆だ。本末転倒なのではないか。

奈々は本心からそう思った。

緩やかな坂を登って行く三人の前に、やがて成田山の山門が姿を現した。

「でも――」沙織が尋ねた。「この成田山は、将門を調伏したんでしょう。悪人として。そしてそれ以来、ずっと封じ込めようとしているんじゃないんですか？」

「俺も、ずっとそう思っていた」

「……ということは？」

「全くそんなことはなかったということに、さっき気がついたんだ」

「ええっ！」沙織は崇の前に立ちはだかった。「ちょっと待って下さいよ。それが理由で生粋の江戸っ子は、成田山にお参りしないって。余りにも有名な話でしょうが！」

「有名であることと真実であることとは、必ずしも一致するとは限らないさ」

「そんなことを言ったって――」

「まあ取り敢えず参拝しよう」

崇は山門をくぐった。

*

禮子は先ほどとは違うベンチで一休みする。池の上を渡ってくる風が、涼やかだった。

ペットボトルのお茶を一口飲む。

ここまでやって来ると、成田山の喧噪が嘘のように静かだ。鳥の鳴き声も聞こえてくる。

辺りは中年のカップルが一組、ゆっくりと散歩しているだけだった。禮子はその後ろ姿をゆっくりと見送った。これからお参りに行くのだろうか。それとも、もうお参りを済ませた後で、家路につくのだろうか。仲の良さそうなカップルだ。

禮子は再び池の表に目を移した。木漏れ日が、きらきらと表面に反射している。

本当に平和な午後だ。

久しぶりに心が穏やかになるような気がした。

禮子は生まれた場所が熊野那智だったために、幼い頃から両親に連れられて那智大社などに参拝していた。そして、那智の勇壮な滝を眺め、冷たい飛沫《ひまつ》を浴びて育った。

水という物質は、確実に一種の信仰心を生み出すかも知れない。人間にとって、生き物にとって、絶対的に必要なものであり、かといって、過剰な中では生きることのできないもの。考えてみれば、不思議な物質だ。いつもいつも欲しているのに、大量に与えられると窒息死してしまう……。

愛情に似ているのかも知れない。

つまらない連想だと思ったけれど、何となくそんな感じがした。

かに見えるけれど、実はとっても気が強そうでもある。そして、一体何を考えているのか自分には良く分からない。

だから、友人は少なそうだ。それだけは一目見て分かる。実際に——と言っても、まだ数回だけれど——薬局内でも、親しそうに話している様子を見たことがなかったし、こうやって日曜日だというのに、一人でふらふらと成田山まで来るし。

少なくとも、カレシはいないだろう。

もしかして、性格がとっても悪いのだろうか。でも、そんな女性も好きだ。何でも言うことを聞く女性よりも、少しくらい反発する方が……。

そんなことを考えると、安岡はなぜか全身が熱くなってきた。

＊

危うく中年のカップルに見つかりそうになってしまった。いや、別に何も悪事を働いていないので、見つかったところで構わないのだけれど、何となく気が引ける。

安岡は彼らをやりすごすと、苛々と禮子を見た。

もう早くマンションに帰らないか。お腹が空いてきた。参道まで戻れば、そこで買い食いもできる。来る時に、一本丸かじり用の胡瓜《きゅうり》を売っていたし、露天でフランクフルトも売っていた。それを食べながら後を付けようか。とにかく、早く家に帰れ。

しかし、禮子はのんびりと池などを眺めているではないか。本当に苛つく。

自分の存在を知っていて、からかっているのだろうか。もしもそうだったら、絶対に許さない。

確かにあの女は、一見ちょっと暗そうでおしとや

＊

「当時は日本国中、あらゆる寺社が将門調伏を行っていた」崇は山門脇の弁財天堂の参拝を終えると、奈々たちを振り向いて言った。「それは決して、成田山だけではなくね」

「何となく想像はつきます……」

「実際にこんな話が残されている――。

『醍醐寺縁起』によれば、延喜の帝《みかど》、つまり醍醐天皇の御願によって造られた五大堂の本尊の所持する御劔《みつるぎ》が、将門滅亡の時にじっとりと血を滲《にじ》ませたという――。また『八幡宇佐宮御託宣集』に記されている伝えでは、八幡大菩薩が七十歳ばかりの白髪の老翁の姿で現れ、丘の上から、白木の弓に籐巻きの狩俣の矢をつがえて呪文とともに射放ち、将門の額に当ててこれを殺したという。また同様な伝承は、伊勢神宮にもあって、将門が討たれる前日の夜半に、二見浦《ふたみがうら》の里人たちが、甲冑を帯び白雲に乗って東を馳せ行く神兵の姿を幻に見たといい、その後、まもなく将門滅亡の報がもたらされたと言い伝えられている。あるいは住吉大明神が神託を下して将門をほろぼしたともいい、また、奈良の東大寺の羂索《けんさく》院三昧堂《いんざんまいどう》にある等身の金剛神像は、蜂となって将門の軍中に飛来しこれを刺し殺したが、その際、将門に片羽を切られ、ためにその衣が破損されたままになったともいう」

「でも、本当にそんな色々な寺社で、奇瑞が――」

「あった、ということにしたんだろうな。うちの寺社では、これほどの貢献をしたという意味でね。実際にそれ以前に朝廷は、全国の諸神の位を一段階上げるという、これもまた前代未聞の措置を取った。そのため延暦寺などは、すぐさまその呼びかけに応じて調伏の修法を大々的に行ったという」

「……何とも言えない話……」

「その結果――かどうかは別にしても――将門は敗

れた。すると、その褒賞として、伊勢大神、八幡大菩薩、賀茂《かも》御祖《みおや》神、賀茂《かも》別《わけ》雷《いかずち》神、松尾神、大神《おおみわ》神、大和神、石上《いそのかみ》神、住吉神、石清《いわし》水《みず》八幡大菩薩、稲荷神、春日明神などの神々に、新たに神封《しんぷう》＝神戸、つまり神社の私領が与えられたという記録があるほどだ」

「じゃあ」仁王門をくぐりながら、沙織は訴える。

「将門調伏は、別に成田山の特権というわけじゃなかったんじゃないですか。なのに、どうしていつの間に？」

「理由は二つある」崇は指を二本立てた。「一つめは、純粋に宗教的な問題だ。当時成田山は、不動明王の信仰厚かった市川団十郎の肩入れと、江戸での出開帳——秘仏などの公開によって結縁《けちえん》を深めるという行事で、江戸っ子から爆発的な人気を得ていた」

「えっ。話が違うじゃないですか。生粋の江戸っ子は、成田山にお参りしないと——」

「人の噂話などを信じてはダメだ」崇は笑った。

「これは事実だ。江戸っ子は成田山にお参りしない、というのは、実はこの成田山の開帳が大人気を博してから以降のことなんだ」

「どういうことですか……」

「それ以前の話として、江戸での開帳が評判を呼ぶ前は、いくら真言宗智山派別格大本山といっても、現在のような威容《いよう》を誇ってはいなかった。成田山自身も、元禄以降の江戸での開帳のおかげで、これほどまでに大きくなるきっかけを作ることができたと言っても良いだろうな。何しろ、江戸っ子の誰もが成田山参拝に憧れたんだからね」

「え……」

「江戸開帳の時などは、物凄い人数が集まったらしい。開白《かいびやく》——初日から、結願《けちがん》——最終日まで六十日間にもわたって朝護摩、法要、大般若経転読などが修されて、その間にも団十郎の舞台があり、江戸中の女性たちが集まったのではないかといわれているほどだ。そしてついに、元禄十六年（一七〇三）には、深川不動までできてしまった」

「門前仲町の？」

「そうだ。良く知っているな」

「八目鰻《やつめうなぎ》を食べに行ったことがあるから」

「なるほど。とにかく、わざわざ成田山まで出かけずとも、江戸の町で不動尊にお参りしたいということで、分霊を招いて『成田山御旅宿』として、深川不動尊が建立されたんだ。それ程に、成田山は大人気だった。そのために、元々江戸の町にあった寺社が怒りを爆発させた。古くから江戸にある自分たちを差し置いて、下総からやって来たくせに、団十郎などの贔屓《ひいき》によって膨大な数の参拝客を集めている。しかも成田山は、我らが将門公の調伏を大々的に行った寺じゃないかというわけだ」

「でも、調伏はどこの寺社でもやっていたことだって、今おっしゃったじゃないですか」

「成田山は目立ちすぎたということだ。そこでこれに危機感を抱いた江戸の寺社たちと激しい対立が起こった」

「そういうことですか……」奈々は嘆息する。「今の話だと、確かに……将門調伏を行った寺社に江戸っ子はいかないとなったら、彼らは神田明神と天神様以外、どこにも行かれなくなってしまいますよね。お伊勢参りも、鶴岡八幡宮も」

「そうだ。それに成田山に関していえば、その場所が千葉だったからな。将門の地元だ。京都ならばまだしも、お膝元で調伏とは何事だという八つ当たり的な怒りもあったのかも知れないな」

「なるほど……。それでも、結果的に成田山は、将門を裏切ったということは間違いないんですね」

いいや、と崇は首を横に振った。

「俺は、むしろ逆じゃないかと思ってる」

＊

禮子はゆっくりと立ち上がった。そして池を後にした。

もうそろそろ家路につこう。今日は、予想外にゆっくりとできた。もっと混雑しているかとも思ったのだけれど、そして参拝客が多ければ途中で帰ろうかと思ったのだけれど、ずいぶんとゆったりした時間を過ごすことができた。

しかし、もう当分良い。やはり休みの日は、部屋か図書館に籠もっている方が性に合っている。

さて――と。

夕飯の食材でも買って帰ろうか。それとも、出来合いの品物を買ってしまおうか。そんなことを考えた。

ああ……そういえば。

安岡さんはどうしただろうか。霊光館以来、姿を見ていない。というよりも、自分は人気の少ない方を選んで歩いて来たのだ。もう会わないだろうし、その方が気楽だ。

そして禮子は立ち止まった。どうやら靴に、小石が入ってしまったらしい。一旦靴を脱いで、小石を取り出そうとした。

苛々する。

また立ち止まっている。

もうお腹がぺこぺこだ。血糖値が下がっているのが自分でも分かるほどだ。それに、さっきから水ばかり飲んでいるので、お腹も、がぼがぼになってしまった。これも、あの女のせいだ。あいつさえここにいなければ、きちんとお昼を食べられたのに。本当に腹が立ってきた。

禮子は靴を脱いでいる。黒いストッキングが見えた。踵《かかと》の部分が、少し透けていた。

もしかして――。

やはり彼女は、自分を誘っているのだろうか。全て気付いていて、自分が襲ってくるのを待っているのだろうか。

禮子は靴を履き直した。これですっきりした。公園内の立て札を見れば、このまま真っ直ぐに歩いて行くと、ちょうど大本堂の右手に出るらしかった。なかなか良い感じだ。できればそのまま、三重塔の裏側辺りを通って、直接表に出られないか。そうすれば、大本堂の前のあの人だかりに遭遇しなくても済む。

そんなことを思っていると、またしても小石が入ってしまったようだ。ちょっと靴が緩いのだ。

完全に誘っている。

安岡は確信した。もう我慢ができない。

頭に来た。バカにするのもいいかげんにしろ。

お高くとまっているけれど、腕力では絶対にかなわないくせに。

安岡は足早に近付く。

禮子は全く気付いてないようだった。体を大きく前に折って、靴を脱いでいた。無防備な背中とお尻が安岡の目の前にあった。

許さない。

泣いても喚《わめ》いても、もう許さない。

安岡は決意して、一気に禮子に近付いて行った。

もう、手を伸ばせば黒髪に触れられそうだ。

すると、禮子がいきなり振り向いた。

びくんと、一瞬安岡は立ち止まる。

ほんのわずかな時間、けげんそうな顔をしたけれど、すぐに、

「あっ！」と声を上げて、

安岡さん——と叫んだ。

やない。しかし――」

崇は二人を見た。

「それ以降の成田山は、将門を祀っているんじゃないかと思えるんだ」

「まさか！」沙織が叫ぶ。「それじゃ、話が全く逆じゃないですか！」

「さっき奈々くんの言ったように、まさに『印象の捏造』だ。我々は、すっかり騙《だま》されていたのかも知れないね。俺もついさっきまで、そう思っていたんだから」

「どういうことですか？」

「じゃあ、とにかくまわってみよう」

と崇が言ったその時、大本堂の脇あたりで人が騒ぎ始めた。

「どうしたんだろう？」

沙織が覗き込む。そこには既に人垣ができていた。すると沙織が声を上げた。

＊

え……？

成田山は、将門を裏切ってはいない？

奈々はその意味を尋ねようとしたけれど、ちょうど大本堂正面に辿り着いてしまった。そこで三人並んで参拝をする。その後、立派な内陣や、お堂に上がって不動明王の真言を唱えている人々を眺めながら、奈々たちは少し歩いた。

そこで、

「あ、あの……タタルさん？」改めて質問する。「むしろ逆って、どういう意味ですか？」

「当初は当然、成田山も将門調伏を行った。しかしこれは、今言ったようにどこの寺社でも行っていたことだ。それどころか、自分の寺社がどれほど強く調伏したか、どれほどの霊験があったかを、アピールし合っていた。だから別に、成田山だけが特別じ

「あっ。お姉ちゃん！　あの女性！」

あわてて奈々も覗き込む。

「えっ」

人垣の中心にいる女性は、神山《みわやま》禮子ではないか！

以前、同じ薬剤師会に所属していて、一緒に学薬旅行で熊野まで行った。あの黒いロングヘアーと、いつも俯きがちの大きな瞳。ちょっと浅黒い、エキゾティックな顔立ち。

でも……どうして彼女がこの場所に？　確か、まだ和歌山にいるはずではなかったか。

いや、今はそんな問題はどうでも良かった。何かトラブルに巻き込まれているらしい。奈々は、

「タタルさん！」

と崇を呼ぶ。どうしたんだ、と尋ねる崇の袖を思い切り引いた。おかげでつまずいて転びそうになってしまった崇を、さらに引っ張る。そして人垣に向かった。人々の肩越しに覗き込んでみれば、そこには半ば呆然とした面持ちで立ち尽くす禮子と、その隣にはショートカットの陽に焼けた顔の男性が見えた。そしてその男性は、右手でもう一人の男の首根っこを押さえていた。その男は色白で小太りの、しまりのない顔をした男性だった。

「すみませんでした、お騒がせしまして」陽に焼けた男性が、周りの人たちに謝っている。「もう大丈夫です、何もありませんでしたから」

男性が謝るたびに、一人、二人と野次馬が去って行った。奈々は人を掻き分けるようにして、

「神山さん！」

と声をかけた。

その声に、弾かれたように禮子が顔を上げる。一瞬キョトンとした禮子は奈々を認めると、

「なっ、奈々さんっ！」

泣き出しそうな顔で走り寄って来た。

「どうしたの、こんな所で！　何があったの」

奈々は禮子の肩を抱きながら、男たちを見た。すると、陽焼けの男性が——色白の男をしっかりとつ

かまえたまま——奈々たちに向かって尋ねた。

「神山さんのお知り合いの方ですか？」

ええ、と奈々は崇と沙織を、そしてその男性を見て答えた。

「以前に、同じ地区の薬剤師会にいました。私たちも薬剤師なもので」

するとその男性は、自分は神山禮子さんの勤めている薬局をまわっている、小高製薬の安岡というMRだと自己紹介した。

「神山さんの勤めている薬局？」

「はい……」禮子は、俯きながら答えた。「実は、去年の終わりからこちらで——」

そして、成田に移ってきた経緯を簡単に話した。でも、余りにも突然だったので誰にも連絡する暇もなく……。

「その人は、どなた？」

安岡が押さえつけている小太りの男性を見ながら尋ねる奈々に、

「ぼ、ぼくの弟です」

と安岡は苦々しく答えた。

「え？」

「余り似ていないんですけれどね」苦笑いする。

「本当の弟なんです」

「それで……どういうことなの？」沙織が安岡の手元をじろじろと眺めながら尋ねる。「どうして、そんなことしちゃってるの？」

「ああ……」安岡は困った顔をした。「実にお恥ずかしいんですが……折角の参拝なのに、お騒がせしてしまったお詫《わ》びに、正直にお話しします」

そこで、全員でベンチに移動することにした。

野次馬たちもすっかりいなくなり、奈々たちは安岡と禮子を挟むようにしてベンチに腰を下ろした。

但し、崇は立ったまま、話を聞いているのかいないのか、境内案内図をじっと眺めていた。

安岡は言う——。

今年に入ってから、自分の弟が、富岡大学附属病院に勤務し始めた神山禮子を一目で気に入ってしまったことに気がついたという。

「しかし、何せこいつは気が弱くて」弟を指差した。一方その弟は、肩をすぼめて俯いたまま、すっかり萎《しお》れている。「昔も一度、隣の町に住んでいる女性を一方的に好きになってしまって、一時間も自転車を漕いで、彼女の家まで訪ねて行ったりしたこともあるんですよ。ああ、もちろんその女性とは一言も口をきかずに、そのまま帰って来て」

「それって、ストーカーじゃないの！」

沙織が叫ぶと、

「申し訳ないです」安岡は頭をペコリと下げた。

「その時は何とか止めさせたんですけれど……。今回は富岡大学病院に診察に来た時に、薬局の神山禮子さんを見てしまったようで……。しかし、また以前のようなことになってはまずいと思い、ぼくは非常に注意を払っていました。それに、毎週土日は、成田駅の辺りをうろうろしているので、これはいかんと思っていたんです——」

「まだ……何もしていない……ってば」

「黙ってろ！」

安岡は、弟の頭を小突いた。すると弟は、しゅんと小さくなった。

「先週も、先々週もうろついていたようなので、今日はこいつの後を追ったんです。すると、やはり神山さんを追っているじゃないですか。もちろん神山さんは、こいつの顔など覚えていらっしゃらなかったようで、かなり接近しても、気付かずに歩いていたんです」

こうして並んでいれば、確かに兄弟だと思えたけれど、兄の方はすっかり陽焼け——いわゆる営業焼け——しているが、弟はひ弱そうで色白で小太り。これではちょっと、兄弟といわれてもすぐには分からないだろう。

「そこでぼくは、こいつを見張ることにしたんです。チャンスがあれば、神山さんに気付かれないように、こいつだけ引っ張って帰ろうと思って。でも結局、そんな機会が見つけられずに、しかも、ぼくも一度二人を見失ってしまったりして、ついにこんな醜態をさらしてしまいました。本当に」安岡は深々と頭を下げげた。「申し訳ありませんでした」

そして弟の後頭部を押して、一緒に無理矢理頭を下げさせた。

「神山さんに謝れっ」

安岡は弟の頭を叩いた。

弟は頭を掻きながら、泣きそうな困ったような複雑な顔で、

「すみませんでした……」

と禮子に向かって頭を下げた。そして安岡も一緒に再び頭を下げた。

話を聞けば、ある日などはずっと弟が薬局の周りをうろついていたので、安岡は自分の車の中から携帯で弟を呼び出し、早く帰るように命令したこともあったという。また、何か変わったことがないかどうか、最近、安岡は毎日のように病院の薬局に顔を出して、禮子の様子を確認していたという。

そして今日は、危うく襲われそうになったらしい。いや、本人は否定しているけれど。

しかし、とんでもない話だ。

「今すぐ警察呼んだ方がいいよ、安岡さんには申し訳ないけどさ！」

憤る沙織を禮子が止めた。

「い、いえ……。もう大丈夫ですから……」

「ダメダメ。そんな甘いこと言っちゃ。この男がつけあがるだけ」

「でも、本当に――」

「そうはいきません！」

奈々もそう思った。こんな危険な男を野放しにしてはいけない。しかし禮子は、このまま穏便に済ませたいようだった。確かにその気持ちも分かる。引っ越してきて勤め始め、まだ半年もたたないうちに

トラブルでは、ちょっと居づらくなってしまう。

「訴える！」

「いえ……」

「警察っ！」

「ですから……」

などというやり取りがあって、結局は禮子の言う通りにすることになった。沙織はとても不満そうだったけれど、本人がそう言う以上は仕方ない。

安岡兄弟は立ち上がった。そして、二度と決してこんなことはしない、させないと約束して、境内を後にして行った。但し、もしも次に何かあったら、すぐに警察に訴えても良いと確約もした。その時は必要ならば沙織も駆けつけて証言する。

安岡の弟もその話を聞いて、かなり真剣に反省していたようだから、取り敢えずは大丈夫だろう。ただ、またいつ同じような行動に出るかは分からないので、禮子には注意するようにみんなで念を押した。特に今は春だし、精神のバランスを崩してしまう人間も多い。

「大変だったね、禮子さん」二人が消えてしまうと、沙織は禮子を慰める。「どこかで休憩します？お茶でも飲む？」

いえ……、と禮子は首を横に振った。

「申し訳ないですけれど、今日はここで失礼させて下さい。ありがとうございました」

「でも、折角会ったのに……」

「禮子さんだって忙しいんだから」奈々は沙織をたしなめる。「それに、嫌なことがあって疲れちゃったでしょうし。でも、連絡先だけ教えてね。何かあったら、また時間を見つけて会いましょう」

「はい……」

禮子は小さく頷いた。

そして、今までの話には全く興味を示さずに、黙ったまま境内図を眺めていた崇の後ろ姿をチラリと見た時、

「あ。そうだ……」と呟いた。

そっと奈々に近付く。

「あの……奈々さん、ちょっと」

「なあに？」

「一つだけお訊きしたいことがあるんです――。いえ、回答はまた今度で良いんですけれど……」

成田駅まで送って行こうかという奈々の言葉を、禮子は断った。まだ参拝途中の奈々たちに迷惑がかかるからということだった。

「それはいつでもできるから」

と言う沙織の言葉にも、禮子は首を横に振った。

余りしつこくしても、却って彼女の負担になってしまうだろう。奈々も彼女の性格を大体把握していたから、言う通りにしてあげることにした。

奈々に連絡先を伝えた後、また機会があれば必ず会う約束をして、禮子が何度もお辞儀をしながら帰って行くと、奈々たちはゆっくりと境内を歩く。

沙織はまだ立腹していた。口を尖らせて、ああだこうだと話している。

本当に今日は、色々なことがあった。

奈々は嘆息する。

でも――。

まだもう一つ残っているのではないか。さっきの崇の話が途中になっている。

成田山は、将門を祀っている？

そこで奈々は沙織をなだめて、もう一度話題を戻した。将門は本当に祀られているのか……？

すると崇は、

「この成田山には、特に重要なお堂が三つある」

と話し始め、大本堂を後にして歩いて行く。どうやら奥の院方面に向かうらしい。

「それらは国宝指定重要文化財という意味だけではなくて、成田山の根本に関わる場所だと考えても良いだろう」

「どんなお堂ですか？」

「『清滝権現堂』と『光明堂』と『奥の院』だ」

「『清滝権現』……？」

ああ、と崇は奈々を見た。

「まず『清滝権現堂』というのは、成田山の鎮守といわれて、地主妙見を祀っているお堂だ。一般的な清滝権現というのは、密教の守護神ともいわれていて、水を司り、その寺を護る神だといわれている。しかし、ここ成田山では妙見菩薩を祀っていることになってる。妙見菩薩は北斗七星信仰。将門の首を祀っていた社宮司社や、相馬の小高神社を始めとする『三妙見』などの例を引くまでもなく、全て将門絡みになる」

「伯父さんとの戦いでも、将門を勝利に導いたし」

「そうだ。そしてその後は、千葉氏が相伝していった、戦勝祈願の神だ」

「そして、馬の病を治す神ですね」


その通り、と崇が頷くと、やがて目の前に銅板葺きの小さなお堂が姿を現した。

奈々たちはそのお堂の前に立つ。もちろん大本堂などとは、比べるべくもない。しかし、神社でも寺院でも、その根源に関わるような重要な場所は、往々にしてこういうシチュエーションだ。そう奈々は学んでいる。

そして奈々たちが振り返ると、そこには、これもまた古い造りのお堂が建っていた。

「『光明堂』だ。現在の大本堂の、その前の、またもう一つ前の本堂だった」

三人は正面にまわる。

「昔は、成田山の中でも最も高い場所に置かれていたという。それだけでも『光明堂』の重要性が分かるだろう。そしてこのお堂では、現在も星供《ほしく》という星祭りが執り行われている。この星供というのは、国土安穏、五穀豊穣などを願う祈禱だ」

「それって、まさに将門の地元――猿島のことじゃないですか……」

「そう。この『星』——だけでも将門をイメージできるし、その上ここもまた、妙見を祀っている。そして毎年五月には、このお堂の前で薪能が演じられるんだ。薪能というのは、亡くなった誰かの霊を慰める行事だ」

「なるほど……」

「しかしここには、それよりもっと重要なモノが隠されている」

「それは？」

「ここでいう星というのは、紛れもなく『九曜星』なんだ」

「九曜星というと……」

あっ。

「それは将門の——」

そうだ、と崇は頷く。

「『繋馬』と同じく、将門の紋——笠験だ。将門を助けた妙見菩薩に命じられて、将門は九曜紋を使用

したんだからね。但し正確に言えば、その時は千九曜——十曜だったともいわれているけれど」

確かにその話は聞いた。小貝川で、妙見菩薩に助けられた時のエピソードだった。

「しかし、國王神社で見てきたように、賽銭箱にはきちんと見事な九曜紋が描かれていた。九曜星、つまり九曜紋は紛れもなく将門の紋でもある」

「でも……千葉氏も九曜紋なんじゃないですか？　同じ妙見信仰だし」

「いいや。千葉氏は妙見に違いはないけれども、『月星』の紋になる」

「ああ……」

奈々たちは、大きな額に飾られた奉納剣を見上げながら参拝する。お堂には、日曜星から土曜星、そして計都《けいと》星、羅睺《らごう》星などと書かれた九曜の表が飾られていた。

参拝が終わると、

「さて」崇は光明堂の裏手に歩いて行く。「ここが

成田山の最奥部――『奥の院』だ」

もちろん崇の言う「最奥部」というのは、地理的な問題ではない。精神的、宗教的な問題だろう。

「ここには、一体何があるんですか」

「『奥の院』や『奥の宮』という名称は、そのままの意味で、その寺社に関して最も根源的な神仏を祀っている場所になる。そして成田山の場合は、当然そこに、大日如来＝不動明王を祀っている。不動明王は、大日如来の憤怒の形といわれているからね――。ところがここでは、非常に盛大な神輿《みこし》を繰り出す祭りが行われる。その名も、祇園会」

「祇園会？　それって素戔嗚尊の御霊を慰撫するお祭りじゃないですか」

「本来はね。しかしここでは、その神は湯殿山《ゆどのさん》権現となっている」

「湯殿山……って、出羽三山と関係あるんでしょうか。月山《がっさん》、羽黒山の」

「当然あるだろう。となるとこの場所は、湯殿山の祭神とも関係があると考えられる」

「湯殿山の祭神って、それは誰？」

「大山祇命《おおやまつみのみこと》・大己貴命・少彦名命の三柱の神だ」

「大山祇命……大己貴命……少彦名命……」

指を折っていた沙織が、突然叫んだ。

「大山祇命は分からないけれど、あとの二人って、神田明神の祭神と一緒じゃないですか！」

「ちなみに大山祇命というのは『山の神』とされていて、三嶋大社の祭神でもある」

「山の神……」

「また、湯殿山の本地仏は、大日如来だ。しかもそれだけじゃない。古くは、薬師如来だったという」

「その名前……どこかで聞いた記憶が……」

「坂東市岩井だ」

「延命寺だ！」

「不思議と符合するな」

崇は笑ったけれど……。

符合しすぎだ。でもどうして？

本当に成田山は、将門を祀っているのか。

三人は、平和大塔というやけに立派な二重塔を目指して緩やかな坂を歩いた。右手には、さっき禮子が歩いていたという、広大な敷地を誇る成田山公園が見下ろせた。その敷地内には、書道美術館や茶室もあるらしい。

この成田山は、どこまで奥が深いのだろう。

すると突然、

「実のところ俺は」崇が真顔で言う。「この不動明王というのは、そのまま将門のことではないかと思ってるんだ」

えっ。

さすがに、それはないだろう。

何故ならば——。

「でもタタルさん。不動明王は、インドの神でしょう、それが将門になんて、ちょっと——」

「もちろん、全ての不動明王がそうだと言っているわけじゃない。しかし、こんなものがある。『仏説《ぶっせつ》聖不動経《しょうふどうきょう》』だ」

そう言って崇は、一枚の紙を開いた。

「この大明王は大威力あり
大悲の徳の故に青黒の形を現じ
大定の徳の故に金剛石に座し
大智慧の故に大火焔を現じ
大地の劔を取って貪瞋痴《とんじんち》を害し
三昧の索《さく》を持って難伏の者を縛す
…………云々。

とあるんだ。これは何故かそのまま、将門に通じていないか」

「そう……でしょうか」

「大威力を持っていて、大きな慈悲もあって、金剛石——金などの鉱脈の上に腰を下ろし、製鉄につきものの大火焔を上げて、立派な剣を手にして、そして索——縄を持って……」

「馬を繋ぐ！」

「そういうことだ」

「でもでも、まだ偶然っていう可能性は捨て切れませんよ。たまたまでしょう」

「何度も言うように」と崇は沙織の言葉を無視するように続けた。「俺は決して、全ての不動明王が将門だとは言っていない。きみたちは、不動明王には二種類あることを知っているか？」

「二種類？」

「そうだ。形相が二種類ある」

「それは知りませんでした……。どんな種類があるんですか？」

「一つは、両眼を大きく見開き、前歯で下唇をかみ締め、口の端から左右の牙を下向きに出しているものだ。そしてもう一つは、天地眼といって、右目は大きく見開いているものの、左目は細めて地を睨み付けている。そして牙も、右は上に、左は下に突き出しているんだ。この像は特に平安末期から多く造られ始めたんだ」

「……それが？」

「つまりね、後の不動明王は片目――つまり『かんだ』じゃないか」

あっ。

かんだ――つまり、

「将門……」

「『将門傳説』には」崇は資料をパラリと取り出して読み上げた。「将門が『米嚙みを射られたということは、将門伝説の中では本来きわめて重い意味をもっていた。それがことさら眼の負傷に置きかえられている点に、この伝承の特異性が認められるが、柳田国男氏の「一目小僧」・「目一つ五郎考」などによれば、元来御霊神は、古い信仰上の神として祀られる場合が多いということで、ここにも御霊信仰への傾斜の大きさが見てとれる』とある。さっきも言ったようにつまりここで、製鉄民族を表している

『片目』と、御霊を表している『片目』が、混同されてしまったんじゃないかと俺は思ってる。まあ、どちらにしても、タタラから来ていることに間違いはないんだけどね」

「ああ……」

「國王神社と延命院を覚えているだろう」

覚えているだろうも何もない。午前中に見て来たばかりだ。

「國王神社の本尊は、将門の木像だと言ったね」

「ええ。将門の娘が刻んだという、衣冠束帯姿の坐像……。写真が飾ってありました」

「実はその坐像も、片目が潰れているんだ」

「えっ」

「そして、もう一方の延命院は、もともと――」

「不動堂だ！」沙織が叫んだ。「将門の胴を埋めた場所」

「その通り。しかもあそこに立てられていた、将門の石塔を覚えているか。そこには
『』

の文字があった」

「不動明王を表す梵字――種子だ！」

「でも――」奈々は異議を唱える。「確かその石塔には、不動明王ではなくて――」

「大威徳将門明王、とあった」

「そ、そうです……」

「しかしね、大威徳明王を表す種子は
『』

で、キリークなんだよ。決してカーンではない」

「じゃあ、どうして……」

「さっき言ったじゃないか。『仏説聖不動経』だ。『この大明王は大威力あり、大悲の徳の故に――』」

大……威……徳。

そういう意味か！

「でもでも」今度は沙織が尋ねる。「どうしてまた

そんな分かりにくいことをしたんですかね？」

「そこは推測するしかないけれど、ただ単純に混同していたのかも知れないし、または敢えて別物として祀っていたのかも知れない。胴塚も、新しい国司たちに荒らされそうになったくらいだ。不動明王＝将門としてしまうと、延命院自体が狙われて破壊されかねないだろうしね」

「なるほど」

「ああ、あと延命院といえば、同じ名前の寺院が横浜にもある」

「え。そうなんですか。どこに？」

「野毛山だ。日蔭山延命院。そしてこの寺院はまさに——成田山別院なんだ」

「え……」

「それはまた——」

「縁がありそうだろう」

「何となく……」

と答えたけれど。


いや、これは本当に将門と成田山が、深い絆で結ばれているような気がしてきた。

製鉄——鬼——星、というラインで。

じっと考え込む奈々の隣で、崇は言う。

「ああそうだ、鬼といえば『稲荷鬼王神社』があったな。あそこは、節分の時に『鬼は内』と唱えると書いてあっただろう」

「はい、確かに。何しろ鬼王の神社ですから。鬼が外に行かれてしまっては困りますから」

「また『福は内　鬼も内』と唱える、吉野の金峯《きんぷ》山《せん》寺のような寺もある」

「それも聞いたことがあります。というより、タタルさんからお聞きしました」

「ところがやはり『鬼は外』と唱えない寺があるんだけれど、どこだと思う？」

「は？　どこでしょうか」

「ここだよ。成田山だ」

「え？」

「成田山では『福は内』としか唱えないんだ。将門という鬼王を調伏した寺にしては、おかしな掛け声だろう」

そういうことか——。

成田山は、将門を拒絶してはいない。

妙見＝星＝鬼を、拒んではいない。

いや、むしろ受け入れようとしているのか。鬼の王を……。

「だから成田山は、やはり将門をきちんと祀っている寺なんだ。しかし、そんなことを決して表立っては言えない。何故ならばここは、将門調伏という名目で、朱雀天皇から寺号をいただいているからだ。そうこうしているうちに、歴史の流れの中でいつの間にかこの寺は、将門調伏の大本山であるというイメージが定着してしまった。そしてその印象が現在に繫がっているというわけだろう。今現在の教義は

どうなっているのか俺には分からない。でも、将門を調伏し続けてはいないということは確実だな」

そしてそれが——、

この寺の深秘《じんぴ》というわけか。

決して誰にも気づかれてはいけない秘密。

「もっと俺たちは、昔、この国では一体何が行われてきたのか、それをしっかりと知っておく必要がある。そして、怨霊を作りだしてきたのは誰なのか、なぜ怨霊が生まれなければならなかったのか。その点をきちんと把握しておかなくてはならないと思う」

「興味本位だけではなくですね……」

「もちろんそうだ。そのために、将門も、桔梗も、千年もの長い間にわたって、誤解され続けてきてしまっているんだからね。しかし、そろそろ正当に評価してあげるべきじゃないか。将門は決して怨霊じゃない。それどころか、不動明王として祀られている。それならば俺たちも、彼に対してもっと大きな

敬意を払うべきじゃないかな」

　確かにそうだ。

　ミステリーゾーンや怨霊などの興味半分ではなくて、将門が当時、一体どんな思いで立ち上がったのか、そしてそれがどういう結果を生んだのか、その時の権力者たちがどう立ち回ったのか。しっかりと見つめ直す必要がある——と奈々も心から思った。

「印象の捏造に誤魔化されないで……」

「まさにその通りだね。いつも言うように肝心なのは、常に自分の頭で考えることだ」

　てっきり平和大塔を見物するのかと思ったら、崇はあっさりとその前を通り過ぎた。

　そしてそのまま、歴史博物館へと向かう。

　入口でお金を払って中に入ると、崇はためらうことなく右手奥に歩を進めた。そして一枚の大きな絵馬の前で立ち止まり、

「ああ……やはりそうだった」と呟く。「そんな記憶があったんだ。これで確認できた」

　奈々も隣から覗き込むと——。

　あっ、このことだ！

　禮子の言葉を思い出した。

「そういえば、タタルさん！　ちょっとお尋ねしたいことがあるんですけれど」

「ん？」

「さっき、神山禮子さんから頼まれたんです。機会があったら、ぜひタタルさんに訊いておいて下さいって」

「何を？」

「それが偶然にも、この絵馬のことなんです！　この奉納されている絵馬の意味は、放れた暴れ馬だった将門を、我々が繋ぎました——ということなのかって。でも……今までのお話を伺う限りでは、きっと違いますね」

「もちろん違うさ。将門の家紋は、やはり最初から

『繋馬』だったんだろうからね。そういった話は、対外的な面を重視した虚偽の報告として使われたかも知れないけれど、本来は違ったんだろうね。

下総《しもうさ》に繋いだ馬のやかましさ

放れ馬より騒がしい繋ぎ馬

などという川柳を見てもわかるように、将門といえば最初から『繋馬』だ。そしてその起源は、相馬野馬追祭りにもある、『野馬懸神事』だろう。だから成田山でも、最初からそれを知っていて、絵馬を飾っていたということだろうな。俺も確認したかったのは、これなんだ。ほら、説明書きを見てごらん」

崇が指差すところを見れば、

繋馬の図　天保二年（一八三一）

谷文晁画

常陸国石嶋斎太郎直貞の母　伊津が奉納

とあった。

なるほど……。常陸国の人が、わざわざ禮子が尋ねてきたような意味で、こんな大きな絵馬を奉納するわけもない。それでは、あなたに屈しましたという意味になってしまう。そして『繋馬』が将門であるならば、今度は逆に、成田山がそんな絵馬を飾っておくわけもない。本当に自分が滅ぼした相手の家紋ならば、少なくともこんな場所には置かないだろう。せめてどこかに封印しておくはずだ。故にこの大きな絵馬は、堂々と奉納され、そしてこの寺に飾られていたということだ。

奈々は納得した。

そしてもう一つ。

「あと……馬と猿の関係を教えて欲しい、って言われました」

「猿は馬を御するという話だな」

「はい」

そして奈々は禮子から聞いた通り、陰陽五行説などを使って考えてみても、うまく説明しきれないということも伝える。

「そりゃあそうだ」崇は笑った。「でも、半分は当たっているな」

「？」

「陰陽五行説によれば、馬は午で火。猿は申で金。つまり、これも将門たち製鉄民族のことで、タタラなんだ」

「えっ」

「庚申《こうしん》という神がいる。これについては、前にも少し説明したけれど、また改めて詳しく話そう。とにかく、この庚申はタタラの人々の守り神と言われてきた。これは何故かと言えば、庚申――かのえさる――の『庚』も金を表し、『申』も金を表していて、『金の兄の金』もしくは、『カネの兄のカネ』という意味になるからだ」

「カネの中のカネ、ということですね」

「そうだ。最も優れたカネというわけだ。そしてこの神が、タタラを御して――つまり守っているという。さてここで、タタラの命は火だ。多くの人々が自らの目を潰し足を萎えさせ、まさに自分の生命を賭して守ってきた、竈の中の『火』だ。そして、まさに火は――」

「午――馬ですね！」

「そういうことだ。金である猿は、タタラ――火である馬――を御して守っているということだ。だから、鋳成＝稲荷の祭りなどは、馬＝午の日に行われることが多いんだ。理屈に合っているだろう」

「なるほど……」

「ああ、そういえば不動明王の背景の火焔。あれも、タタラの『火』であると同時に『馬』でもあったのかも知れないな。暴れ馬だ。これで――証明終《Q.E.》わり《D.》」

崇は微笑んで霊光館を出た。

夕方近い風が、涼やかに奈々たちを包み、三人は並んで山門へと向かった。

でも——。

今回は、まだいくつかの謎が謎のまま残されているような気がする。それもまた、いつしか崇が説明してくれるのだろうか。それとも、自分で考えろということなのか。

そういえば、最初に話していた靖國神社の問題はどうなってしまったのだろう。あれ以来、全く触れられていない。

まさか……。

今までの話の中に、崇の言う「解決方法」が隠さ、れていたとでも？ いや、さすがにそんなことはないだろう……。しかし崇のことだ。全くあり得なくはないかも……。

奈々の心は揺れる。

そして、そばにいればいるほど正体不明に感じてしまう男の横顔をじっと見つめた。

#《エピローグ》

当初の予定より時間も遅くなってしまったため、奈々たちは急いで東京に戻ることにした。

また今度、ゆっくりと時間を作って来よう。奈々は、そう心に決めた。

帰りは総武本線で一本だ。このまま横浜まで乗っていれば良い。電車も空いていたので、三人はボックスシートにゆったりと腰を下ろした。

昨日も今日も色々なことがあった。

でも、将門を追いかけてこんな場所まで——地理的にも精神的にも、こんな場所まで——やって来るとは、昨日の朝の時点では全く思ってもいなかったけれど……。

窓の外を流れて行く景色を、しばらくぼんやりと眺めていると、崇が唐突に口を開いた。

「ああ、そうだ……。すっかり忘れていたけれど、そういえば小松崎《こまつざき》から連絡があったんだ」

「え？」奈々は尋ねる。「どんな用事で？」

「さあね。ただ話がある、と留守電に入っていた」

「いつですか？」

「十日ほど前かな」

「十日前？」

全く以て、のんきな男だ。

それを聞いて、沙織が呆れ顔で自分の携帯を取り出した。

「何をやっているんですかね、タタルさんは……。何ならば、今連絡してみましょうか」

「そうだな。頼む」

我《わ》が儘《まま》な頼みを引き受けて、沙織は携帯を手にデッキに向かった。そして、やがてゆっくりと戻って来て崇に告げた。

「つかまったよ。今日も仕事で、今、飯田橋の辺りにいるみたい。こっちは三人で行動してるって言ったら、もうすぐ終わるから、何なら神楽坂あたりで一緒に夕食でもどうだ、って」

「面倒だな」

「そんなこと言っちゃダメでしょうが！　十日も放っておいたんだから。罰として、タタルさんの奢《おご》りで、みんなで夕食！」

「理に適《かな》っていない」

「いいんですっ」

「しかし……まあ、たまにはそうするか。いいよ、任せる」

「じゃあ！　そういうことで決まったと、連絡しておきますねっ」

そういうわけで、奈々たちはもう肌寒い夕暮れの神楽坂を、三人で歩いている。


待ち合わせ場所は、珍しく崇が決めた。この男は、神楽坂も詳しいのかと驚いたけれど、「赤城《あかぎ》神社で食事しよう」などという。「境内に、カフェバーがあるから」

変わった神社だと思ったけれど、なかなかそれも面白いと思って、奈々たちも同意した。

ところが——。

「赤城神社は」坂を歩きながら、崇が説明する。「群馬県の鎮守だった赤城神社の分霊を祀っているともいわれていて、しかし祭神は岩筒男命《いわつつのおのみこと》——という、かなり意味不明な部分のある神社だ。そしてまた江戸時代には『神田明神』『日枝《ひえ》神社』と共に、江戸三大神社として崇められたともいう。ところが、また一方ではこんな伝説もある。それは、この神社は本来、平将門を祀っていたのではないかというんだ」

「将門公！　またしても」

「何故ならば、この神社の本尊は『乗馬姿の地蔵尊』だという。変わっているだろう。実は、将門の首が飛んだ時、彼の胴体もまた同時に飛んだといわれていて、その落下した地点がここ、赤城台の森とされているんだ。そしてその時、彼の胴体から流れ出た『赤い血』が『赤城』と転訛したという俗説も持っている。また、昔ここは『赤城大明神』と呼ばれていたというからね」

「大明神といったら！」

「そうだ。まさに将門だ。そうなると、さっきの話も単なる噂話では済まないだろうな——さあ、到着した」

そう言って崇は、東西線神楽坂駅入口前の細い路地を右に曲がった。すると、正面に鳥居が見え、その向こうには朱色の本殿が建っていた。

念入りな参拝を済ませると、奈々たちは本殿隣のAkagi café——赤城カフェに向かった。赤城会館という建物の二階にある、カフェバーだった。三人は木の階段を上って、店に入る。確かに珍しく、面白いシチュエーションだ。ここには、軽食だけでなく、カクテルまであるらしい。そして週末には、ライヴなどが行われる時もあるという。なかなかお洒落で、変わった神社だ。

ウッド・デッキのテラスに席を取って、ビールで乾杯する。長い長い二日間が、これで終了する。

神社の緑を眺めながら、夕暮れの涼しい風に吹かれていると、

「やあやあ、遅くなった！」

大きな体が、ドカドカと階段を上がって来た。まさに熊のような体型、小松崎良平《りょうへい》だ。明邦大学で崇と同期だけれど、彼は文学部社会学科卒業の、現在フリー・ジャーナリスト。色々な雑誌に文を寄せている。

「熊崎さん！」ちなみに沙織は、いつも彼をこう呼ぶ。「お久しぶり！　お元気でしたか？」

おう、と小松崎も答える。

「そっちこそ元気だったか？」そしてガタガタとイスに座って生ビールを注文した。「今日はどうしたんだ、三人揃って。千鳥ヶ淵で花見か？」

「違うのよ」

沙織が代表して、昨日から今日にかけての出来事を、かいつまんで説明した。靖國神社から始まって、その後、将門を追いかけて都内をまわり、それでは飽きたらずに、ついに日を改めて今日は茨城まで。そして最後は成田山。そこで偶然、神山禮子に出会って——。

「そうか」小松崎は驚く。「彼女はどうだった。熊野で会った時は、ちょっと生気がなかったが」

まあ、あの時は仕方ないだろう。誰だって、あんな経験をしたら、元気がなくなる。それに、神山禮子に限って言えば、いつもあんな調子なのだ——などと、奈々たちは説明した。

そして現在、禮子は成田にある大学病院の薬局に勤めている——という話も。

「でもね」沙織が言う。「将門公関係の史蹟はどれも、とっても面白かったよ。熊崎さんも、一緒に来れば良かったのにね」

「ああ」と小松崎は大きく頷いて、ジョッキの生ビールを一息で半分ほど空けた。「いや、実はな、俺もチラリと将門関係の話があってな」

「えっ！　それは何？」

「相馬——福島県まで、野馬追祭りを取材に行くんだ。ちょっとしたルポを頼まれてな。それで、タタルも引っ張り出そうと思ったんだよ。またくだらねえ与太話でも聞いてやろうかと思ってな」

「いつ、いつ？」

「野馬追祭りだからな、七月だ。ああそうだ、もし良かったら沙織ちゃんたちもどうだ？」

「行く行く！」沙織は子供のようにはしゃいだ。「タタルさんからも、そのお祭りの話を聞いた時、凄く見に行きたかったの。みんなで行こう、お休み取って」

「またそんな勝手な……」

「いいじゃないの、ねえタタルさん。そりゃあ、タタルさんは一度観に行ってるっていうから良いかも知れないけれど、私たちは観たことがないんだから！」

「あ、ああ……分かった」

「じゃあ決定！　四人で行きましょう、野馬追祭り。相馬小次郎——将門公大好き」

「しかし……」今度は小松崎が顔をしかめた。「将門っていえば、大怨霊じゃねえかよ。大好きって言ってもなあ」

「違うよ、熊崎さん！　ねえ、ちょっと聞いて。私がちゃんと説明してあげるから」

「お、おう……」

煮え切らない返事をする小松崎に向かって、沙織は身を乗り出して説明を始めた。

口から泡を飛ばさんばかりに小松崎に向かって説明する沙織を見て、そして我関せずとばかりにジントニックを——ジンをダブルで——注文する崇を見て、奈々は微笑んだ。そして思う。

七月の旅行は、きっと素敵だろう。大地を疾走する騎馬武者など、想像しただけでも胸が高鳴る。それが六百騎。その地響きは、周りの空気を大きく震わせるだろう。きっと素晴らしい光景に違いない。

何とか休みをもらって、一緒に行こう。

奈々の心は、楽しい予感で満たされた。そしてこの勘は当たるだろう。そう思った。

しかし——。


その頃、神山禮子の勤めている病院を揺るがすような大事件が進行していたことや、そこに自分たちも巻き込まれてしまうことになるなどということは、奈々はもちろん、他の誰にも想像などできなかったけれど。

参考文献

『将門記』中田祝夫解説／勉誠社
『将門記2』梶原正昭訳注／平凡社
『将門傳説』梶原正昭・八代和夫／新読書社
『平将門』北山茂夫／朝日新聞社
『平将門』赤城宗徳・大岡昇平／日本史探訪第二集／角川書店
「平将門」幸田露伴『日本文学全集　3』筑摩書房
『平将門の乱』福田豊彦／岩波書店
『空也と将門　猛霊たちの王朝』滝沢解／春秋社
『平将門資料集』岩井市史編さん委員会編／新人物往来社
『新訂増補　国史大系　延喜式』黒板勝美編輯／吉川弘文館
『万葉集』中西進訳注／講談社文庫
『古今和歌集』小町谷照彦訳注／旺文社
『今昔物語集　四』小峯和明校注／岩波書店
『太平記　三』山下宏明校注／新潮社
『日本架空伝承人名事典』大隅和雄・西郷信綱・阪下圭八・服部幸雄・廣末保・山本吉左右編／平凡社

『常陸国風土記』秋本吉徳全訳注／講談社学術文庫
『常陸国河童風土記』沢史生／彩流社
『その時歴史が動いた　33』ＮＨＫ取材班編
『日本史広辞典』山川出版社
『日本の歴史　４　平安京』北山茂夫／中央公論社
『逆説の日本史　４　中世鳴動編』井沢元彦／小学館
「時代世話二挺皷」山東京伝『黄表紙　川柳　狂歌』浜田義一郎・鈴木勝忠・水野稔校注／小学館
『悪人列伝　一』海音寺潮五郎／文藝春秋
「荒ぶる怨霊将門、その怨魂の行方を追う」多田克己『日本怪奇幻想紀行　三之巻　幽霊・怨霊怪譚』／角川書店
『綺堂むかし語り』岡本綺堂／光文社
『地名の由来を知る事典』武光誠／東京堂出版
『東京江戸　謎解き散歩』加来耕三・志治美世子・黒田敏穂／廣済堂出版
『史蹟　将門塚の記』史蹟将門塚保存会
『将門地誌』赤城宗徳／毎日新聞社
『平将門魔方陣』加門七海／河出書房新社
『帝都東京・隠された地下網の秘密』秋庭俊／新潮社
『帝都東京・隠された地下網の秘密　２』秋庭俊／新潮社
『錦絵の中の将門』岩井市市制30周年記念事業実行委員会編／岩井市

『和漢三才図会』寺島良安／島田勇雄・竹島淳夫・樋口元巳訳注／平凡社
『薬草カラー大事典』伊澤一男／主婦の友社
『生薬の選品と評価』大阪生薬協会生薬懇話会／大阪生薬協会
『生薬学』三橋博／南江堂
『原色牧野和漢薬草大図鑑』三橋博監修／北隆館
『漢方処方解説』矢数道明／創元社
『漢方概論』藤平健・小倉重成／創元社
『神田明神史考』神田明神史考刊行会
『新鹿島神宮史』鹿島神宮社務所
『東京朝日新聞縮刷版』東京朝日新聞発行所

《本文中に登場した寺社及び史蹟》

靖國神社　東京都千代田区九段北三―一―一
神田明神　〃　〃　外神田二―一六―二
将門首塚　〃　〃　大手町一―一―一
築土神社　〃　〃　九段北一―一四―二一
筑土八幡社　〃　新宿区筑土八幡町二―一
稲荷鬼王神社　〃　〃　歌舞伎町二―一七―五
鎧神社　〃　〃　北新宿三―一六―一八
兜神社　〃　中央区日本橋兜町一―八
烏森神社　〃　港区新橋二―一五―五
神田山日輪寺　〃　台東区西浅草三―一五―六

天沼弁天池公園　千葉県船橋市本町七―一六
香取神宮　〃　香取市香取一六九七
成田山新勝寺　〃　成田市成田一番地

神田山延命院　茨城県坂東市神田山七一五
國王神社　〃　岩井九五一
延命寺　〃　岩井一一一一
一言神社　〃　岩井一五八四
石井の井戸　〃　岩井一六二七
富士見の馬場　〃　岩井二二四五－五
九重の桜　〃　岩井二四五四－二
島広山　〃　岩井一六〇三－二
鹿島神宮　〃　鹿嶋市宮中二三〇六－一
息栖神社　〃　神栖市息栖二八八二
相馬中村神社　福島県相馬市中村北町一四〇
相馬太田神社　〃　南相馬市原町区中太田字舘腰一四三
相馬小高神社　〃　〃　小高区小高字城下一七三

この本の執筆にあたり、多岐にわたりお世話になりました、講談社文芸図書第三出版部・蓬田勝氏。

二度にわたる取材旅行にお付き合い頂きました（修羅編）安藤茜氏。

またまたなぜか携わって頂きました（ご縁のある）小泉直子氏。

ありがとうございました。深謝致します。


また、当著作の脱稿当日、訃報に接しました宇山日出臣氏は、『ＱＥＤ』という題名の名付け親でもあり、一九九八年のデビュー以来、長きにわたりお世話になりました。もちろん宇山氏なしでは、この一連のシリーズは（「千波くん」も含めて）世に存在しなかったでしょう。

ここに格別の感謝を捧げると共に、衷心より哀悼申し上げます。

高田崇史公認ファンサイト『club TAKATAKAT』
URL:http//:takatakat.com/　管理人:Megurigami

この作品は完全なるフィクションであり、
実在する個人名・地名などが登場することに関し、
それら個人等について論考する意図は、
全くないことを、ここにお断り申し上げます。

QED《キューイーディー》~ventus《ヴェンタス》~ 御霊将門《ごりょうまさかど》

二〇〇六年十月五日 第一刷発行

KODANSHA NOVELS

定価はカバーに表示してあります

著者―高《たか》田《だ》崇《たか》史《ふみ》

© TAKAFUMI TAKADA 2006 Printed in Japan

発行者―野間佐和子

発行所―株式会社講談社

東京都文京区音羽二-一二-二一

郵便番号一一二-八〇〇一

編集部〇三-五三九五-三五〇六

販売部〇三-五三九五-五八一七

業務部〇三-五三九五-三六一五

本文データ制作―講談社プリプレス制作部

印刷所―豊国印刷株式会社　製本所―株式会社国宝社

落丁本・乱丁本は購入書店名を明記のうえ、小社業務部あてにお送りください。送料小社負担にてお取替え致します。なお、この本についてのお問い合わせは文芸図書第三出版部あてにお願い致します。本書の無断複写（コピー）は著作権法上での例外を除き、禁じられています。

N.D.C.913　236p　18cm

ISBN4-06-182493-7

QEDシリーズ

第9回メフィスト賞受賞作

QED
百人一首の呪《しゅ》

QED
六歌仙の暗号

QED
ベイカー街の問題

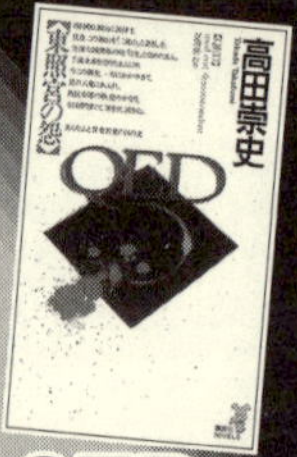

QED
東照宮の怨《えん》

QED
式の密室

QED
竹取伝説

QED
龍馬暗殺

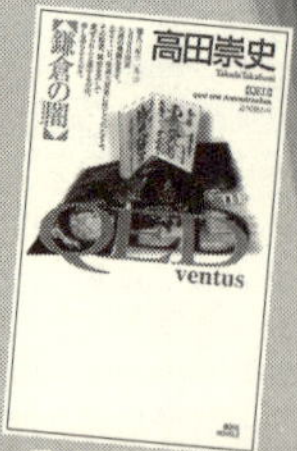

QED
〜ventus〜
鎌倉の闇《くらやみ》

QED
鬼の城伝説

QED
〜ventus〜
熊野の残照

QED
神器封殺

QED
〜ventus〜
御霊将門

高田崇史ワールド

千葉千波の事件日記シリーズ

試験に出るパズル

試験に敗けない密室

試験に出ないパズル

パズル自由自在

麿の酩酊事件簿
花に舞

麿の酩酊事件簿
月に酔

麿の酩酊事件簿シリーズ

講談社 最新刊 ノベルス

書下ろし本格推理
高田崇史
QED～ventus～ 御霊将門
悪名高き大怨霊・平《たいらの》将《まさ》門《かど》に隠された真実の顔が、今解き明かされる!!

実験小説家が挑むミステリー短編集
浅暮三文
ポケットは犯罪のために 武蔵野クライムストーリー
登場人物も事件も異なる短編が一冊にまとまると意外な驚きが。仕掛け満載の短編集。

著者初のミステリー
中島 望
クラムボン殺し
続発する眼球抜き殺人と校歌見立て殺人に美人教師と謎多き探偵が挑む!!

超人気シリーズ
西村京太郎
十津川警部 幻想の信州上田
都内で二件の殺人がおきる。死体の上にあった穴あき古銭の謎を追って十津川が信州へ。

前代未聞の脱出ゲーム!
矢野龍王
箱の中の天国と地獄
生か死か!? 二つの箱に委ねられた運命。究極の選択を強いる脱出ゲーム開幕!